MARK TWAIN

W9-AVJ-236

2-12

WITHDRAWN

LC ⑩ 12-21-12
3-14

¿En quién piensas cuando haces el amor?

Homero Aridjis

¿En quién piensas cuando haces el amor?

ALFAGUARA

¿EN QUIÉN PIENSAS CUANDO HACES EL AMOR?
© 1995, Homero Aridjis

De esta edición:
© 1995, Aguilar, Altea, Taurus, Alfaguara, S.A. de C.V.
Av. Universidad 767, Col. del Valle
México, 03100, D.F. Teléfono 688 8966

- Ediciones Santillana S.A.
  Carrera 13 N° 63—39, Piso 12. Bogotá.
- Santillana S.A.
  Juan Bravo 38. 28006, Madrid.
- Santillana S.A., Avda. San Felipe 731. Lima.
- Editorial Santillana S.A.
  4ª, entre 5ª y 6ª, transversal. Caracas 106. Caracas.
- Editorial Santillana Inc.
  P.O. Box 5462 Hato Rey, Puerto Rico, 00919.
- Santillana Publishing Company Inc.
  901 W. Walnut St., Compton, Ca. 90220—5109. USA.
- Ediciones Santillana S.A.(ROU)
  Boulevar España 2418, Bajo. Montevideo.
- Aguilar, Altea, Taurus, Alfaguara, S.A.
  Beazley 3860, 1437. Buenos Aires.
- Aguilar Chilena de Ediciones Ltda.
  Pedro de Valdivia 942. Santiago.
- Santillana de Costa Rica, S.A.
  Av. 10 (entre calles 35 y 37)
  Los Yoses, San José, C.R.

*This edition is distributed in the United States
by Vintage Books, a division of Random House, Inc.,
New York, and in Canada by Random House
of Canada Limited, Toronto.*

Primera edición en Alfaguara: febrero de 1996

ISBN: 968-19-0251-3

Diseño:
Proyecto de Enric Satué
© Foto:
Impreso en México

A Betty, Cloe y Eva Sofía

Parte de este libro se escribió durante una estancia en la Villa Serbelloni (el Bellagio Study & Conference Center de la Fundación Rockefeller).

Cuando dejes de ver tu rostro en el espejo, entonces hallarás tu imagen.

ARIRA (ANA SITGES), *Ansiedades de una actriz en el fin de los tiempos*

Si ella es el cuerpo, yo soy la sombra.

MARÍA (O ROSALBA) SITGES, *Sobre la otra persona en el espejo*

En la realidad, la salida es por la puerta. En la fantasía, la salida es por la pared.

DECIRES DE ATLAPETES Y PEZOPETES, *En el adentro del afuera.*

En mis tiempos, se vio la resurrección de enfermedades antiguas que se habían considerado abolidas, y una plaga de piojos morales invadió la cabeza del hombre.

YO SÁNCHEZ, *¿En quién piensas cuando haces el amor?*

1

El jueves murió Rosalba.

Cuando en la oficina se supo, yo comía una manzana, Arira observaba la foto de una actriz en la pared.

—Iré el sábado con el peluquero, no me he cortado el pelo en mucho tiempo —María se recogió el cabello. Momentos antes, veía por la ventana el cielo gris de Ciudad Moctezuma. Ese cielo que era una humillación pública.

Era evidente, no quería llevarlo suelto a lo Rosalba, su hermana melliza. Ella y ella, era sabido, adoraban el color azul y sus ropas, bolsos y zapatos eran azules. El vestido de María esa mañana estaba arrugado, seguramente había pasado la noche sin quitárselo.

La voz que anunció la muerte de Rosalba sonó como un pistoletazo. Desde que apareció en el videófono Luis Antonio, Arira lo miró con desconfianza, como si fuese un mensajero de la desgracia.

—Rosalba se nos fue —gritó él.

—¿Cuándo? —preguntó Arira.

—Hace media hora.

—¿De qué?

—Del corazón.

—¿Dónde murió?

—Aquí en la casa.

—Voy para allá.

—No te tardes.

—La vida es una Coatlicue que devora a sus hijos —exclamó María.

—¿Qué? —preguntó Luis Antonio.

—Nada, ahora mismo voy a verte —repitió Arira.

Colgó y se quedó mirando a María, como si buscara en sus facciones una explicación sobre la muerte de su gemela idéntica.

Las hermanas se midieron en silencio, hasta que María apartó la vista.

Yo seguí comiendo la manzana. Esa mañana el escritorio estaba limpio. Solamente la carta de un grupo de cómicos cubanos, que querían ingresar a la Compañía Nacional de Teatro, esperaba contestación. En la bandeja de la correspondencia había un sobre desgarrado procedente de Estados Unidos. Un empleado de la Administración de Correos lo había abierto para hurgar en su interior. Metí las semillas en el sobre desgarrado.

La muerte de Rosalba Sitges me dio hambre. Y náusea. Y deseos de romper vidrios. No me importaban los niños huérfanos que dejaba, ni siquiera los conocía. Tampoco me conmovía Luis Antonio. Sentía deseos de caminar por el Paseo de la Malinche y de subir a un autobús lleno de hombres barrigudos. En los apretones, ellos oprimirían sus genitales contra mis muslos, contra las partes bajas de esta virgen altísima de tetas breves que soy yo y que se llama Yo.

Eran las 11:11 horas en mi reloj de pulsera. Era un martes del mes de noviembre del año 2027. Nos hallábamos en el segundo piso de esa mole hecha de tontería, vidrio y concreto que albergaba mayormente a la Dirección General del Sistema Nacional de Cultura.

—En los anales del arte, el Sistema no dejará huellas y sí mucho ruido —afirmaba Arira, quien tenía la certeza que una mañana se iba a ir al abismo en el vientre de la nave estólida.

En tardes ociosas, desde la ventana de la oficina me ponía a observar el inmueble del Cine Apolo, enclavado en el subsuelo. Su propietario cada año le quitaba un pedazo más y lo iba reduciendo a un tamaño de caja de zapatos.

El Cine Apolo exhibía con puntual recurrencia una antigualla del siglo pasado: *Gilda*, con Rita Hayworth. El dueño, según Arira, estaba enamorado de esa estrella más fantasmal que carnal y cada noche la oía cantar *Put the Blame on Mame*. Yo nunca había visto la película. Me perturbaban los filmes viejos, porque los actores que salían en ellos estaban todos muertos.

La taquilla era una claraboya desportillada por la que se asomaba una mujer canosa y pecosa. Esta venus de la Tercera Edad expedía los boletos y sufría de cáncer. ¿Cómo lo sabía yo? Ella me lo había confiado tres veces. Siempre de la misma manera: "Te voy a decir un secreto, no se lo digas a nadie."

A causa de su fin inminente, yo había escrito su nombre en mi lista de espectros, que había titulado *Efemérides*. En esa lista satisfacía mis rencores, y fervores, necrofílicos. La guardaba en un archivero con llave, entre fólders sobre *La Celestina*. Un jabón Heno de Pravia perfumaba los obituarios.

A la izquierda estaba el Market Siete Machos, un centro sexual que se publicitaba como el más grande de América Latina. Nadie sabía por qué. Una placa conmemoraba su inauguración el 14 de abril de 2026 por el licenciado José Huitzilopochtli Urbina, presidente de la República Mexicana. En sus siete galerías de cristal, comunicadas por andadores y escaleras de plástico transparente, se vendían productos femeninos y masculinos nacionales y de importación. En ese momento, por la puerta colosal, salía el enano Rodrigo

Rodríguez, empleado de La Casa de la Presse, con una carretilla repleta de revistas pornográficas.

—Ya manda esa manzana a la mierda —Arira me clavó su mirada matadora.

Arrojé la fruta al cesto de la basura y la cubrí con el último número de la revista *Caretas*. Pero como si una lápida de papel no bastara para enterrarla, le eché encima periódicos y folletos.

Cerré la puerta de la oficina y en un minuto nos hallamos en la calle.

A zancadas retorné: Arira había olvidado su suéter en una silla.

Sobre el escritorio, rápidamente vi sus citas del día en la agenda negra. Todas prescindibles. En la cocina se había quedado cautivo el hedor de la mantequilla frita. Abrí la ventana.

Hacía mucho calor para ser noviembre, bien podría ser octubre. El cielo, semejante a la cara de una actriz que se ha hecho cirugía plástica, parecía que iba a romperse en mil pedazos si se sonreía.

En la plaza, un músico indígena adolescente, con traje negro roto y brilloso, camisa blanca sin moño, aguardaba el paso de Arira volteando sobre su hombro derecho. Al vernos venir, a una señal de su batuta, los músicos indígenas, sentados sobre cajas de madera y latas de pintura vacías, comenzaron a tocar el vals *Alejandra*. Seguramente, la orquesta buscaba la atención de la actriz famosa para poder actuar en su teatro.

Aunque Arira, ocupada en su pena, no se detuvo a oírlos, ellos siguieron tocando. El director, visiblemente decepcionado, no dejó de mirarnos por encima de su hombro derecho, hasta que nos perdimos de vista.

En la esquina, Facunda le ganó un taxi a una señora con su niña.

Un hombre melenudo, con zapatos picudos y camisa sintética, le abrió la puerta. Sobre su espalda un letrero plateado decía: *TENQUIU SEÑOURITA*.

Era uno de esos desempleados buenos para todo y para nada que abundan en las plazas de Ciudad Moctezuma ofreciendo sus servicios de plomero, electricista, ingeniero y médico al ingenuo casual.

En su ansiedad, Arira lo premió con un azteca y el hombre lanzó la moneda al aire en un acto de malabarismo espontáneo.

—¿Águila o sol? —le preguntó.

—Águila —respondió la niña de cara bonita y cuerpo bien formado, que estaba con su madre. Tendría unos diez años.

—¿Adónde vamos? —demandó el taxista, un viejo de cara ruinosa.

—A Gladiolas veintisiete —pidió Arira.

En eso, la niña se desprendió de la mano de su madre, entretenida en vernos, y huyó por la calle. Un policía judicial de aspecto siniestro presenció la fuga, como una araña que aguarda el momento oportuno para atrapar la mosca.

—¿En qué parte está esa calle? —demandó el taxista, con los ojos puestos en la mujer que corría detrás de su hija.

—Avance, en el camino le explico —le ordenó Arira.

—No se enoje, seño —el chofer arrancó, pero unos metros después se encontró atrapado en un nudo gordiano de coches.

Arira empezó a hurgar en su bolso en busca de algo. Sacó un peine, una polvera, un monedero, un anillo, un collar, un bilé.

—Qué cantidad de cosas inútiles —expresó.

María se puso a mirar por la ventana a la señora que buscaba a su hija, que se le había escapado.

Facunda, acomodada entre las hermanas, quiso mirar también.

Por consideración a mi tamaño, me habían dado el asiento de adelante, junto al chofer. Estiré las piernas tanto como pude y admiré el Monumento al Burócrata Desconocido, que pasó delante de mis ojos con su inmenso escritorio lleno de papeles de cemento.

Por Paseo de la Malinche nos fuimos hasta topar con pared en Avenida Fray Bartolomé de las Casas, donde surgen las torres de un centro comercial construido sobre tierras rurales. Un río entubado, avanzando por debajo del pavimento, mezclaba su hedor al de las fritangas y al de los hidrocarburos.

En la calle de Antonio de Nebrija, el Paseo se bifurcó y la ciudad se dividió en dos partes, la de la clase media baja y la de la clase media alta. Desde ese punto, según los paisajistas del siglo XIX, un día se pudieron contemplar los volcanes Popocatépetl e Iztac Cíhuatl, los dioses tutelares del valle de México.

—Ah —suspiró Arira—, si Rosalba viniera en el coche con nosotras se divertiría horrores descubriendo los motivos más originales en las fachadas de las casas.

—O se fijaría en los lavabos azules expuestos en las vitrinas de las mueblerías para baño —dijo María.

—En un mediodía como éste, a Rosalba le hubiese gustado pasearse por la sección de la Tercera Edad en Chapultepec, la única que tiene árboles —manifestó Facunda.

—En un mediodía como éste, a mí me hubiese gustado verla viva —replicó Arira.

2

Horas después, llegamos a una casa blanca situada entre terrenos baldíos en las afueras de las afueras de Ciudad Netzahualcóyotl.

Era la casa de dos pisos en la Calle de Gladiolas veintisiete donde Luis Antonio y Rosalba habían dormido, peleado y fornicado.

Me llamó la atención que durante los últimos meses ellos hubiesen pintado de azul los marcos de las ventanas y las puertas. En los muros interiores habían colgado máscaras de danzas indígenas, todas falsas. En cada silla, en cada cuadro de la sala comedor se percibía la originalidad fallida de la pareja.

Alguien había dejado la persiana entreabierta y entre las tiras delgadas de aluminio entraban rayos de sol alumbrando pedazos de suelo y de mesa. Una mosca buscaba sobre la ventana el aire libre. Se lo impedía la transparencia material del vidrio.

En la parte superior de la persiana se apreciaba un fragmento de azul turbio. Accioné una barra de plástico y la oscuridad se hizo.

En una recámara a la derecha se hallaba una cama con techo de tela. Su cama. En el colchón sin sábanas había manchas de esperma, como de ayer. En esa cama, durante siete años se habían acostado al amanecer y levantado al anochecer.

A solas frente al lecho, corto para mi estatura, los imaginé entrepiernados, cabeza junto a cabeza sobre la almohada dura (ahora sin funda). El camisón de ella estaba sobre una silla. La muerte la había encontrado desnuda y copulada.

En el estéreo viejo del corredor Luis Antonio había puesto a tocar una canción favorita de Rosalba: *¿En quién piensas cuando haces el amor?* A todo volumen, para que la muerta la oyera en el más allá.

La voz desconsolada de la cantante repercutía en los muros. Frente a la bocina, uno de los hijos de la pareja, Luisa o José Luis, se lamentaba echando el cuerpo hacia adelante y hacia atrás. Al ver al niño, o a la niña, los ojos de María se humedecieron.

Arira no lloró, consciente de su imagen pública, aun en duelo.

Los amigos de Luis Antonio y Rosalba eran jóvenes, casi inadecuados para su edad, pues había entre ellos Lolitos y Lolitas. Unos y otros vestían ropas unisex, apretadas y negras, traían arete en la oreja, anillo en la nariz, cabello largo.

Dos tenían en las manos flores y velas blancas y ayudaban al viudo en el velorio y en los preparativos del funeral. Sin eficacia, pero con dedicación y discreción.

En la recámara que le dieron para descansar un rato, María pidió que cubrieran los espejos, porque no deseaba hallar su rostro en ellos.

—Es una debilidad, pero me siento más cómoda si no me veo a mí misma —explicó.

—¿Por qué? —le preguntó Luis Antonio.

—Parece que estoy viendo a...

—A Rosalba —exclamó Luis Antonio. María salió del cuarto.

Hacia las dos de la madrugada, entré en la sala y me senté en una silla bastante incómoda para mi cuerpo. El pequeño José Luis no despegó los ojos de mi persona, fascinado por esa criatura fantástica que era yo. Su hermana Luisa también me clavó los ojos asombrados. Me complacía la admiración que despertaba en ellos, pues así se olvidaban de su pena.

Se durmieron y fui a la recámara donde se velaba a Rosalba. En un rincón estaban Facunda y una mujer desconocida con un anillo en la nariz. En sendos sillones roncaban una frente a otra, jetonas, el pelo corto, la panza lisa, los pechos reprimidos, vestidas de hombre. Ausentemente hacían guardia al cuerpo muerto. No perturbaban su sueño las conversaciones en el corredor, ni los gritos de unos borrachos que salían de una boda, que a mí me sonaban a provocaciones.

Me senté, pero empecé a marearme. No sé si por el baile de la llama de un cirio, por el olor de la cera quemándose o simplemente por la atmósfera de muerte que había en la pieza.

En el wc, sobre el piso había páginas arrancadas de revistas con fotos de mujeres en cueros en una playa nudista de Holanda y de bailarinas semidesnudas en el Sambódromo carioca durante el carnaval. También había anuncios publicados en *El Azteca* de una agencia de viajes promocionando visitas a la Isla del Sexo: Todo Incluido: Avión, Hotel, Comidas, Taxis, Púber. Empalomados estaban los avisos de *Services* en el *Moctezuma City Picayune* de ayer: *"BABYLONIAN STYLE MASSAGE." "SUSI. EXCITING FANTASY, ACTIVE COMPANY. TRY IT, MALE/FEMALE." "EXQUISITE NIGHT WITH PRETTY AND YOUNG MODELS. FULL BODY MASSAGE. ANYTIME. 24 HOURS."* Estos recortes revelaban las aspiraciones eróticas secretas de Luis Antonio.

Salí a la azotea. Desde allá vi a María en el estudio de Luis Antonio, seguramente arreglaba con él asuntos relativos a Rosalba. La luz de una lámpara iluminaba profusamente el librero repleto de volúmenes del escritor, dejando las siluetas de ambos en la penumbra.

Escalamos a pulso la mañana. Finalmente, fueron las trece horas. La una fatídica. La hora pérfida, la hora en la que los funerarios debían sacar a Rosalba a la calle y ponerla en una carroza negra.

La escalera de caracol fue demasiado estrecha para cargar la caja horizontalmente y dos de ellos, con la ayuda de los amigos de Luis Antonio, tuvieron que descender el cuerpo parado metido en una bolsa de dormir. Con cuidado, apretándolo con cinturones, porque el cuerpo se volvía más pesado a medida que lo bajaban y se iba de lado.

Me asustó ver afuera de la bolsa la cabeza de Rosalba con cara de demente, su pelo suelto, sus cejas ralas y sus pestañas formando breves telarañas. Y su piel amoratada, con un polvo cárdeno que se desprendía de sus mejillas, de la frente al mentón, no de su cuello. El lóbulo de su oreja derecha estaba ennegrecido. El resto de ella estaba guardado en esa mortaja improvisada e irreverente.

Me impresionó lo exangüe de sus labios y lo apretado de sus párpados, que parecían resistir la fuerza ciega de sus ojos. De sus ojos, otrora fulgurantes, como los de María. De sus ojos, en los que se había quedado fijo un grito mudo.

María me observaba y observaba a su melliza difunta desde afuera de la pieza por la puerta abierta. Al sorprenderla allí parada, me acordé del día que las vi por vez primera juntas, dobles, como si yo estuviese ebria. Los ojos de una seguían de cerca lo que miraba la otra. Habían crecido sus cuerpos y sus mentes lado a lado.

—¿No es loco ser tan semejantes? —me preguntó Rosalba.

—El acertijo continuo de nosotras no tiene solución —afirmó María.

—Papá y mamá bañaban a Rosalba de niña delante del espejo, y a ella se le ponía la carne de gallina. Era como si ellos hubiesen querido meter su cuerpecito en esa luna fría. Y aunque el espejo ya la reflejaba, todavía querían meterla más y más, poniéndole alrededor sus cosas y su ropa —dijo Arira y luego trató de cargar a su hermana hacia la planta baja, pero como si el bulto de Rosalba se le hiciera impalpable entre las manos, un muchacho que llevaba chamarra negra de piel, temeroso de que pudiese soltar el cadáver, le pidió que se quitara.

En la calle pasó un autobús de la Escuela Secundaria Sor Juana Inés de la Cruz. Arrodillada en el último asiento, por una ventana con el vidrio roto una niña dentona asomó la cabeza hacia mi dirección, preguntándome: "¿Qué pasa?"

Los vecinos, que antes habían pegado la cara contra la ventana del primer piso de la casa, ya estaban parados en la puerta para presenciar las maniobras de los funerarios. Éstos, con paciencia y destreza, introdujeron el cuerpo de la difunta en la carroza negra.

—La cosa está cabrona —desde una acera expresó un muchacho con un tatuaje de tritón en el brazo derecho.

—La cosa está jodida —desde otra acera replicó su amiga, con un anillo en la nariz.

—El olvido borrará su existencia y la pendeja ni siquiera dejó su nombre escrito en una pared —masculló el muchacho.

Desde la otra acera, la muchacha murmuró algo incomprensible. Ambos se cubrían los ojos con lentes de un oscuro impenetrable.

Luis Antonio salió con un perro *xoloescuincle*, el favorito de la difunta. Lo llevaría al entierro.

El perro parecía recién salido de una tumba mexicana o de una pirámide egipcia, el sobreviviente de una especie en extinción.

Arira y María se miraron entre sí. Nunca antes las había visto tan pálidas y tan vulnerables. En la muerte de su hermana veían la suya propia. Junto a ellas, gentes desconocidas, enlutadas, la sexualidad reprimida bajo ropajes negros, se sonaban la nariz.

La caravana de coches inició la marcha lentamente hacia el Cementerio Francés. El calor era atroz y el sol destellaba sobre las ventanas traseras de los automóviles que iban adelante.

El tráfico urbano se metió entre los vehículos luctuosos y en los embotellamientos sucesivos la muerte de Rosalba se volvió trivial. Todo hijo de familia andaba en la calle, a pie o motorizado. La ciudad, como un mar vital, estaba fuera de quicio, yendo de un lado a otro lado de sí misma. La ciudad de la agresión no tenía tiempo para la muerte. Sus muertos no importaban. El ritmo de la vida no era marcado por los seres humanos, sino por los motores. En todas partes, a todas horas, había nacimientos, había personas de más, y ninguna ausencia se notaba. Taxis, motocicletas, camiones, autobuses se mezclaban a nuestra caravana, separándonos.

—En otras partes la nada es abstracta, impalpable, aquí es de concreto, aquí se oye —expresó Arira, temerosa de perder el coche rojo que nos guiaba.

Ella no recordaba la calle del cementerio. Tampoco yo. Facunda le aseguraba que no se preocupara, que sabría llegar. Pero Arira quería preocuparse. La preocupación la distraía.

María había decidido acompañar a Luis Antonio y a los niños en el vehículo negro que iba detrás de la carroza. De vez en cuando la pasábamos y la cabeza con el velo negro no volteaba a vernos.

—En medio de qué infierno urbano enterramos a nuestros muertos —profirió Facunda, harta de coches y calor.

Ante la puerta del cementerio aún no pudimos entrar. Docenas de vehículos se quedaron atravesados en la avenida al perder la luz verde del semáforo. Hubo una escandalera de cláxones.

En el cementerio, entre las tumbas y los árboles secos, se estacionaron los coches. Pilas de ladrillos, carretillas volcadas, plantas desarraigadas, trozos de cemento, pedazos de vidrio estaban en las llamadas "calles".

En la Avenida Central surgió la capilla. En su interior, los acompañantes de un muerto se confundiéron con los de otro muerto. Una mujer vestida de negro, con un velo en la cara, se paró junto a mí. Luego, descubriendo su error, se mezcló a otro grupo de gentes. El muchacho del tatuaje de tritón en el brazo derecho y la joven con el anillo en la nariz se quitaron los lentes y se miraron con ojos desnudos. A través de los otros, mucho duró el mirar. El sacerdote, para ahorrar tiempo, oficiaba para dos occisos.

—Aquí estoy, Señor, para hacer tu voluntad —exclamó el eclesiástico y su voz retumbó en las bocinas colgadas en las paredes blancas.

—La hermana Rosalba ha muerto para este mundo —aseguró él. Yo observé los vitrales chillones, los santos plañideros y el Cristo de la Resurrección con la madera carcomida.

—Oremos por nuestro papa y por nuestro cardenal —mandó el sacerdote.

Luis Antonio, sosteniéndose apenas entre sus hijos, clavó los ojos en María. Ellos apretaron sobre su pecho un ramo de flores.

María alzó el perro *xoloescuincle*, con una flor amarilla atada en la cabeza a manera de moño. Ella percibió su mirada, bajó la cabeza.

—Señor, me has mirado a los ojos, sonriendo has dicho mi nombre —cantó el sacerdote.

—En la arena he dejado mi barca, junto a Ti buscaré otro mar —replicaron los presentes.

Dos Lolitos se dirigieron hacia el altar y comulgaron, sin haberse confesado antes.

—Santo, Santo, Santo —clamó el sacerdote y un acólito pasó una canasta pidiendo limosna.

—Que descanse en paz —oí decir.

Seis hombres sacaron el ataúd cubierto de rosas rojas. Detrás salimos nosotras. Hacía mucho calor. Los hombres llevaron el ataúd por la Calle Central. Dieron vuelta por la 2a. Calle y acortaron camino por la 4a. Calle.

A la cola de todos, yo, la más alta, me fui leyendo los nombres de los difuntos franceses escritos sobre las tumbas: André Mestos, François Ponterin, Claude Aubry, Paul Chirac, Jean Bernard Baldy, fallecidos en la costa de Manzanillo durante un sismo. Bajo una lápida yacían juntos los cocineros del emperador Maximiliano: M. Bouleret, M. Hurot, M. Masseboeu, M. Incontrerá, Mandl.

Pomposo era el mausoleo del mariscal François Achille Bazaine, y de mármol los sepulcros del general Jean Nepomucene Almonte, del vizconde de Gabriac, de Madame Francisca Escandón y de M. Urbano Tovar y Tovar. Túmulos discretos eran las sepulturas de Henri Beyle y Gérard Labrunie. La tumba de Isidore Ducasse tenía dos ventanas doradas orientadas al Este y al Oeste; en una pared interior se recargaba un paraguas roto. Una breve inscripción decía que había muerto en México de cólera morbo y era el autor de un libro titulado *Los cantos de Maldoror*. Descubrí la tumba de Albert de Kostrowitzky. Sobre la puerta alguien había enmarcado una tarjeta postal suya, escrita a comienzos del siglo pasado a un tal Guillaume Apollinaire. En esa tarjeta nunca enviada, le hablaba a su hermano de las hermosas muchachas de Chapultepec.

Rosalba fue sepultada en la 7a. Avenida. En medio del silencio general se oyó un chorro de agua caer sobre un charco, el ruido de los motores de los coches se confundió con el de las paladas de los sepultureros.

No se podía ver lo que pasaba en la tumba familiar. Sólo podíamos imaginar. Luis Antonio estaba afuera, entre sus hijos y sus cuñadas, pensando mucho. Ellas, con lentes oscuros; él, con los ojos descubiertos.

Desde donde yo estaba podía ver sus ojos hundidos, su nariz larga, sus cejas espesas, sus orejas pequeñas, su frente estrecha, su pelo castaño.

Entre las tumbas, un hombre flaco comenzó a tocar una trompeta. Luis Antonio reclinó el rostro sobre su hombro derecho para no ver lo que pasaba en la tumba. María entreabrió los labios, tragó saliva seca. Parecía que la enterraban a ella.

Perdí noción de la hora, había dejado mi reloj de pulsera en el bolso y el bolso en la recámara de Rosalba. Una mariposa se posó en mi frente. La cogí con la mano.

Delante de nosotros pasaron docenas de mariposas monarcas. No las veía desde mi infancia. Desorientadas anduvieron entre las tumbas y los árboles muertos, quizás en busca de agua. Una de ellas, como sobreviviente de la extinción biológica y como fantasma de migraciones pasadas, fuera de lugar y de tiempo, se posó en el pelo de María.

3

Cambiando de multitudes volvimos a Ciudad Moctezuma.

Digo cambiando de multitudes, porque en su
madeja de calles, en su haz de arterias, en sus colonias
iguales dejábamos una muchedumbre para hallar otra,
salíamos de un gentío para meternos en otro.

Ciudad Moctezuma era por ese entonces un
colectivo de la vida humana donde la densidad encu-
bría la delincuencia, la escatología, la pobreza, el sexo
y la muerte. Era un laberinto sin entradas ni salidas,
sin centro ni Minotauro, hecho de inmovilidad y movimiento, de soledad y promiscuidad, y bastante feo.

No importaba por qué calle se anduviese, los
barrios de aquí o de allá producían cansancio de ser
y estar, de ver y oír. En cualquier parte uno tenía la
sensación de hallarse fuera de lugar, fuera de sí mismo, fuera de época. Lo urgente era irse lejos de la
calle, lejos de su propio cuerpo.

Los habitantes de otras capitales gozaban de
las visiones urbanísticas de nuestro tiempo, el laberinto era una creación de osados avances tecnológicos;
en Ciudad Moctezuma el laberinto era una suma de
desórdenes pretéritos. No era un sueño futurista, era
un delirio actual. Yo, como mucha gente, no era responsable del laberinto, sabía poco del laberinto,
pero vivía en el laberinto y con mi presencia lo fo-
mentaba.

En el kilométrico Paseo de la Malinche, donde nunca se podía tener prisa, el zumbido de los motores era interceptado por las alarmas de los coches que aullaban sin que nadie les hiciese caso, y por las sirenas de las ambulancias atrapadas en el tránsito.

El día era hermoso, no por límpido, sino por las posibilidades estéticas de la contaminación. El día era aromático, no por los perfumes del campo, sino por las combinaciones aéreas de sustancias innombrables. En ese mar elevado de partículas metálicas y gases, los edificios adquirían tonalidades insospechadas y cambiaban de apariencia según la hora del día y el día del año.

Hacia las cuatro de la tarde, el alcalde Agustín Ek y sus funcionarios, con trajes de seda, chamarras negras de cuero y zapatos lustrados, emergieron de la Plaza del Cacique Gordo. Sus relojes y sus pulseras de oro brillaban en el neblumo.

Juntos cruzaron un puente peatonal que se había caído. Juntos se taparon la nariz, tratando de atenuar el hedor que bajaba de las alturas y que subía del desagüe. Juntos advirtieron la presencia de perros amarillentos y hambrientos, tal vez rabiosos, seguramente flacos. Juntos alzaron la cabeza para contemplar la cisterna invertida que formaban los edificios de cuarenta pisos, y se distrajeron con los árboles artificiales plantados en la banqueta, con la iglesia barroca, decrépita y sin fieles, aislada entre dos avenidas de alta velocidad. Él adelante y ellos atrás, se detuvieron en una explanada repleta de gente que observaba un fenómeno en medio del cielo: el halo turbio, semejante a una nube arcoirisada, en torno al Sol.

—Nuestra ciudad es fértil, no cabe duda. Hemos sembrado progreso en los campos, no cabe duda. El progreso tiene cien metros de alto, no cabe duda —expresó Agustín Ek.

Venía de una inauguración y se dirigía a otra, y antes había cortado el listón de una biblioteca sin libros, había empujado la puerta de una escuela de ballet sin piso, se había parado en el escenario de un teatro sin butacas y había abierto un museo arqueológico sin piezas. Todo con una señal de la mano desde el otro lado de la calle. No cabía duda, era un maestro del absurdo.

Arriba del puente peatonal, cuatro hombres se inclinaban sobre la barandilla con expresión de disfrutar el congestionamiento vial que provocaba el puente colapsado. Desde abajo, Agustín Ek y sus funcionarios escudriñaron a los hombres asomados a la barandilla, antes de perderse en la densidad del neblumo.

Una vez en camino nadie me ganaba en andar. Arira, María y Facunda a cada rato me decían que me detuviese, que no las llevase aprisa, que les daba sed.

Por el Paseo de la Malinche se llegaba a la Calzada de los Fantasmas de Concreto, a la Plaza del Peso Devaluado, al Templo de los Testigos del Quinto Sol y a la Sociedad de Neuróticos Anónimos. También se llegaba a la Compañía Nacional de Teatro. Era noviembre, pero a nadie le importaba que fuese noviembre. Podría ser octubre, pero a nadie le importaba que fuese octubre. En nuestra ciudad poluta, todas las mañanas eran pardas y los ojos que las contemplaban rojos.

Ninguna de nosotras imaginaba de dónde emergía tanto automóvil y tanta humanidad a esa hora. Mucho menos adónde se dirigían. Siempre había individuos en la calle para estorbar, para tentar, para insultar, para vender, para tirar basura, para escupir, para quedarse parados. Algunos vecinos nunca habían salido de Ciudad Moctezuma, fascinados por su nada. Otros, perplejos por el paisaje populoso, proferían: "Con el tiempo, aquí todo se convierte en gente."

Arira llevaba el cabello color platino separado en hilos finos. Había suavizado con cremas su cutis facial y reforzado con lápices el trazo de las cejas. Sus ojos claros fulguraban libremente, pues había removido las sombras onerosas de pómulos y párpados. Ensanchado el contorno de su boca, sus labios parecían de beso. Su presencia en la calle era un acontecimiento público y los hombres deseaban con la mirada su cuerpo de vestal.

Facunda, la maquilladora de aspecto viril, y yo, técnica en luces, con mi *look* de andrógino quebrado, veníamos calladas, espiando a las hermanas. La semana pasada, las dos nos habíamos tijereteado el pelo y andábamos trasquiladas.

El espíritu de Rosalba nos seguía penosamente y como antes de fenecer le había encomendado a María el cuidado de sus pájaros, mantenidos con dificultad en las afueras de las afueras de Ciudad Netzahualcóyotl, discutíamos la forma en que las cuatro nos distribuiríamos la responsabilidad.

María, la melliza desmellizada, venía atrás, meditando sobre la muerte de su retrato vivo. En vida de Rosalba la había paralizado el miedo de hacer cosas sola, de ser ella sola. Las dos pintaban al alimón y producían obras de teatro.

—Ella hace una imagen, yo añado otra —declaraba María.

—No me gusta el individualismo, no me gusta decir: Soy yo —decía Rosalba—. Me gusta estar acompañada.

—Somos muy dadas a ir por una calle a cierta hora, vestidas igual, como buscando una misma ubicación —revelaba María.

—Compartimos una visión divina, un organismo único. Siempre me estoy diciendo: A qué le tira ella, a qué le tiro yo.

—Es muy curioso, cuando estamos juntas entramos en un estado de tranquilidad. Es muy curioso, cuando nos vemos entramos en un equilibrio interior bastante chistoso.

—Unidas ella y yo, no hay problemas, nos apoyamos mutuamente.

—Separadas, sin hablarnos, sin vernos, nos preguntamos y nos contestamos cosas. Juntas o distantes, nos conectamos bien.

—La adoro, la adoro, la adoro, María es mi otro Luis Antonio —se entusiasmaba Rosalba.

Luis Antonio, su marido, se había quedado en el día de ayer, tan perdido en el pasado como el año doscientos siete o el año dos mil cinco. Enigmático, al partir declaró que esa tarde para él comenzaba el descenso a los infiernos, la búsqueda de la amada difunta.

—No sé si Rosalba hizo bien en casarse con este desmesurado —expresó Arira en la casa, cerciorándose con la mirada de que él no anduviese cerca.

—Luis Antonio espera que nos quedemos aquí toda la vida —aseveró Facunda.

—Después del funeral nos iremos a pie a Ciudad Moctezuma, así nos acabemos los zapatos en el camino. Andando lloraremos la muerte de Rosalba —declaró Arira.

—Entre Ciudad Netzahualcóyotl y Ciudad Moctezuma hay tiempo para todo un examen de conciencia —afirmó Facunda.

—Un año de pisar banquetas no la devolverá a la vida, mucho menos una tarde, el cansancio exacerbará el recuerdo —opiné.

—Mejor quédense conmigo... O que se quede María, su semejanza con Rosalba me consolará —manifestó Luis Antonio.

—No estoy segura si acepto que se celebre la semejanza de Rosalba y María —lo interrumpió Arira.

—¿Soy yo el doble de Rosalba que sobrevivió a su muerte o es ella mi doble que murió? —preguntó María a Arira.

—No sé. Francamente, no sé.

—¿Crees que con andar docenas de kilómetros pagaremos la culpa de que ella se haya muerto y nosotras sigamos vivas? —la interrogó Facunda.

—¿Culpa de qué o de quién? —protestó María, idéntica a Rosalba, más cuando se enojaba.

—Nos sentimos culpables cuando muere una persona amada —prorrumpió Arira—. Tenemos la culpa porque tenía quince años, porque tenía ochenta años, porque falleció en un accidente de tránsito, porque tuvo un infarto en la cama, porque nos peleamos con ella, porque la negligimos. Los porqués no faltan, siempre nos hallamos en falta con la persona que muere. Pero si volviese a la vida, nos comportaríamos de la misma manera.

—Todos nos vamos a morir, entonces qué —la cuestionó María, los ojos fulgurantes.

—Quise decir que no podemos tener consideraciones con nadie, que todos estamos en el mismo barco —explicó Arira.

—Es tuya —Luis Antonio le entregó a María la capa azul de Rosalba—. A nadie más se la daría.

Ella la rechazó con la mano.

—Está muy fatigada, déjala en paz —intervino Arira.

—No estoy fatigada, estoy a punto de estallar —replicó María.

—No comprendo por qué rechazas una prenda que Rosalba llevaba todos los días.

—Me doy por vencida —María se puso la capa.

Luis Antonio la miró con un gesto de adoración. Arira hizo el intento de partir. Él nos detuvo:

—Vengan a mi estudio, escribo desde hace tiempo una novela sobre la pirámide de Ella, la triada mítica de las diosas del sacrificio humano: Coatlicue, Khali y Freya. En mi libro, ellas aparecen todo el tiempo para decirnos con los ojos: "Reduciremos a los hombres a su condición de carroña y los devoraremos. Toda la Tierra es nuestra." Ya lo dijo Sankara: "Todo lo que comemos lo comemos para Ella; todo lo que miramos lo miramos para Ella."

—El tema no tiene nada de original —se impacientó Arira.

—El mundo está lleno de las descendientes de estas diosas, quienes, tomando la forma de mujeres cotidianas, nos comen el corazón —continuó Luis Antonio.

—Supongo que es inútil resistirse a ese devore general, porque de adentro salen los zopilotes, las khalis interiores —expresó María.

—Cuando la Mente que crea dioses creó a estas diosas, las tres cabezas miraron al cuerpo del Sol, de la Luna y de la Tierra y quisieron comérselos. Cuando yo tomo el pensamiento como si fuese un pincel, las tres fieras se convierten en una criatura apaciguada por el amor —Luis Antonio nos mostró el manuscrito.

En la ilustración de la portada, una Calzada de los Muertos conducía a una pirámide de la Luna, como en Teotihuacan. En la base de los extremos aparecían Coatlicue, con su collar de corazones humanos y su falda de serpientes, y Khali, con su collar de cráneos y su faja de brazos cercenados. En la parte superior estaba Freya, con su carruaje jalado por dos gatos. Las tres conformaban un cuerpo que se elevaba sobre los tres continentes. La diosa triforme tenía miles de ojos y pies.

Arira dudó frente a esa fusión imposible de diosas y piedras, de cuerpos y rayas.

—Chica, te has quedado pasmada ante la mitología de Ella, ante tu propio vientre y tu propia tumba —exclamó Luis Antonio—. Los dedos de estas dueñas son delicia y dolor.

—Infiero que para formular esta monstruosidad habrás pasado muchas vidas renaciendo —expresó Facunda.

—Plasmar en mi cerebro la distorsión de la estructura fue muy difícil. Las diosas inconmensurables tienen medidas, las diosas inmortales están hechas con materiales perecederos —agregó Luis Antonio.

—He oído eso antes —Arira comenzó a abandonar el estudio.

—Las diosas representan el tiempo primordial, que se ha desplegado en horas, en días, en siglos, en árboles, en pájaros, en montañas, en hombres. Un día no muy lejano, durante el gran terremoto, cuando fenezca el Quinto Sol, ellas volverán a juntarse y yo recobraré a Rosalba —aseguró él—. Yo pertenezco al eón futuro, el eón exiliado en el mundo inferior, adentro del cual el pasado se presenta de nuevo.

—Por qué no te decides entre la literatura y el arte —le preguntó Facunda.

—Mi pintura, como mi novela, contiene azules, rojos, negros, vocablos, verbos, sustantivos y amarillos violentos —continuó Luis Antonio—. En una y otra los puntos son trágicos, las pausas son abismos y el cruce de dos líneas es el terror.

—Vámonos —Arira bostezó.

—Antes de volver a casa, recorran la calle de Gladiolas. Hay un cerro desde el cual puede observarse el crepúsculo sobre el valle del Anáhuac, un crepúsculo hecho de luces confusas, colores sucios, sombras chorreadas y olores fétidos —dijo Luis Antonio desde la puerta del estudio.

—Adoro los crepúsculos, aunque sean viscosos —exclamó Facunda.

—Otro día —Arira le dio a Luis Antonio un beso de despedida en la mejilla derecha.

Él la besó en la comisura de la boca.

La actriz resintió ese beso maloliente y pastoso.

—Tenemos que irnos —Arira traspuso el umbral de la puerta.

Nosotras la seguimos.

El pavimento ardía, el aire se pegaba a las mejillas como una toalla caliente, el gentío atropellaba. Pero la sonrisa no se separó de nuestros labios. Arira había determinado que sonriéramos, y así lo hacíamos.

A Ciudad Moctezuma no le veíamos el fin. A medida que la andábamos más inmensa, más poblada, más inhóspita, más desconocida parecía.

En los últimos años, centenas de edificios históricos habían sido demolidos y ruinas contemporáneas, que ningún constructor ni arquitecto reconocía ni firmaba, estaban en su lugar.

Las tiendas familiares habían cambiado de nombre y de mercancías, eran un eslabón en las cadenas que vendían comida rápida y productos chatarra. Los locales que habían sobrevivido a la piqueta estaban desfigurados por anuncios, por reparaciones mal hechas y por el cambio de razón social.

—Apenas conozco la ciudad, pero no soporto conocerla más. Me da angustia —expresó Facunda.

—Estos zapatos perdieron las suelas y piso sobre el pavimento. Como no hay zapatero que pueda repararlos, los tiraré y me compraré otros —afirmé.

—Para recorrer a pie Ciudad Moctezuma se necesita una zapatería entera —exclamó María, atándose las agujetas de sus tenis negros de mugre.

—El teatro ha muerto —se lamentó Arira, enfrente de El Granero de Medusa, una sala en ruinas de la Compañía Nacional con un letrero roto y sucio que anunciaba el estreno de *Doña Inés Tenorio,* pieza que había dejado de producirse años atrás—. Lo peor de todo es que poca gente lo lamenta.

—Podríamos dar un informe completo sobre el deterioro material de los inmuebles de la Compañía Nacional y sobre las obras que se quedaron pegadas en sus marquesinas —dijo Facunda.

—En su interior, imagino las puertas dislocadas, las paredes desconchadas, goteras en el tejado, el alfombrado deshecho, la tarima astillada y las butacas despanzurradas —observé.

—Imaginas bien —replicó Arira.

—Adentro de las vitrinas de la dulcería hay ratas y cucarachas; los chocolates marca Escalona, ya bastante blancuzcos, se desmoronan como tierra —agregó Facunda.

Arira y María evocaron las grandes producciones que allí se habían montado, a los actores que habían actuado en ellas; criticaron a las estrellas vivas, que no sabían actuar y que no tenían el idealismo de las antiguas, no podían memorizar un papel y sólo podían actuar por pedacitos delante de las cámaras de la Circe de la Comunicación. Se me rompió el corazón cuando Arira recordó que en la obra *La vida no es sueño,* representada en El Granero de Medusa, al comienzo de la función hubo un espectador. El cual, aprovechándose de la oscuridad de la sala, luego se marchó. Los actores no se dieron cuenta que no había público y siguieron actuando. Y si lo supieron, pretendieron no saberlo y actuaron para sí mismos, como en *El gran teatro del fin del mundo.*

—No se pudo estrenar *Las Euménides* porque nadie compró un boleto para venir a oír la voz antigua de Esquilo —dijo Arira.

Tosí. Mi tos fue un *statement* sobre la situación del teatro, pero más del aire.

—Soy una experta en la historia de la ilustre y leal Ciudad Moctezuma y puedo comparar su degradación actual con su esplendor pasado, haciendo uso de una topografía de la memoria —dijo Facunda.

—Trae colgado en la cabeza el mapa de una geografía imaginaria, donde el Imperio Mexicano se extiende hasta la América Central y penetra en los Estados Unidos como un hacha —afirmó María.

—Sus paisajes son mentales, son como portadas de libros y fotos de época que el sol decolora en las vitrinas de una librería de viejo —dijo Arira.

—Los gobernantes mexicanos han vaciado el cuerno de la abundancia —se lamentó Facunda.

—Del México antiguo nos queda una patria moral, la única que no pueden echar a perder nuestros presidentes ni nuestros conciudadanos, ni pueden explotar ni invadir nuestros adversarios históricos —aseveró María.

—Qué curioso, en medio de todo este ruido me encuentro terriblemente sola —dijo Arira.

4

En la calle de Gladiolas la luz contaminada era extraña, vagamente bella, casi se podía tocar con las manos.

No lejos un río sólido, como serpiente pútrida, fluía sin reflejos, sin alegría y sin leyenda. Ante sus efluvios hediondos cerré los ojos, queriendo cerrar las puertas de mí misma.

Cerca de nosotras pasó una robachicos, esa plaga viva que arrebata el niño pequeño de la mano de la madre para surtir el mercado de órganos humanos y los prostíbulos de menores. Parecía halcona.

Con dificultad habíamos salido de la casa del viudo Luis Antonio, un marido tan infiel que le había imputado a su esposa sus propias infidelidades.

—Les doy el sofá-cama y el lecho matrimonial —nos ofreció él, para que no nos fuéramos, para que pernoctáramos allí, para que nos siguiera hablando de sí mismo y de su obra.

—No, gracias —se negó Arira y se arrancó de los brazos a Luisa y José Luis, sobrinos que querían colgársele del cuerpo y de la vida.

—¿No te suceden los pájaros para que te quedes? —le preguntó Luis Antonio a María, sabiendo que los canarios, los cenzontles, los jilgueros y los cardenales de Rosalba eran su debilidad.

—Gracias, pero me daría mucha pena tener pájaros ahora que mi hermana no está —respondió ella.

—No puedes aceptar la responsabilidad de cuidarlos —intervino Arira.

—Míralos de cerca —insistió Luis Antonio—, te están pidiendo que los cuides.

—¿Qué harás si se te enferman y se te mueren? —la cuestionó Arira—. Hay que tener buena mano para atenderlos.

—Tengo tan buena mano como Rosalba. ¿O me la ves rasposa? ¿Necesita crema de almendras blancas? —María mostró su mano abierta, con un fulgor colérico en los ojos reminiscente de Rosalba—. Si tú no los quieres, yo sí. Ella me los encomendó y no quiero faltar a su memoria.

—No falto a la memoria de Rosalba por decir que no es fácil cuidar pájaros —se defendió Arira.

—Tampoco es fácil cuidar estrellas otoñales —replicó María—. Tu autobiografía se llamará *Ansiedades de una actriz en el fin de los tiempos.*

—Es un buen título para mis memorias —aceptó Arira.

—¿La han visto? Su mano abierta es del mismo tamaño, color y forma que la de Rosalba —exclamó Luis Antonio.

—Desde ayer estos pájaros no tienen alimento ni luz —María sacó una jaula con un cenzontle al patio.

—Te ayudo —Facunda descolgó de la pared una jaula con un tucán. Luisa, José Luis y yo, con sendas jaulas, las seguimos. Arira y Luis Antonio se quedaron inmóviles, mirándonos.

—Este perico ha perdido sus plumas de vuelo —dije.

—Ese cardenal tiene un desgarro en la piel —observó José Luis.

—Este jilguero está calvo —informó Luisa.

Los pájaros en el patio comenzaron a cantar.

—¿No te sucede su canto para que te quedes? —le preguntó Luis Antonio a María, viendo que escuchaba complacida el gorjeo del cenzontle.

—No me sucede —contestó María y de su cara desapareció la expresión feliz.

—¿No te sucede quedarte? —la siguió Luis Antonio—. Al verte creo que estoy viendo a Rosalba.

—No me mueve quedarme —respondió ella, molesta por la comparación.

—Podría enseñarte a pintarlos —le ofreció él.

—No quiero pintarlos —María le dio la espalda.

—Con la muerte de mis padres se me quitó el techo de la vida, con la muerte de Rosalba se me cayeron las paredes —exclamó Arira.

—Que Luis Antonio nos mande los pájaros en un camión a la calle de Amsterdam. Atlapetes y Pezopetes los recibirán. Cuando lleguemos, nos estarán esperando —dijo María a Facunda.

—Estoy lista para irme de aquí —manifestó Arira.

Una gran mosca fosforescente chocó contra la ventana, queriendo atravesarla.

—Mátala, tú que la alcanzas —me empujó Facunda.

—Mátala tú —rezongué.

—Si no lo haces, cuando tengas hambre te daré tacos de arañas.

—Y yo a ti tortas de cucarachas.

—Transpongamos de una vez la frontera de estas ciudades atroces —se impacientó Arira.

—O los límites de la viscosidad —dijo María.

—Es cierto, la casa está en los límites de la nada, donde tienen sus linderos Ciudad Moctezuma y Ciudad Netzahualcóyotl, si límites pueden llamarse las manchas de asfalto y las capas de neblumo que las unen —explicó Luis Antonio.

—No hay mucha diferencia entre las dos ciudades, sus competitivos alcaldes se dedican igualmente, afanosamente a tumbar árboles, aplanar montículos, rellenar barrancas, entubar ríos, derrumbar monumentos históricos y a desaparecer ruinas arqueológicas —manifesté.

—La occisa... —comenzó a decir Facunda.

—No llames a mi hermana occisa —la calló María.

—¿No te parece extraño que Luis Antonio tenga en su recámara una maleta hecha? ¿Se va de viaje? ¿Adónde? Lo del desorden no me sorprende, su mujer acaba de morir. Lo de la maleta sí es raro —dijo Arira.

—Mañana nos íbamos a ir a Uxmal de segunda luna de miel —reveló Luis Antonio—. Pretendíamos dejarte los niños.

—Es lo primero que oigo sobre este asunto, Rosalba nunca me lo mencionó —Arira echó a andar.

Nosotras la seguimos. Poco a poco nos internamos en una muchedumbre que se mordía la cola, que se estorbaba en todas partes, que hablaba todo el tiempo pero no se escuchaba a sí misma.

Después de horas de andar, tenía la impresión de que nos hallábamos en el sitio exacto del que habíamos partido, tan odiosas, tan semejantes eran nuestras urbes rivales.

—Me arden las plantas de los pies, me han salido ampollas —se quejó Facunda.

—Yo traigo las piernas tan engarrotadas que parece que ando con zancos —manifesté.

—A mí me duelen los cabellos, las ropas, los zapatos, los aires que respiro —aseguró Arira.

—Tienes los ojos cobrizos por la contaminación, te puede dar un flú —me advirtió María—. Es viernes, día de dolor de cabeza.

—Es tiempo del hambre —Facunda se detuvo frente a la taquería Las Ubres de la Malinche, uno de esos establecimientos que en la calle nos salen al encuentro por el olor de la grasa y nos siguen hasta el día siguiente por el dolor de estómago.

—Facunda siempre anda en busca de antojitos —observó María.

—No estoy hambrienta, pero puedo comer —reconoció Arira.

—La muerte de Rosalba me ha despertado un apetito feroz —dije a Facunda, aparte.

—A mí Ciudad Moctezuma me da una sed infinita. Hambre, poca —declaró María.

—Yo las invito —Facunda entró en la taquería, cuyos muros estaban decorados con fotos de vacas destazadas. Un cartón de leche meaba por debajo el mostrador. Los hilillos blancos caían sobre el linóleo del piso.

—Con el olor he comido, y con la vista de los animales descuartizados me he indigestado —masculló María.

Trozos de muslo daban vueltas en los alambres, los cuchillos eléctricos cortaban y echaban automáticamente las rebanadas de carne en las tortillas calientes.

Una mesera vino a sentarnos. Le faltaban dos dientes frontales y parecía que todo el tiempo se estaba bajando una falda labial para taparse los huecos. Quería ser *sexy* y paraba el trasero. La mesa estaba llena de platos y cubiertos sucios.

—Ningún gorrión cae al suelo sin la voluntad de Dios —reflexionó Facunda.

—Y sin la mano del hombre —añadí.

En los minutos que siguieron, Facunda compartió su atención entre su plato y un joven agente de ventas sentado a la otra mesa. Yo me senté contra la pared, lejos de la puerta, lejos de la cocina, lejos de los clientes. Un hombre de cara grasienta se me quedó viendo. El culo de la mujer con la que estaba sentado era un perón rojo desparramado sobre una silla estrecha. Ambos bebían cervezas. Las etiquetas mojadas se desprendían de las botellas.

Por la calle vino un hombre alto. Traía la cabeza ladeada, las manos en los bolsillos de un saco de rayas, un cigarrillo apagado en los labios. Se detuvo ante la ventana para leer el menú. Volvió la cara lampiña, de adolescente adulto, hacia el interior, hacia mí. De inmediato supe que lo conocía, que lo había visto antes en un salón de baile y entre la multitud. Estaba segura. Cuando lo busqué, se había ido.

Facunda comió los tacos de frijoles de María y las quesadillas suyas. Seis en total. Yo, por pura angustia, comí doble, los de Arira y los míos, los entomatados y los de flor de calabaza con guacamole.

Arira se miró en el espejo, con cara de alguien que de pronto se acuerda que es muy conocida y se halla en un lugar público. La modulación de luz y sombra en su ropa creaba una sensación de movimiento, aunque ella se mantenía quieta.

—No sé por qué los hombres me miran el cuerpo así, trato de ser natural —se quejó María, bebiendo una limonada.

—El cuerpo es natural para una misma, pero al ser mirado con deseo por otros se convierte en un objeto erótico —explicó Facunda.

—El sexo es un deseo cuya satisfacción final reside en la cabeza, aunque utilice el cuerpo como medio —concluyó Arira.

—No entiendo a los que duermen de día, se pierden de tantas cosas buenas y malas cuando están fuera del mundo —dije.

—Deberíamos dormir con los ojos abiertos y caminar soñando —se burló María.

—Hablando de soñar despierta, ¿no encuentras a Luis Antonio peligrosamente amable contigo? —le preguntó Arira.

María no contestó.

—¿No sientes que te encuentra un parecido morboso con Rosalba? La próxima cosa que te va a hacer es una declaración de amor.

—Los periódicos dicen que hoy puede ser el día del gran terremoto, que el fin de la era del Quinto Sol se aproxima —dijo Facunda, sus dedos chorreando salsa—. Miren ese encabezado.

"LA CIUDAD TIEMBLA", gritaba *El Azteca*.

—No tengo tan buenos huesos como para aguantar una estampida humana —dije—. Me da susto pensar que el sismo puede tocarme en el metro, siempre congestionado.

—Yo no tengo cabeza para una lluvia de vidrios —dijo María—. Tendría que ir por la calle con una almohada o con un yelmo para protegerme.

—Los terremotos me ponen ávida —añadí.

—Dirás, ansiosa —me corrigió Facunda, mirando al agente de ventas que pagaba y se iba.

—Ávida —insistí—, me ponen ávida.

—El terremoto derrumbará las construcciones del alcalde Agustín Ek, y al alcalde mismo —expresó María.

—Esas construcciones horribles serán reemplazadas sin falta por otras construcciones horribles —aseguró Arira.

—Las cárceles de la Policía Sanitaria se vendrán abajo. Con los judiciales y los niños de la calle allí presos —afirmó María.

—Los tacos del futuro me hacen daño, mejor hablemos del hambre actual —interrumpió Facunda—. Se vaticina tanto el desastre que tarde o temprano ocurrirá lo peor.

—Sentí náusea desde el momento en que olí en la calle esos tacos asquerosos —exclamó María—. Ya me enfermé.

—¿Los tacos de cachete, criadilla o sesos que no comiste te hicieron daño? —le preguntó Facunda.

—La vista de todos.

—Los que comí estaban sabrosos, aunque infectos —reconoció Facunda.

—En la noche, durante el velorio de Rosalba, los pájaros se pusieron a cantar, ¿los oyeron? —les preguntó Arira.

—Oí nada —Facunda hizo a un lado el plato con papeles grasosos.

—Yo los escuché con los ojos cerrados, no supe si eran de verdad o mecánicos —continuó Arira—. Nunca antes los había oído cantar tan bellamente. Tal vez eran los pájaros funerarios de Rosalba.

De pronto, la niña que había escapado de la mano de su madre en Paseo de la Malinche se paró frente a la ventana. Se nos quedó mirando, famélica, medrosa.

Pensé salir a buscarla, pero ella vislumbró al policía judicial de aspecto siniestro y se fue corriendo.

El policía, seguro de atraparla, tranquilamente se fue por el otro sentido de la calle, sabedor que tarde o temprano ella caería en su telaraña.

—No comas tan aprisa, los tacos no se te van a escapar de las manos —me llamó la atención Arira.

Con un bocado en la boca y un taco en la mano, me sentí sola en el restaurante lleno de gente. Todo el mundo me miraba. En particular, el hombre con la cara grasienta.

—Ningún varón es de tu tamaño, ninguno es para ti, como el gigante de Goya estás sola en el universo —vociferó Facunda, al ver que en vano miraba por la ventana.

—Soy mujer sin pareja, moriré de altura, moriré soltera, qué delirio, qué virginidad especial —le contesté.

5

—En este momento vi a Rosalba en su capa azul. Al acercarme a ella, desapareció en la multitud —dijo María.

—Empiezas a alucinarte, mujer, tal vez te viste a ti misma en un espejo —replicó Facunda.

—Estoy segura de que vi a alguien semejante a mí seguirnos. Dio la vuelta en la esquina.

—¿Por dónde? ¿Por allá? —la interrogó Facunda, incrédula.

—Por allá, pero no te burles porque te doy una bofetada.

—Nada más me acuerdo de Rosalba y me doy cuenta de que nunca más podré ir con ella al Café Tirol y me embarga la pena —expresó Arira.

—Y a mí verla aparecer me está volviendo loca —dijo María.

—No sigas, porque siento que me mareo y me caigo.

—¿Otra vez tienes vértigos? —le preguntó Facunda.

—Vértigos morales.

—¿Qué te pasa?

—Me pasa que me caigo adentro de mí misma —Arira cerró los párpados.

"MONSTRUOS DEL CREPÚSCULO VIOLAN A NUESTRAS MUCHACHAS", decía una Extra de *El Azteca* en su encabezado.

—Hay más gente que antes —se asombró Arira cuando abrió los ojos—. Natura ha parido cien hijos más en los segundos que no estuve viendo.

—Este puesto de periódicos tiene buen surtido de mapas y guías de la capital —informó Facunda—. Compremos uno.

—Aquí se vende un plano de Ciudad Moctezuma con el trazo de las calles tan amplificado que parece haber sido hecho para miopes o tontos —dije.

—En su dédalo de nombres hay cientos de calles Miguel Hidalgo y Costilla. En su nomenclatura se puede leer el quién es quién del sistema político que nos desgobierna —añadió Facunda—. Desplegado el mapa, la historia oficial cubre cinco metros cuadrados de nada.

—El lugar donde ahora nos encontramos está encirculado con tinta roja, marcado con un alfiler, cuídate porque existe —señalé.

En el centro de la plaza surgió un árbol de metal. En sus ramas tubulares estaban cantando pájaros autómatas, que abrían y cerraban el pico y las alas a cada trino. Flores artificiales, iluminadas por dentro, fosforescían. Turistas y niños rodeaban ese novísimo árbol de la vida.

En el noveno piso de un edificio, las noticias del día daban vueltas en una banda luminosa. Una y otra vez notificaban los últimos obituarios: la extinción del lobo mexicano, el fin de la palmera nakax en Sian Ka'an, la desaparición de una orquídea en Los Tuxtlas, la muerte del Río de las Mariposas. Por esas muertes no se podía dar el pésame a nadie. Esas criaturas no tenían dueño.

Un objeto metálico me dio en el brazo. Mientras trataba de localizar al lanzador anónimo, otro más me golpeó arriba de la oreja derecha.

Colegí que alguien odiaba a las mujeres altas, y ese alguien me tomaba como tiro al blanco. Yo era el cuerpo más visible en la muchedumbre.

Con furia dominada, busqué con los ojos al agresor. Las caras de los presentes parecían salidas de adentro de mí misma. Caras indistinguibles y vulgares; caras que, tuve miedo, una vez vistas, internalizadas, no se irían nunca de mí, reaparecerían en un sueño futuro.

Entre los presentes vi a un hombre alto, el más alto de todos. Unos centímetros más alto que yo. Su cabeza sobresalía sobre las demás cabezas. Su gesto, indiferente y ajeno al mundo circundante, me llamó la atención, pues parecía el de un ser que vivía fuera de la realidad.

—No es el hombre que se detuvo a leer el menú frente a la ventana del restaurante. No lo conozco, pero me recuerda mucho a Baltazar —musité—. No lo veo desde que se fue. ¿Habrá envejecido? ¿Cómo será actualmente?

Él me observó desde el otro lado del gentío. En silencio, imperturbable. Me extrañó que diera la sensación de que no me conocía. Cerca de él se paró la niña fugitiva.

—¿Quién es el listo que te agredió? —me preguntó Facunda.

—No sé.

—Eres una víctima fácil.

—Lo soy.

El hombre alto desapareció.

—El golpe que te dieron me hizo pensar en Luis Antonio —dijo María.

—¿Por qué?

—¿No lo viste bajar de su estudio saltando sobre los peldaños de vidrio como si descendiera sobre una escalera invisible? ¿No tuviste miedo de verlo caer entre los escalones rotos?

—Temor vano, cada escalón de ese vidrio puede soportar una tonelada de peso, quince Luis Antonios y dos Marías —la interrumpió Arira.

—El estrépito que causó al bajar fue impresionante. Aun a costa de su seguridad, a él le gusta llamar la atención sobre su persona, perturbar a los demás con el ruido que hace al vivir —dijo Facunda.

—Dime, ¿a quién mirabas hace unos momentos con tanta atención? —me demandó María.

—No te lo voy a decir —respondí.

—Un día hace mucho tiempo, Rosalba niña le devolvió la vida a un jilguero —contó Arira—. La muerte del pájaro duró una noche. Ella, con sólo pasarle la mano por la cabeza hizo que se movieran sus ojillos apagados, que las patitas tiesas se estiraran y que abriera el pico pidiendo alimento. A lo mejor sólo estaba entumecido, pero nosotras creímos que por sus poderes ella lo había resucitado.

—Rosalba y yo fuimos gemelas idénticas —me dijo María, como si no lo supiera—. Tan cercana era a mí cuando niña que me preguntaba si no era mi ángel de la guarda. Ella se preguntaba lo mismo. Entonces, todo nos hacía creer que a través de una asimilación mutua de nuestras circunstancias era posible ser una sola persona en dos cuerpos individuales, alejarme de ella era como separarme de mí, acercarme a ella era como volver a mí.

—Cada una veía en la otra lo que más le agradaba de sí misma, y lo que más detestaba. Ambas se deleitaban viéndose como si presenciaran su rostro en el espejo —recordó Arira.

—En sueños, su voz me informaba de un peligro que me amenazaba. Al despertar, comprendía que mi voz me había advertido de un peligro que la amenazaba a ella, y ya no sabía si la voz había provenido de ella o de mí —continuó María.

—La semejanza entre Rosalba y María provocaba tanta confusión en los parientes y en los vecinos, y tantas situaciones cómicas, que poco a poco ellas se acostumbraron a tomar su gemelez con sentido del humor, procurando que su similitud no las condujera a la aversión de sí mismas, o a sentir repugnancia por sus personalidades —dijo Arira.

—Nunca se me olvidará una noche cuando nos paramos juntas delante del espejo: dos figuras idénticas nos midieron de arriba abajo, como otro par de dobles. Yo tuve miedo de poder ser infinitamente duplicable, infinitamente ubicua —profirió María.

—Rosalba y María tenían ligeras diferencias. Diferencias en peso, en estatura, en voz. Diferencias que nadie notaba, excepto ellas; excepto nuestros padres, Luis Antonio y yo.

—Pronto esas diferencias eran olvidadas por los otros, pues quién iba a estar pesando nuestro cuerpo, midiendo nuestra estatura y discerniendo el timbre de nuestra voz todos los días.

—Ellas agudizaban su semejanza poniéndose ropas similares y tratando de andar, moverse y escribir de idéntica manera. Así le tomaban el pelo a todos.

—Recuerdo que un día me asaltó la incomodidad extraña de verme, de hallar a mi ego, visible e independiente, caminando por la calle. No supe entonces qué hacer.

—Pensé que los encuentros contigo misma te daban confianza, no inseguridad —aseveró Facunda.

—No cuando la persona más amada y más odiosa para ti en el mundo va con el hombre que te gusta y te disgusta. No cuando apenas el día de ayer él te ha invitado a salir a ti y confundido va del brazo con otra, creyendo que va contigo —replicó María.

—A veces, al hallar a Rosalba al lado de Luis Antonio sentía aversión por ella, me decía que ella estaba usurpándote —confesó Arira.

—Volvamos al día de ayer, cuando desde la ventana, agazapada detrás de la cortina de gasa, pude observar a Rosalba caminando con mi pretendiente, dudé si era yo la que se alejaba por la calle, o era ella, mi contraparte, la que me observaba desde la ventana —dijo María—. Bajé corriendo las escaleras, salí a la calle, los alcancé y la sombra visible de mí misma vino a mi encuentro, vertical y sonriente, para presentarme al hombre que era mi amigo. Lo más curioso de todo es que ella llevaba mi ropa, mis zapatos, mi corte de pelo y mi maquillaje. El hombre, recuerdo, se nos quedó mirando, inseguro de lo que veía. Rosalba, al advertir que él me miraba más que a ella, no pudo evitar clavar en mi frente sus ojos celosos.

—Rosalba fue bella pero lenta, no podría decir lo mismo de ti —afirmó Arira.

—Luis Antonio se ufana de ser un hombre de campo, pero cuando pasa un día lejos de la ciudad se aburre —intervino Facunda.

Arira le quitó la palabra:

—Fue hijo de Felipe Velasco, un pintor que hacía vírgenes de Guadalupe para el doce de diciembre. La madre que lo parió tuvo por nombre Raquel Ruiz, y su padre fue administrador de Correos de Contepec. Una mañana, el maestro de la escuela pública leyó a sus alumnos un capítulo de *Don Quijote de la Mancha* y Luis Antonio quiso ser el Miguel de Cervantes Saavedra de su época. "¿Qué pan vas a comer?", lo interrogó el maestro. "El de la fama", contestó él.

—A comienzos del año dos mil veinte, llegó Luis Antonio a Ciudad Moctezuma y se relacionó con los autores de moda, quienes le ayudaron a conseguir becas y premios de gobierno —me explicó Facunda—. Por eso siempre tuvo aspecto de escritor oficial.

—Frente a una tintorería, camino a una tienda de alimentos para aves, Luis Antonio se topó por vez primera con Rosalba y le pidió una cita. Ella se la negó —recordó María—. Durante días la siguió por Paseo de la Malinche, hasta que obtuvo el número de su videófono. La llamó varias veces. Ella le colgó cada vez. Le rogó que lo recibiera en su apartamento. Luis Antonio no conocía el significado de la palabra no.

—Un lunes de febrero, él la sorprendió al abrir la puerta y le mintió diciéndole que su hermano había muerto en Toluca y necesitaba hablarle. Ella accedió a una visita de un cuarto de hora, que se volvió de dos horas —agregó Arira—. Le contó que había nacido el 15 de septiembre del año dos mil y que a los dieciocho años había peleado en la guerra de Chiapas.

—Fue gran matador de cucarachas en esa guerra —aclaró Facunda—. Se pasó el tiempo en el centro nocturno El Sí de las Niñas, en la Zona Rosa de Ciudad Moctezuma.

—Un viernes de julio se le apareció en la puerta a Rosalba con un ramo en la mano. Ella le dijo que no le enviase ni le trajese flores, porque le entristecían y las detestaba, y porque le recordaban a quien se las enviaba: un cualquiera llamado Luis Antonio, al que no deseaba volver a ver en su vida —recordó María—. Dos veces por semana él le mandó rosas, aunque ella no se las recibió. Y si lo hizo, las dejó marchitarse en el lavabo del baño. Me daba mucha pena tenerlas muertas en el apartamento, no soportaba la idea de arrojarlas al bote de la basura.

—¿Qué más? —le pregunté.

—Una tarde, cuchillo en mano, él se forzó la entrada en el apartamento y me encontró en bata, recién salida del baño —secreteó María—. A punta de cuchillo me dijo que me amaba y me pidió un beso. Ella se lo negó, ordenándole que se fuera.

—¿Tú o ella? —le preguntó Arira—. Me estás poniendo nerviosa con tus ambigüedades.

—La noche del domingo salieron juntos y pasearon por una plaza de Coyoacán. Después de cenar en El Hijo del Cuervo se metieron en un hotel. Ella no se dejó seducir. Salió virgen del cuarto.

—¿Cómo lo sabes? —Arira escrutó su cara.

—Lo sé porque lo sé. Una semana después, ella lo visitó en su estudio y se dejó fotografiar desnuda para la portada de su novela *La pirámide de ella*, que comenzaba a escribir. Rosalba no permitió que se le acercara, que la tocase. Cuando se estaba despidiendo, él la puso contra la pared y la besó a la fuerza. Los dos cayeron al suelo. Él se montó sobre su cuerpo, le jaló el cabello, le apretó las muñecas. Ella le rogó que la soltara, que no lo hiciera así, como si fuese violación. Ella se acostó en el sofá-cama, abrió las piernas y aceptó su amor, pensando en otras cosas. Cuando amaneció, él le dijo que se iba al funeral de su padre en Toluca. Siempre decía que había muerto en su familia. Ella se dirigió a la casa de sus hermanas para contarles lo sucedido.

—Te dije que llamaría a un jefe de nacotecas, amigo mío, para que lo arrestaran. Me pediste que no lo hiciera. Él habló por videófono, se disculpó de lo ocurrido y nos reveló que no podía vivir sin Rosalba —declaró Arira.

—Y Rosalba sin él —intervino Facunda.

—Él le hacía el amor con tanta pasión que ella sentía sólo sus apuros, el murmullo de otros nombres. No sé si pasión era la palabra con que los antiguos designaban la ansiedad. Ella no podía distinguir en su amor entre ansiedad y pasión. ¿Cuál era cuál, dónde comenzaba una y terminaba la otra? —retornó María.

—Preñada, ella aceptó mudarse a su estudio con sus pájaros. Nació José Luis, nació Luisa —dijo Arira.

—Luis Antonio sentía por ella una dependencia patológica, una obsesión insoportable, y no podía separarse de ella una hora, un minuto —continuó María—. Rosalba era una mujer de hábitos. Le gustaba sentarse todas las noches a la misma mesa, junto a la misma ventana del Café Tirol. Se entretenía viendo pasar a la gente bajo la lluvia de agosto y en medio de los remolinos de febrero.

—El año de su amor llovió torrencialmente. Recuerdo que fue una tarde de julio cuando Rosalba y María venían a Morelia en un avión de cuatro asientos, que a Luis Antonio le dio por matar alacranes en el aeropuerto —dijo Arira—. Recuerdo que Facunda y yo estábamos cerca de la pista de aterrizaje y un río de alacranes güeros empezó a fluir por el canalito que salía de una bodega. Recuerdo que nunca había pensado que hubiese tantos alacranes en el mundo, y sobre todo en el mismo lugar. Recuerdo que mirábamos el avión subir y bajar en el aire, dando vueltas entre relámpagos y truenos; que Luis Antonio, enloquecido, comenzó a picotear la espalda de cada alacrán que era arrastrado por el agua en el canalito y cada alacrán se clavaba a sí mismo la uña envenenada. Alumbrado su rostro por los relámpagos, muy excitado por ver cómo se suicidaban los alacranes, se le olvidó que adentro estaba Rosalba, el amor de su vida.

—La enfermedad de Rosalba me devastó —reconoció María—. Ahora que murió me siento mejor, me hallo como fortalecida. He asumido su existencia.

—Desde que nacieron las gemelas se adoraron, fueron inseparables, enfermizamente estuvieron unidas y en los *affairs* sentimentales y las peleas familiares siempre se aliaron contra mí y contra los demás —dijo Arira.

—En mis intentos por parecerme a ella, durante horas ensayé en el espejo sus gestos y sus movimientos, la inflexión de su voz. Un día descubrí que ella trataba de imitarme a mí. Creo que las dos sufríamos de lo que podría llamarse una semejanza perniciosa —reveló María.

—Rosalba tenía buena mano para los pájaros, como yo la tengo para las plantas.

—No es el número de recuerdos lo que cuenta, sino la manera de recordarlos. El dueño del pasado es el que mejor recuerda. Aunque a veces los recuerdos matan. Mi manera de recordar es asesina.

—Muerto el teatro, he plantado en el jardín de la casa algunas obras como *La Celestina, Antígona, Las Bacantes, La tempestad* para ver si florecen en el futuro —dijo Arira, apoyándose en el brazo de Facunda.

—Cuando Arira sufre vértigos y se siente caer debe olvidarse de sí misma. Una poca de inconciencia le haría bien —me explicó la maquilladora.

—No importa dónde esté ni con quién, el caso es que últimamente siento que se me doblan las corvas y que me caigo en el abismo que es uno mismo.

—Yo oigo el resuello de Rosalba en mi pecho, el ruido de sus miradas en mis ojos; cuando dejo de sentirla, es como si diera un portazo contra su fantasma —reveló María—. Desde que murió, siento la obligación de llevar en mí su mitad muerta. Nuestros espíritus, ahora separados, un día no muy lejano volverán a reunirse. En vida, no sólo compartimos un presente, sino también una ausencia.

—Rosalba fue su doble. Para María la gemelez fue una larga borrachera espiritual: duró hasta el día de su muerte.

—Tengo humor para nada —interrumpió Facunda.

—Yo ganas de romper a patadas la cara de ese sujeto que me está mirando —dije.

6

La fama de Arira iba en declive.

Diez años atrás, la prensa había celebrado sus opiniones. No importa si ella, adentro de ella, se sintiera famosa por las razones equivocadas, no por su talento teatral.

Cada cinco minutos, la Circe de la Comunicación había pasado anuncios dirigidos a la mujer madura, enfatizando la limpieza del cutis de Arira: "Viaje al otoño con tersura: Use Cremas Emperatriz Carlota." La publicidad de una marca de automóviles se hizo con su cuerpo en traje de noche, esperando a su enamorado: el modelo del año.

Ella había ambicionado ser célebre como actriz, no como promotora de ventas; en un arte perdurable, no en el medio más olvidadizo de todos, el de la Circe, donde el nuevo comercial borra el anterior.

Del modo que Arira se había vestido entonces, se vestían en la actualidad las jóvenes, justo cuando ella se vestía con otro estilo. "Nací hermosa, como otras nacen feas, y a la gente le gusta mi hermosura", solía expresar, sin pretensión, segura de sí misma.

—Hace cinco años, si la multitud hubiese descubierto su presencia en Paseo de la Malinche, no hubiésemos podido seguir adelante. No porque la gente la conociese por el teatro, sino porque su imagen había llegado a millones de hogares gracias a la Circe de la Comunicación —dijo Facunda.

Hacía dos años, el 27 de octubre de 2025, la Compañía Nacional de Teatro había abierto su temporada con una producción de *La Celestina,* o la *Comedia de Calisto y Melibea,* de Fernando de Rojas. Arira, primera dama de la escena hispánica, había hecho el papel de la alcahueta vieja.

Este estreno había sido muy esperado por la escasa crítica teatral y por los escasos aficionados al teatro, pero más por Arira, quien hacía veinticinco años había hecho ese papel en el mismo escenario, con gran éxito, cuando era una debutante de dieciocho abriles.

Ana Sitges, como se llamaba en aquel tiempo Arira, había nacido en la ciudad de México, fruto del orgasmo distraído de un profesor catalán en una mujer purépecha, ambos amantes pobres y nunca casados por ley civil ni eclesiástica. Ana fue la primogénita. Rosalba y María vinieron juntas muchos años después.

Adolescente aún, con su vestido único, limpio y bien planchado, la futura actriz frecuentó la Escuela del Viejo Gallinero en Coyoacán, dirigida por Omar Carrillo, y se inscribió en la Academia Nacional de Arte Dramático, fundada por Buenaventura Soler. De allí pasó al Estudio de Drama, Dicción y Fotografía, establecido por Bernarda Ramírez. Todas las mañanas antes de clases, su padre solía leerle un poema de Garcilaso de la Vega, Jorge Manrique, Luis de Góngora o Francisco de Quevedo, por creer que estas lecturas ayudarían su castellano, y su imaginación.

Arira, habiendo sufrido hostigamientos sexuales a manos de maestros durante su adolescencia, desconfiaba de los hombres, pero no de la fortuna. Sobre todo cuando el fin de mes la familia no tenía dinero para pagar la renta del apartamento en Paseo de la Malinche y su amiga Irene Cohen aparecía en la puerta con un cheque por el monto exacto del alquiler.

Con la escenificación de *La Celestina* en el año 2000, comenzó el ascenso de Arira al estrellato. Aunque ya había obtenido algunos aplausos como actriz infantil en las funciones dominicales de *Doña Blanca en la Zona Roja* y en las representaciones sabatinas de *Caperucita Roja para adultos*, piezas dirigidas por la comedianta Bernarda Ramírez, quien salía vestida de lobo.

Ana Sitges en el papel de Celestina, ¿qué aficionado al teatro en los países de la hispanidad no la recordaba? Esta actuación, clave para su vida, había disparado su carrera artística.

Ella había sido una Celestina histórica, nadie lo dudaba. Después de ella, todas las demás actrices que habían encarnado ese papel resultaban desangeladas, y hasta ajenas al personaje.

"Es como si Fernando de Rojas hubiese creado a Celestina cinco siglos antes pensando en Arira. La voz y la expresión facial de la actriz se armonizaron naturalmente al texto del dramaturgo y ella transmitió al público el carácter complejo del personaje. Voz y gesto apelaron al oído y al ojo y la 'memoria de la emoción', que exigía Stanislavski en los buenos actores, en ella fue precisa y oportuna.

"En otras actrices, el timbre de la voz es demasiado alto o demasiado bajo, en Arira es claro. Ver una palabra, comprenderla y articularla, es su arte. Saborearla en la mente y materializarla en la voz, es su genio. Nunca, como el día de ayer, fui consciente de que el lenguaje es perecedero, y la forma de decirlo. También supe que hay sentimientos unidos a ese lenguaje, y maneras de expresarlo, que son perdurables", escribió el crítico Pedro Arroyo.

"Arira estableció sin esfuerzo aparente la relación dramática entre la voz y el movimiento, entre el silencio y el gesto", dijo el teatrero Tomás de la Guardia. "Explorando las posibilidades de la voz humana, y las de la suya propia, ella profirió su imaginación vocal con pasión acordada. En su actuación, Arira siguió el consejo de Diderot en su *Paradoxe sur le comédien*: 'Cabeza fría y corazón cálido.' Mediante la unión de su persona y de su voz, la joven debutante expresó el carácter elusivo del personaje y lo hizo real ante los espectadores."

"En el siglo xx, Artaud y Grotowski exaltaron las manifestaciones no verbales del teatro; Arira, siguiendo un camino clásico, enfatizó la palabra. Cada sílaba fue enunciada por ella con el énfasis correcto, comunicando en su actuación hasta la última sombra de sentido. Arira produjo su voz como un acto, integrando respiración, fonética, resonancia y articulación, sabedora de que los griegos y los romanos relacionaron respiración y habla", proclamó Francisco de la O.

"Solamente hay que ver el ángulo de su cabeza, la manera de colocar los pies y mover las manos, la claridad vocal, la musicalidad original de la palabra, para darse cuenta que estamos ante una gran actriz. Con esa voz Arira podría hacer cantar los pájaros y crecer las plantas", exclamó Federico Redondo la noche del estreno. Y aquellos que no presenciaron su actuación lo repitieron luego, dando crédito sumiso a la leyenda.

Sebastián del Prado, quien hizo de Calisto, diría años después de esa primera representación que compartir los créditos con una actriz nueva como Ana Sitges, la actual Arira, había sido la mayor alegría de su vida artística, pues no todos los días había visto nacer a una dama de la escena como esa noche en *La Celestina*. "Al contrario, muchas grandes actrices han encontrado su tumba en esa obra", afirmó. Lo que más le divirtió fue ver a una actriz novata haciendo el papel de la alcahueta vieja, y a sí mismo, hombre cuarentón, de joven enamorado. "Al principio creí que la chica era un desastre y que estaba muy verde para interpretar a Celestina, pero después de unos cuantos minutos me di cuenta que estaba delante de alguien muy especial y que ella era del todo convincente en ese papel. En cambio, la actriz madura que hizo de Melibea resultó fría y aburrida."

La actriz Lorenza Urrutia, que había hecho de Melibea, despechada, expresó entonces que como Arira era hija de padres extranjeros y no había aprendido el castellano en casa, sino en la calle, estaba más calificada para recitar poemas en provenzal, o para hacer de madrota en un burdel de Morelia, que para interpretar a Celestina en el teatro. Por eso, no había sido raro encontrar los primeros lugares de la sala ocupados por comerciantes catalanes y por indios tarascos; estos últimos venidos de Tingüindín, Tarantácuaro y Parandirícuaro.

"Lorenza Urrutia tenía coraje cuando hizo de Melibea, así al actuar estuvo más ocupada en su coraje que en Melibea. Esto lo sintió el público", comentó Sebastián del Prado, saliendo en defensa de Arira. "Una actriz debe dar la ilusión a la gente de que ella es el personaje que representa y que el personaje que representa es ella. Si la joven Arira no pudo producir el efecto que proyecta sobre el público una actriz madura, gracias al dominio de su arte, por su talento en estado salvaje a lo Rimbaud, en todo momento nos transmitió la sensación de ser Celestina, habiendo dotado a su personaje de una pasión demónica."

Un triunfo siguió a otro y Arira fue aclamada, envidiada y odiada. Su ascenso espectacular, ante los ojos de Lorenza Urrutia y otras actrices, era inmerecido. Para la prensa, sus trivialidades fueron noticia, y sus amoríos, reales o inventados, llenaron las columnas de los diarios y las revistas. El vestuario para sus comedias en la Compañía Nacional de Teatro fue el más costoso y lujoso en dos décadas, y en muchos casos el único, porque agotaba el presupuesto. Y como el teatro estaba perdiendo espectadores frente al cine, que estaba perdiendo espectadores frente a la Circe de la Comunicación, las representaciones de otros grupos tragicómicos se redujeron a lo mínimo y apenas tuvieron público. Las otras compañías vivieron de las sobras de sus obras. Y desaparecieron, sin que nadie hubiese sabido de su existencia.

La vida de Arira se dividió en temporadas, no en años. En la temporada de *Las Bacantes*, *Las mujeres sabias*, *Una casa de muñecas*, *La gaviota*, *La cantante calva*, *La comedia de los últimos días*, y en el tiempo de filmación de las películas *El almohadón de plumas*, *Isabel de la Vega*, *La leyenda de los soles*, *Doña Inés Tenorio*, *Perséfone* y *Virgen de medianoche*.

Su grupo la siguió en giras por Bogotá, Lima, Caracas, Santiago de Chile, Buenos Aires, São Paulo, San José, Barcelona, Madrid. Durante esos viajes, en los momentos de confusión y despiste, Arira fue la más desorientada de todas.

Para muchos, Arira se convirtió en pasado y en anticipación, Arira fue el teatro, el cine y la telenovela. En nuestras oficinas, los recortes de periódicos sobre su persona llenaron docenas de álbumes y no había tiempo para mirar los de ayer, porque ya llegaban los de hoy. Su rostro fue fotografiado, pintado, litografiado, fotocopiado, faxeado, industrializado.

No volvió a hacer de Celestina hasta el 27 de octubre del 2025, cuando se atrevió a competir consigo misma frente a un público escéptico, en su mayoría invitado, que colmó el inmueble decrépito de la Compañía Nacional de Teatro.

Arira había querido prepararse debidamente para ese gran retorno, o para ese gran miedo, y se atrincheró en su cuarto durante cuatro estaciones. Ensayó cada parlamento, cada movimiento y cada gesto; estudió cada entrada, salida y pausa, la manera de caminar, oír a los demás y estar parada.

Siguió en lo que pudo el consejo de Sir Laurence Olivier de que *rhythm and timing are needed to create effects which must also appear to be spontaneous.*

Aquellos que trabajamos a su lado, la vimos llenarse del *pathos* de su personaje, convertirse en Celestina. La encarnación del personaje de su gloria artística no pudo ser una actuación más, fue un acto de posesión, una idolatría.

Sin escatimar gastos ni energía personal, se entregó a producir la obra de Fernando de Rojas como si fuese a crear un organismo vivo, su organismo, y a jugarse en él la vida.

Examinó las Celestinas del pasado, las de las dos últimas décadas del siglo XX y las de las dos primeras del siglo XXI, preocupada por hallar un equilibrio entre una Celestina que era actuada por una actriz y la actriz que era actuada por Celestina.

Arira analizó la actuación del transvestido Crepúsculo de Córdoba (Jaime Ruiz), quien dio a la alcahueta el aire perverso de un viejo que pasea por el parque en busca de niños para seducir y se encuentra con Melibea, una adolescente varonil que es pretendida por un joven feminoide, Calisto. En su actuación, Crepúsculo de Córdoba dio la impresión de que la sexualidad de los personajes de la obra es dudosa y de que las apariencias engañan.

La producción de *La Celestina,* de Berenice Gómez, puesta en 1984, resultó declamatoria, máxime que se montó dos años después de la del transvestido cordobés. Al verla en el video, Arira recordó las palabras de George Bernard Shaw sobre la *infinite monotony of chanting.*

Ella prefirió la caracterización "consciente" de Paula Campos (1993), quien pensaba las palabras antes de hablarlas. O sea, decía el pensamiento del autor en voz alta. Pero lo que enfadó a Arira, y a los críticos, fue que luego de pronunciar ciertas palabras como "noche" o "amor", Berenice Gómez hacía pausas para dar tiempo al público de entender el significado de los versos antes de seguir adelante.

La Celestina de Carmen Zaldívar (1999) le pareció interesante por los esfuerzos de la actriz para hacer suyos los sentimientos complejos del personaje, creyendo que para poder encarnar a fondo a la dama de las tercerías tenía que internalizar su lenguaje. El problema estuvo en su voz, naturalmente gangosa, y en que realizó una obra de actor, no de autor.

La Celestina de "la varona del teatro", Ricarda Rodríguez (Madrid, 2007), fue la mejor de los últimos veinte años, sólo superada por la de Arira del año 2000, según consenso de Pedro Arroyo, Tomás de la Guardia, Francisco de la O y Federico Redondo. "Ricarda Rodríguez reconstruyó la época del personaje, la de fines del siglo xv, no sólo exteriormente, sino a través del personaje de Celestina", reconoció Pedro Arroyo. "Ésta es la primera Celestina con bigote, pero yo prefiero una alcahueta lampiña y con barbas en otras partes del cuerpo", señaló Francisco de la O.

El día del estreno, Arira, ahora convertida en una artista famosa, tembló como una novata antes de que se levantara el telón. Recordó cómo la noche de su debut en el papel de Celestina, ella había dicho los parlamentos del personaje de manera natural, sin percatarse de la maldad que estaba profiriendo. Su ingenuidad confirió a su actuación un descaro impune. Su inconciencia ante la complejidad del drama le dio libertad. Contra inexperiencia ella puso intuición y gracia.

La pasión demónica de su primera Celestina, a la que se refería el actor Sebastián del Prado, fue la que trató de revivir Arira veinticinco años después en su segunda Celestina, en la Compañía Nacional de Teatro. Ciertamente, ahora se hallaba en una situación más privilegiada, conocía mejor al personaje y había tenido más tiempo para los ensayos. El único problema con el que se enfrentaba era que debía competir contra sí misma, contra la actriz que fue en el pasado.

Momentos antes del estreno, yo, la más alta, vi cómo se le ponía la carne de gallina de puro miedo. Yo, que había conocido de oídas su representación legendaria, que estaba consciente de su grandeza escénica, sentí lástima por ella. El hecho de que se hubiese atrevido a encarnar de nuevo el personaje que la había llevado a la notoriedad hacía veinticinco años me sacaba de quicio. No sé de quién había sido la idea, pero era una idea lamentable y ambas comprendimos tarde que el haber aceptado el proyecto había sido un pecado de vanidad, en el que la estrella podía estrellarse.

—¿Dime, qué esperas de mí? ¿Cuáles son las escenas claves? ¿Qué imágenes quieres que forme? ¿Cómo deseas que aparezca Melibea? ¿Cómo deseas ser vista tú? ¿Cuáles son los momentos dramáticos que la luz debe enfatizar y qué tipo de luz prefieres?, ¿muy evidente o muy inadvertida?, ¿suave o agresiva? Expresa tus expectaciones, pero no calles tus incertidumbres. Pregúntame —le dije.

Yo, entre cientos de cables, era la responsable de la iluminación de la obra, de proyectar sobre el escenario el carácter de Celestina y de manejar la trama de la luz, de hacer la luz actuante. Esa noche dispondría de toda una paleta de colores para pintar a los actores de azul, verde, rojo. Añadiendo rojo al azul podría conseguir un morado y poniendo amarillo al rojo lograr un anaranjado. Para establecer la luz de la mañana revolvería todos los colores, para la oscuridad utilizaría una luz azulina. Todos los rojos filtraría para hacer el crepúsculo. Los actores atravesarían un espacio diurno hecho por mis luces. Mediante efectos visuales crearía el ambiente de separación que gravita

entre los personajes, que, próximos y buscándose unos
a otros, están siempre separados por una desconfianza mutua. Excepto Melibea, cuya credulidad en Celestina es causa de su desgracia. Gracias a la maestría
de mis manos la luz encontraría en todo momento un
muro, un cuerpo y un suelo para detenerse.

Mi proyector siguió a Arira por el escenario,
metí su cuerpo en círculos de luz o en luz difusa. En
cada acto hice su ser presente. En cada escena ella
apareció magnífica y brillante, como si todos los momentos de la obra fuesen suyos.

Adondequiera que estuvo salí a su encuentro.
Ni un instante la dejé sola, siempre la miré desde tres
lados a la vez. Arira vivió con emoción sus entradas y
salidas, yo mis cambios de luz. Alumbrándola, fui una
artista de la iluminación, su artista.

—Donde pones el ojo pones la luz y así todo
el mundo verá lo que tú ves —me dije.

"Ten cuidado", pensé, "no vayas a hacer de
chorizo calabazas, conserva el *picture* del conjunto
en la mente y no desbarres. Aleja las luces de donde
no son queridas ni requeridas. Acuérdate de la uni-
dad de la obra, aunque los actos difieran en situaciones y humores".

Cuando Celestina fue por la calle hablando sola
entre dientes, detrás de ella fueron mis luces. Aunque
el personaje era repugnante y se dirigía a casa de
Calisto para ofrecerle sus servicios de alcahueta, di a
sus facciones un tinte meloso, a sus manos un pardo
oscuro, le quité sombras de abajo del mentón y de
atrás de las orejas. Con cuidado, esculpí su cuello, su
pecho y sus brazos.

Al ir por la calle junto a la pared bermeja, baña-
da de luz sanguinolenta, cubrí sus cabellos y sus ropas
con una luz negro acero, como si hubiesen estado expuestos al humo y a la ceniza. Sobre la cara del criado
Sempronio eché una luz agresiva e hice sus ojos de buitre.

La producción del año 2025 resultó un fracaso. El actor joven que representaba a Calisto murió de sida un día antes del ensayo general y fue reemplazado por otro, un bisoño petulante, un pazguato engreído, un mediocre pagado de sí mismo impuesto por el Sindicato Nacional de Actores. Este tipo no se acopló con Arira, tampoco con la muchacha que hacía de Melibea, una actriz sefardita traída de Salónica. Los parlamentos de amor de Calisto fueron expresados de manera engolada y hubo momentos en que los espectadores se rieron durante las escenas dramáticas. El horrendo sujeto ni una vez miró a la cara a su hermosa Melibea, ni expresó en sus ojos deseo ni pasión. Melibea no sintió que las palabras dirigidas a ella eran para ella. Las artes de tercería de Celestina parecieron innecesarias, fuera de lugar. Era como para matar al actor sustituto. Y lo más insoportable de todo fue su satisfacción final: el pobre diablo sinceramente creyó que había hecho el papel de su vida.

—Tú no debes hablar el amor, el amor debe hablarte —le había dicho Arira al actor que hacía de Calisto—. Generaciones de energía espiritual conforman la voz humana para que aquellos que la oyen perciban que esa energía existe en ellos. Cuando los actores liberan esa energía vocal, los espectadores liberan su voz propia.

—Hablas como una diosa —replicó él.

—¿En qué forma se habla como una diosa? —le preguntó ella.

—Yo me siento atada al personaje de la enamorada judía —reveló la actriz que hacía de Melibea—, sus palabras son mías. Mi voz está lista.

Para arruinar las cosas, al comienzo del acto onceno, luego de la despedida de Melibea y Celestina, cuando ésta va por la calle hablando sola, hubo un temblor. De pocos grados en la escala de Richter, pero al fin un temblor. El escenario y los actores fueron mecidos por veinticinco segundos y una mampara del escenario cayó al suelo. No obstante que había frecuentes movimientos telúricos en Ciudad Moctezuma, el público perdió concentración, estuvo inquieto y en adelante apartó frecuentemente la vista de la obra para observar los candelabros, buscando detectar las señales de réplicas del sismo.

Al final de ese acto, cuando Elicia la ramera se dispone a cenar y dormir, Arira-Celestina volvió la cara hacia el público, en particular hacia cuatro mujeres purépechas sentadas en la primera fila con indumentaria típica, y les entregó un parlamento ajeno a la acción dramática:

—Me dirijo a un tipo de gentes que rechazan el sufrimiento y el amor, pero aceptan la agresión como forma de vida; a personas que pasan el tiempo hablando de comida y de dinero, pero arrojadas unas contra otras en un vagón del metro ignoran su corporeidad. Ésta es nuestra manera de ser individuos, no ver a nadie, no sentir a los demás. Ésta es nuestra forma de morir, siendo ninguno.

De inmediato, mis proyectores salieron al rescate de la obra y de Arira. Para desviar la atención de sus palabras, enfaticé la mesa y las sillas, arrojé su sombra sobre el piso, profundicé el vacío entre ellas; recorrí el cuerpo de Elicia, resalté su figura, sus ropas, sus piernas regordetas; llené de rojos la estancia. Bajo el techo dibujé un sol negro, apagado. Quise gritar con la luz. Para mí era como meter el sol una hora antes de que se pusiera. Terminé la escena en negro. Hubo algunos aplausos, toses y silbidos.

En el acto siguiente, cuando Celestina es amenazada por los criados Pármeno y Sempronio, que le piden su parte y ella se las niega, iluminé la estancia con luz sanguinolenta. Y cuando ella, con voz cavernosa, trata de levantar a Elicia y Sempronio le mete la espada, el grito de la alcahueta llamando a la justicia y pidiendo confesión fue para mí un grito visual. Celestina se había vuelto un animal atrapado en su propio cuerpo y Arira se había convertido en Celestina. Esa fusión anímica sólo podía expresarse en un grito, porque hay momentos en una obra, y en una vida, cuando el actor se desincorpora y se hace voz. Voz que se colapsa, voz que se vuelve oscuridad: una oscuridad silenciosa que toma el teatro entero.

Después de la muerte de Celestina, en el acto donde Calisto y Melibea se encuentran en el huerto, pinté la desnudez de los amantes con colores azules. En su abrazo, como no salía voz del lecho, saqué luz de sus cuerpos, los cuales, unidos en cópula, parecían pedazos de carne destazada. Cuando los vi expuestos en vivo a los ojos de los espectadores, recordé que para cubrir a las encueradas en el *striptease* se requiere de una rápida luz azul, y los envolví a ambos con luz matutina.

Llené el huerto con verdes suaves y recorrí el lecho del ayuntamiento, descubriendo los ojos fulgurantes de la actriz sefardita que hacía de Melibea. Hacia ellos dirigí la vista del público.

Sobre la piel de la doncella enamorada, mezclando verdes y rojos, creé un amarillo arrebolado, o un dorado rosáceo. Sobre sus muslos puse manchas carmíneas, algo negruzcas. Urgí su carne con tonos amoratados.

Para marcar su soledad dividí el espacio con haces grises. A su amor deshonrado propuse un estupor, un estupro visual, porque la luz es un lenguaje en sí mismo.

Motivé la cara de Calisto con rojos coléricos. Melibea parpadeó y por un instante las sombras de sus pestañas fueron grietas sobre sus mejillas. Amanecía y bañé el firmamento con una luz melosa. Entre cuerpo y cuerpo coloqué tinieblas. Luego, él se precipitó por la escala y murió.

Llena de murmullos la función terminó y Arira recibió un aplauso cortés. El público se apresuró a abandonar la sala. Sebastián del Prado, director entonces de la Compañía Nacional de Teatro, no hizo comentario alguno, ni se presentó a felicitar a Arira en los vestidores. Tenía una cena.

Al día siguiente, los diarios consignaron la muerte por sida del actor que iba a hacer de Calisto e hicieron una crónica del sismo en el teatro y en la ciudad. Por consideración a Arira, ignoraron la producción de la obra.

Entre sus dos Celestinas, Arira había ido de triunfo en triunfo y gozado de fama en el mundo de los espectáculos. Con el dinero obtenido en sus inicios compró en las afueras de las afueras de Ciudad Moctezuma la propiedad a la que ahora nos dirigíamos.

Hubo un tiempo en el que asistía a los estrenos de las obras de Arira el presidente de la República, licenciado José Huitzilopochtli Urbina. Hubo un tiempo en que este individuo la aplaudió, rodeado de ministros, secretarios particulares, ayudantes, nacotecas, el alcalde Agustín Ek y el general Carlos Tezcatlipoca. Todos ellos ocuparon los palcos laterales y centrales de la sala. El talento de espectador de Huitzilopochtli no era grande, pero la noche del estreno de *La Celestina* se retiró en silencio, visiblemente decepcionado. Al día siguiente, quitó el subsidio a la Compañía Nacional de Teatro y los locales destinados al arte dramático del gobierno cerraron sus puertas, los actores se quedaron sin empleo. El teatro no le interesaba más.

Arira dejó de actuar. A las pocas semanas guardó su vestuario de Celestina en unos baúles viejos del cuarto de triques. Sus zapatillas, sus pelucas las arrojó a los perros llamados Atlapetes y Pezopetes. Si las cosas se componían, prometió retornar al escenario, pero nada más prometió. No volvió a dar un paso para conseguir los fondos para otra producción. Su trabajo en las oficinas de la Compañía Nacional de Teatro fue dedicado a ordenar el pasado, a la nostalgia.

Nosotras le ayudamos a clasificar los recuerdos, las fotos y las reseñas. En vida recibió homenajes oficiales necrofílicos, provenientes de un gobierno acostumbrado a premiar a los artistas muertos, físicamente o en su capacidad creativa. Vivos los intelectuales rebeldes eran enemigos del Estado, difuntos los burócratas de la cultura los colmaban de honores.

A finales de año, Arira sacó de los roperos y los clósets sus vestidos juveniles y los quemó, a falta de convertir en cenizas el cuerpo que un día cupo en ellos. Ajustó la ropa a su edad. Evitó las telas en materiales ligeros y colores alegres, y la mucha joyería. Definitivamente prefirió las blusas sin escotes y con manga larga. Se cortó el cabello. Un vestuario nuevo fue adquirido para mantener las necesidades de ese bulto indolente que era su cuerpo. Las transformaciones continuarían hasta el día de su muerte, así su guardarropa. Para el ascetismo y el más allá también había modas.

—Han sucedido cambios en mi esqueleto que no he percibido. Mis movimientos corporales son más restringidos y mis músculos y junturas menos flexibles. Las canas han aparecido en mi pelo y mis rasgos faciales son más angulosos. Mi piel ha comenzado a mancharse y alrededor de mi cuello noto lunares que no había visto antes. Si estaban allí inadvertidos, ahora son evidentes. He cumplido cuarenta y cinco años, observo en mi persona envejecimiento —expresó Arira una mañana, después de estudiarse largo rato en el espejo.

—En realidad, ¿cuándo empieza la vejez? —le pregunté.

—Sin duda, a los siete años —respondió María.

—En la cuna —aseguró Facunda.

—En el feto —dije.

—En el semen —contraatacó Facunda.

—En el primer hombre y en la primera mujer —afirmó Arira.

—Comenzó en la Luna, que es el feto de la Tierra —dijo María.

—Antes, antes, principió en la boca que profirió las palabras: "Hágase la luz" —exclamé.

—La vejez se inició ayer —concluyó Arira.

7

No fui dueña de mi infancia. Nadie posee su infancia totalmente, ni los niños. La infancia es la máxima impotencia, la gran indefensión, un largo aburrimiento o un abuso incesante, cuelga babosa de los pechos ajenos o contempla balbuciente la violencia familiar, es miel o leche agria en la boca. Ignorante del lenguaje, no se explica a sí misma, y cuando llega a explicarse su situación, por el rayo de conciencia que la atraviesa, deja de ser infancia.

La niñez es hecha o deshecha por los otros, que se vuelven nosotros, nuestra sombra; es una posición o una imposición de los adultos, los cuales tratan de continuarse, de ser, en nuestra persona. Y el niño va por el mundo con las facciones inamovibles e inapelables de sus padres en la cara, resolviendo acertijos para saber quién es, cuando simplemente le bastaría mirarse en el espejo. Por ellos, por los padres, será aceptado o rechazado en el siglo; por sus virtudes y vicios ajenos, se conocerá a sí mismo.

Los adultos nos heredaron la historia de sus actos, entre ellos, los actos en los que fuimos concebidos y paridos, y los actos de ser y de morir. Es por eso que en el acto amoroso participan muchos: el hombre, la mujer y los ancestros. Alumbrados entre la concupiscencia y la muerte, nosotros somos una luz temporal entre dos eternidades muertas, como diría John Keats.

Heredamos sus pasiones y sus limitaciones, las históricas y las individuales, las que heredaremos nosotros en su oportunidad a nuestros descendientes; los que en su momento serán el resultado de nuestras impropias vidas anteriores.

En nombre de nuestro bienestar, y de nuestro porvenir de éxito o de felicidad, los adultos se apoderan de nuestra cabeza y la meten en un zapato, su zapato. Ese acto que debía llamarse El Juego de los Otros y Nosotros se llama formalmente Educación, pública o familiar. Yo, como Houssman, vine a habitar extranjera y espantada un mundo que nunca hice, pero que a pesar mío continúo.

En cada edad estamos solos frente a nosotros mismos, momento a momento estamos solos con nuestra persona, solos al cerrar los ojos y al abrirlos, solos al hablar y al estar callados, solos en medio de la multitud huérfana. No importa que tengamos un año, quince años o sesenta años, estemos en la cama con alguien o de bruces sobre nuestra sombra: la soledad es ubicua y recurrente, es interna y externa. Y cuando nos sentimos seguros de haber superado algunas situaciones negativas, caemos de nuevo en ellas. En realidad, sólo hay dos caminos frente a nosotros: el de adentro y el de afuera. La sabiduría está en hacer de los dos uno.

Cuando era joven yo creía en la memoria, pensaba que el hombre en el otro mundo es examinado por su memoria y que en el lugar de las sombras él vive de recuerdos, de las imágenes que almacenó. Yo creía que la memoria a cada instante registraba nuestros dichos y hechos, no sólo los de la gracia y la desgracia, sino hasta los más distraídos y nimios, y con esas presencias, con esas experiencias, el hombre sobrevive cuando se encuentra lejos de cónyuges, parientes y amigos, solo con su yo descarnado, insensible y ajeno, incapaz ya de motivar y motivarse. "Nuestros actos, sólo nuestros actos, nos esperan en el más allá, amistosos o ferozmente enemigos, dijo el budista", me decía yo.

Yo, que a mis veintisiete años no me quiero, llevaba un diario de frustraciones en el que trataba de rescatar mi fantasma del olvido instantáneo que se hacía detrás de mí. Pero mis palabras se convertían en otro olvido y entonces tenía que rescatar un doble olvido, hasta caer en el olvido total.

En ese cuaderno titulado *El Sol es el Tiempo* apuntaba ese presente mío que se trocaba en pasado ajeno, y precisaba al hombre vivo muerto, a la mujer viva muerta —que tenía delante de mí— como prospectos de difuntos. Porque, si como se dice, el colmo de la lujuria es imaginar a personas respetables haciendo el amor, el colmo de la necrofilia es preverlos en su condición cadavérica.

Fenecida mi madre, mi padre Ariel Sánchez trajo a una mujer joven a vivir a su lado. No sé si por soledad o por lujuria. Un domingo en la tarde, desde la ventana del apartamento que ocupábamos en Paseo de la Malinche, lo vi venir por la calle vestido de negro, apoyándose en el brazo de ella, la futura Dulcinea Morales de Sánchez.

Ella, con ropas blancas ajustadas a sus formas, hacía destacar su cintura de avispa y sus pechos turgentes. Su boca grande, sonriente, me hizo sonrojar cuando comió las uvas que estaban sobre la mesa del comedor.

—Me llamarás mamá —me dijo.

—Dulcinea será mi esposa —aclaró Ariel Sánchez, ante mi silencio.

—Pronto conocerás a Aníbal, tu hermano mayor —me anunció ella, al ver que evitaba encontrar sus ojos.

Mi padre le mostró los baños, la cocina, el comedor y las recámaras, elogiando la luz que entraba por las ventanas, y la vista mediocre, como si fuese a venderle el apartamento.

Cuando ella se marchó, en vez de que me revelara que se había enamorado, Ariel me dijo que estaba enfermo de melancolía porque ya no iba a haber tigres en el mundo y por lo que los hombres le estaban haciendo a esos felinos. Señaló a una máscara de ese animal que había colgado en la pared, y me confió que una vez muerto él deseaba que su espíritu cabalgara un tigre.

A la semana siguiente se mudaron Dulcinea y Aníbal, con pocas cosas, pero distribuyéndolas en todas las piezas, seguramente para ocupar más espacio. En su toma de posesión, ella dispuso de los muebles y de los objetos míos y de mi padre como si le pertenecieran. Cuando llegaron las clases, al registrarme en la escuela, agregó su apellido al de mi padre, suprimiendo el de mi madre biológica.

Ariel Sánchez decía tener setenta y cinco años, aunque algunos vecinos le calculaban cien, seguramente exagerando. Dulcinea, en sus treintas, más que una esposa idónea resultó ser un postre funerario. Sus ayuntamientos, luego lo supe, fueron actos de onanismo conyugal, con desmayos y accesos de tos, nunca cópulas consumadas.

Hasta el día de hoy, no sé si él tuvo otras mujeres antes de mi madre y de Dulcinea Morales, porque era muy coqueto y se le iban los ojos detrás de cada adolescente. Yo tenía miedo de que cualquier tarde me fuera a hallar en la calle con alguien tan alto como yo, hermanastra o hermanastro desconocido. Pero la ciudad era tan grande que no había posibilidades de tener ese tipo de encuentros.

El primer sábado de agosto, cuando Dulcinea se cambió a vivir con nosotros, él me dio la impresión de estar acabado. Y viejísimo, no sólo por su edad, sino por una especie de derrumbe interior, por ser adentro viejo como el viento, viejo como la sarna.

—En cosa de un par de años estaré en forma de nuevo —se prometía a sí mismo cuando las fuerzas le faltaban, obcecado en no aceptar que la vejez no tiene remedio, que los viejos no mejoran sino empeoran, porque en un par de años se volvió un sobreviviente de su senilidad, un problema más de sus *Collected Problems*, el libro de memorias que estaba escribiendo.

En tardes de mucha contaminación o de mucha lluvia, se despertaba de una siesta breve o larga sin saber adónde se había quedado dormido. Y sin recordar quién era, no sólo en este mundo, sino en su casa, en su sillón, en su bata. En el colmo de la pobreza, se le había olvidado su nombre.

Nunca supe por qué Dulcinea Morales se casó con Ariel Sánchez, hombre que no era rico, ni guapo, ni inteligente, ni famoso, y cuyo único mérito conocido era el de ser mi padre. Yo misma, siendo su hija, no me hubiera casado con él..., si no hubiese sido su hija y me hubiese pretendido. Quizás mediante el matrimonio ella quiso asegurar el porvenir de Anibal, el hijo sin apellido paterno que había procreado a los diecisiete años con un cantante de *rock*.

—Ariel fue el varón más alto y elegante de México —profirió una noche de junio Dulcinea Morales—. Sus piernas y sus brazos eran tan largos que sus amigos lo apodaban El Espagueti. Siempre vestía a la moda, si no a la actual, a la de hace cuatro décadas, lo que manifiesta que la elegancia no tiene tiempo, pues los gustos regresan. A los treinta y cinco años me casé con él. Desafié a mi padre, un capitán del ejército mexicano mucho menor que Ariel. Mi padre, desde un jueves que lo vio en el Club Hípico, lo detestó.

"—Espero que entre todos los hombres que se hallan aquí, no hayas escogido a aquél, el más indeseable de todos —dijo.

"—Precisamente aquel que menos te gusta es el que he escogido —confesé.

"—Lo presentía —rugió. Pero para vengarse de mí, se casó luego con una mujer quince años más joven que yo."

En una foto que estaba sobre una cómoda en la recámara, la única que conservo aún, mi padre se veía alto, alto, alto, elegante y distinguido, aunque tenía una barba desaliñada sobre el pecho y en la mano el libreto de *La flauta mágica.* Había cumplido setenta y siete años. Cuando llegue a esa edad, cuando la sobrepase, él seguirá teniendo setenta y siete años; entonces, él será más joven que yo.

Ahora que he crecido, sé que me parezco a él. Cada mañana lo constato en el espejo, él está presente en mis facciones. No lo puedo negar, la forma de mis manos, el color de mis ojos, me desmentirían. Llevo a mi padre figurado en mi cuerpo y arraigado a mis pies como una sombra. Padezco su hábito de contar en las calles los árboles muertos, doliéndome de ellos igual que si fuesen mis parientes.

Después del baño, cuando era niña y había abundancia de agua en la ciudad, él me leía un libro todas las tardes. En pijama, yo me sentaba sobre sus rodillas y él me explicaba los dibujos de los cuentos, en particular de *Buenas noches, Luna,* que él había tenido también en su infancia.

Ante las ilustraciones de la página yo cerraba los ojos, lo imaginaba a él en la habitación de la historia como a una criatura fabulosa: la más alta, la más decrépita y la más flaca que en el mundo ha sido.

De un día para otro, mi padre se volvió una antología de desgracias, su *Collected Problems* personificado. De un día para otro, dejó de caminar, se le desprendió una retina, tuvo parálisis facial, se fracturó un brazo en una caída y padeció de tos y catarro

crónicos, entre otros males. Cuando se encorvó y se
convirtió en un garabato vivo, lo peor de todo es que
pareció disfrutar de ello.

La víspera de su muerte, un sábado de Gloria,
recuerdo que en medio de la noche me atemorizó la
oscuridad y lo busqué por el apartamento. No lo encontré y pensé que se había ido de viaje sin decirme nada.

—Adónde pudo haberse ido a estas horas y
con esa condición física lamentable —me pregunté.

Dulcinea salió del baño, desnuda bajo la bata,
y comprendí el motivo de su silencio.

En la pieza, Ariel estaba en peloto, como un
Adán octogenario recién expulsado del paraíso ma-
terno. Tan sombrío y agobiado se veía que pensé que
ningún abrazo en este mundo podría ya salvarlo de su
propio colapso, lograría resucitarlo.

Ariel Sánchez pasó a mejor vida un domingo
de abril a las ocho de la mañana. Murió del corazón.

Anibal lo halló yerto, sentado en su sillón con
un periódico del mes pasado en la mano. Leía el obi-
tuario del tigre de Bengala.

Dulcinea entró en la sala y su hijo le dijo:

—El señor ha muerto.

—¡Oh! —gritó ella y me miró con ojos que
mienten.

Durante el velorio me encerré en mi habitación, escrutando a través del vidrio chorreado el cielo
de Ciudad Moctezuma.

La ventana estaba a la orilla de la pared y sentada en la cama podía lanzarme por ella en caso necesario o ver hacia la calle con relativa comodidad.

Sucedió la noche y no prendí la luz. De vez en
cuando, Dulcinea vino a la puerta a preguntar: "Yo,
¿estás allí?"; "Yo, ¿cómo te sientes?"; "Yo, ¿no quieres
venir al comedor a tomar un café con las visitas?"; "Yo,
te haría bien ver gente y comer algo." "Yo, Yo, ¿por
qué no contestas? No seas así."

Me quedé dormida, hasta que me despertaron
para el sepelio.

8

Muerto mi padre, fui madre de mí misma. Pero más que madre de mí misma, fui mi propia hermana.

Dulcinea Morales no se interesó por mí, ni siquiera me arrojó frases de ánimo en los días posteriores a las honras fúnebres. Lo mejor que tuve de ella fue su indiferencia: me dejó hacer lo que quería.

Al morir mi padre, Anibal se sentó en su silla a la mesa y ocupó su sitio en la cama. Supongo que entre las sábanas sus genitales eran estimulados por Dulcinea, pues en las mañanas emergía bastante apenado. Y hasta aterrorizado, como si se enfrentara en el bajo vientre de su madre a la cara de Medusa.

—Tienes un tingüindín de burrito —le dijo ella una mañana, después de hacerse acompañar por él al WC—. Debes sentirte muy afortunado, Mami no tiene uno, Yo no tiene uno. Papi tenía uno.

—Iga, iga —replicó él.

—¿Quisieras ser un papi para dormir con mami? —le preguntó ella, abriéndose la bata.

—Sí —murmuró él.

—¿Quisieras tener un bebito con mami? —le preguntó ella.

—Sí —estalló él.

Los domingos siguientes a la cremación de don Ariel fueron de abatimiento. Dulcinea se pasó las horas evocando las virtudes del difunto y las comidas de los cuatro miembros de la familia juntos, de los cuatro

adorándonos, de los cuatro felices, omitiendo conve-
nientemente las discordias, los agravios, el desamor
que reinaban en nuestro apartamento.

Dulcinea dejó de cocinar, le dio por llevarnos
a restaurantes baratos de la colonia Palmolive. Fre-
cuentaba mucho uno, donde la especialidad era
consomé de pollo, enchiladas de pollo, empanadas
de pollo y pechugas de pollo. Si no salíamos, pedía
por el videófono un pollo engordado artificialmente
como un globo y sumida en torva tristeza comenzaba
a descuartizarlo. De otra manera, desperdiciaba las
tardes soleadas y hermosas de mayo echada frente al
aparato de la Circe de la Comunicación, espectadora
pasiva de programas idiotas, su hijo y yo mirándola
cambiar los canales sin cesar. Pero resentida por la
cadena viva que supuestamente era yo para su libertad, no me dirigía la palabra.

Durante semanas no abrió la puerta ni contestó el videófono, dejó afuera al hombre del gas y al
empleado de la compañía de seguros que andaba pre-
dicando el fin de los tiempos y el arribo de los terremotos del Quinto Sol. Recibió al cartero, y eso porque
esperaba un cheque de Estados Unidos que la Universidad de Indiana le iba a enviar como pago de un original de la ópera *Moctezuma* de Antonio Vivaldi, que
mi padre había vendido a su Departamento de Música.

Para Dulcinea, Ariel Sánchez estaba más vivo
en su condición espectral, en sus cenizas, que cuando
había respirado, comido y estornudado junto a ella.

No lo echaba de menos porque hubiese sido
un marido maravilloso, lamentaba su desaparición
porque al morirse la había dejado pobre y desvali-
da, porque le había heredado una hija ajena y desde
el día de su defunción los amigos comunes ya no la
visitaban, como si ella hubiese muerto también.

Percibí que nunca lo había amado más que
ahora, cuando ya no tenía que soportar sus besos

desdentados, su manía de oír óperas en la noche con la luz apagada, sus toses incontrolables y su mal aliento. Ahora ella podía acomodar la figura del ausente en un orden imaginario y podía desecharla a discreción cuando se aburriera de ella.

Como sabemos, cada época tiene sus reliquias y si hay hombres, iglesias e instituciones que protegían la mano de Santa Teresa de Ávila, el cuerpo de Cristóbal Colón o el cerebro de Albert Einstein, yo tenía las cenizas de mi padre Ariel Sánchez bien guardadas, cenizas que no pude rechazar cuando me las ofrecieron los empleados de la Incineradora Agustín Ek. De otra manera, estos perversos individuos las hubiesen esparcido hacia los cuatro puntos cardinales del *smog* o las hubiesen arrojado al cráter del volcán Popocatépetl, lo que era muy costoso, pues era preciso alquilar un helicóptero o una avioneta para sobrevolar la Montaña Humeante.

Las cenizas, que conservaba en una urna sobre el ropero, cada vez que Dulcinea se enojaba conmigo me amenazaba con aventármelas a la cabeza, "para que padre e hija se hagan una sola cosa". Asimismo, la viuda de mi progenitor me advertía que en cualquier momento iba a disponer de sus camisas y sus calzones Calvin Klein, debidamente planchadas y debidamente rotos, metidos, o caídos, en un cajón del ropero.

—El difunto se oponía hasta con los dientes a tirar en la basura la ropa vieja y ahora tengo que tirarla yo —se quejó Dulcinea—. Para él, desprenderse de una prenda usada era como tirar el pasado a Ninguna Parte. O mejor dicho, deshacerse de cinco años de uniforme. A sus ojos, un traje no era solamente un traje, era la manera como había vestido en el pasado, era la manera como se recordaba a sí mismo aquí y allá. Esto le sucedía hasta con los pantalones y los zapatos raídos: entre más gastados más suyos eran.

No obstante, la mañana de un viernes de agosto, del que no quisiera acordarme, Dulcinea se levantó con el humor de sepultar la memoria de mi padre, y el modo lógico de hacerlo fue desechando lutos y recuerdos. Comenzó con vaciar el apartamento de las sobras, y las sombras, del fantasma de su vida, Ariel Sánchez. Entonces, pantalones y sacos, camisas y calcetines, zapatos y bastones, lentes y dientes, papeles y fotos, discos y libros de ópera sucumbieron en esta labor de limpieza que se prolongó hasta la tarde, tarde de mucha lluvia, del sábado. Recuerdo.

El lunes a las ocho AM el mundo material de mi padre, ya defenestrado, ya ajeno, anónimo en la calle, fue recogido por un camión de basura del Departamento de Ciudad Moctezuma, el cual, fiel a una tradición tercermundista, no tenía placas y llevaba la basura al descubierto. De esta forma, los tesoros inútiles del autor de mis días fueron arrojados en la montaña de desperdicios de Santa María Toci, el basurero al aire libre más grande de América, y pepenadores infantiles rápidamente dieron cuenta de ellos.

Ya desde el domingo en la noche, Dulcinea preparó su retorno al mundo: tomó un baño de tina de dos horas, se puso faja y portabustos, medias negras y vestido rojo, contemplando minuciosamente su rostro y su figura en el espejo. El lunes, cuando aún no amanecía, se polveó las mejillas y se puso bilé rojo sangre en los labios, dio unos sorbos al café frío, mordisqueó una galleta dura y salió a la calle.

Su visita a la oficina fue decepcionante. Su jefe, tan comprensivo en sus anécdotas, la despidió por haberse tomado vacaciones sin permiso. El deceso del marido viejo no era pretexto para huevonear, más bien era un acto de libertad. Eso le dijo.

—No tengo huevos —protestó ella.

—Pero sí tienes ovarios.

—Idiota —le dio el portazo ella, haciendo temblar los vidrios de la *Revista Luz y Sonido*.

Las noches siguientes Dulcinea las pasó tosiendo, como dando voz al espectro de mi padre, y a su propia desolación. Para no ahogarse, recargó la cabeza en la pared sobre tres almohadas. No prendió la luz, clavados los ojos en la ventana que daba al exterior se puso a pensar.

Aunque antes de que nos abandonara Ariel Sánchez no me acuerdo verme comiendo mucho, siempre me horrorizó ser alta y gorda, con su muerte se me fue el apetito. Su muerte fue la excusa perfecta para una dieta matadora, máxime que Dulcinea, con su arte de cocinar maldito, podía curar de la gula a cualquiera.

Estilo muy personal de Dulcinea era el de abandonar una olla en el horno de microndas hasta que las habas, las coliflores, los huevos, el tocino, el jamón, el queso, los huesos, los sesos, las lenguas, los ojos, los frijoles, los betabeles, las ciruelas pasas, las lechugas, las cebollas y los rábanos que contenía se fundían en una masa repulsiva. Esa olla irrompible, que soportaba altas temperaturas y en la que ella echaba todo a perder, era mi obsesión y mi castigo.

Para defenderme del "Puchero Dulcinea", me volví vegetariana. Al primer descuido de ella le daba al perro labrador Tarzán los trozos de carne, a Anibal su hijo los sesos y los quesos que crepitaban en mi plato. Yo, escuálida y mustia, ponía cara de bien comida, o a la hora de la cena alegaba tener dolor de cabeza y deseos de vomitar. Algo que había comido en la escuela me había hecho daño. Así me libraba de tener que englutir y sufrir.

El hambre me hacía delirar. Me asaltaban sueños horribles que Aníbal llamaba pesadillas. En el más recurrente, Dulcinea era asesinada en su cama por hombres-pájaro semejantes a monstruos del crepúsculo, cuyas fotos Bernarda Ramírez había publicado en *El Azteca*. Los hombres-pájaro entraban por la ventana de su cuarto y le daban treinta y cinco picotazos en el vientre fláccido y en los pechos ajados. Después de desgarrarla, los monstruos huían rompiendo los vidrios. Siempre eran dos y durante el sueño mi mente tenía ojos.

El asesinato de Dulcinea me daba hambre y en la cocina me atracaba de papas fritas, helados, *pizzas* y humo, pues aprendí a fumar.

En la comida de las tres de la tarde, mi hermanastro devoraba soezmente los riñones, los sesos, las criadillas, los buches, los sebos, los cachetes, los chicharrones, los hígados, los ojos y las patas de puerco que su madre le ponía en el plato. Viéndolo masticar y tragar, odié a ese caníbal llamado Aníbal.

Los domingos en la mañana la familia de Dulcinea se dirigía al Parque Nacional. La flaca tía Conchita, el gordo tío Jesús, Aníbal y su madre, los primos Pancho y Pepe se amontonaban en un Volkswagen sedán del siglo pasado. En el asiento de atrás, yo casi iba doblada, la cabeza pegada al techo, luchando por respirar, por mover los brazos y las piernas, por sobrevivir.

Dejábamos el coche en el estacionamiento del Museo de Arte Moderno y nos íbamos caminando hacia el lago. Nos guiaba el tío Jesús, con la playera blanca hasta el ombligo y jadeante. Con ojos ávidos buscábamos un pedazo de tierra adonde sentarnos libre de vendedores, automóviles o gentes, pues había domingos cuando todos los prados estaban ocupados. Las sirvientas, vestidas con ropa barata y adornadas con bisutería y grandes moños rosas, deambulaban cerca de nosotros muy orondas, aunque bajo el sol todo era bochorno.

A la hora del hambre, que no tenía horario, sentado en el pasto artificial, el tío Jesús comenzaba a comer tacos de chorizo y frijoles, con salsa verde y guacamole. Nos convidaba a todos y todos comíamos, émulos de su voracidad. Para la sed teníamos aguas frescas que la tía Conchita vaciaba de termos en vasos desechables.

Pancho, Pepe y Jesús discutían sobre las aventuras licenciosas del licenciado José Huitzilopochtli Urbina con hembras menores de edad, y sobre la carrera delictiva del jefe de la Policía, general Carlos Tezcatlipoca. Para bajarle decibeles a la discusión, Dulcinea ponía boleros de Los Panchos y señalaba a la familia Gómez, enfrente de nosotros, familia que sí sabía comportarse en público. Yo me hacía perdediza en el Parque de Conservación Ecológica.

Un domingo de esos ocurrió mi encuentro con la jirafa.

Rodeada por el gentío, observé con atención a ese animal absurdo, solitario y tímido, de cuatro mamas, cuello largo y cabeza pequeña, labios prensiles y peludos, más bajo de cuerpo por detrás que por adelante. Procedente de la sabana seca de Tanzania, ahora habitaba un espacio mezquino de cemento a más de dos mil doscientos cincuenta metros de altura sobre el nivel del mar. Su coloración café rojiza se había oscurecido con la edad. Ebrio de contaminación, el mamífero rumiante estiraba una y otra vez la lengua flexible hacia un árbol sin ramas en busca de hojas, pero encontraba nada.

De pronto, los anchos ojos café oscuro, sombreados por largas pestañas negras, me miraron. Y por unos momentos vagos, como en la parábola de Zhuangzi sobre la mariposa, no supe si era yo quien miraba a una jirafa o era una jirafa quien miraba a una muchacha alta.

El caso es que ante la presencia de mi doble natural sentí vértigo y apreté los párpados. Oí su voz, semejante a un ronquido, pero no comprendí lo que me dijo. Cuando abrí los ojos, noté que ella había entrecerrado los suyos, mareada, tal vez, por percibir su doble humano. Parada, la jirafa comenzó a dormitar. No me había dado cuenta que un círculo de caras curiosas nos estaba observando a las dos, hallándonos parecido físico.

Molesta por tanta impertinencia, me alejé de la multitud, volviendo la cabeza sobre el hombro para ver por última vez a ese animal sin pareja, el último de su especie, que se extinguía lejos de su hábitat.

Los sábados no era invitada a ninguna fiesta, no recibía ninguna llamada de amigo o amiga por el videófono, por lo cual me acodaba en la barandilla de la ventana con la vista clavada en la distancia. Oía canciones viejas en un tocadiscos viejo, herencia de mi padre, como si yo fuese la persona aludida en las letras de *Historia de un amor* o *Sabor a mí*.

Si no, abandonadas las revistas de modas en el suelo, me pasaba la noche leyendo "El abrigo", de Nicolás Gogol, *La metamorfosis,* de Franz Kafka, y "Funes el memorioso" de Jorge Luis Borges, identificándome con los personajes anómalos o desdichados de esas historias. Lo desacostumbrado, lo irregular, como mi cuerpo mismo, me interesaba en la literatura y en la vida.

—¿Mi padre, ¿dónde está?, ¿en qué parte del mundo se ha ido a vivir?, o es nada, definitivamente nada lejos de sí mismo? —me interrogaba con frecuencia, contemplando su traje flaco en el clóset, el único que conservé no apolillado ni roto, el único que colgué de un gancho entre mis vestidos zancones y mis zapatos pequeños. Porque su ropa, por la falta de uso, se había ido enjutando y marchitando en el ropero del pasillo, como si también muriera.

Había amaneceres cuando deseaba tanto que estuviese vivo don Ariel Sánchez que me lo iba figurando hasta que lo veía levantarse de su cama, abrir la puerta, entrar a mi pieza y mirar desde la ventana el sol poluto. Luego, él regresaba a su recámara y se moría de nuevo. Todo sin verme y sin hablarme.

Por esas fechas, soñé que por una calle color sepia venía una persona atravesada por la luz que sacudía el aire. No era mi padre, sino una mujer pobremente vestida y desgarrada. Mi madre. No me acordaba de ella y se aparecía para reclamarme mi olvido. La pesadilla me hizo gritar. Pero mis gritos no despertaron a nadie o a nadie le importaron.

Con Aníbal, que ocupaba la habitación contigua, tenía tanta comunicación que, sentados uno frente a otro a la mesa, no hacíamos diálogos, sino monólogos de silencio. Cada noche, por la parte superior de la cobija asomaba su pelo tan envaselinado que su cabeza daba la impresión de ser una urdimbre de cerdas.

Cada noche él hacía su *toilette* para la cama, poniéndose ungüentos para el acné y cuidándose el incipiente bigote, un par de sombras. Por una hora nadie podía usar el baño, ocupado por Su Alteza El Jovenasno. Y si por casualidad una entraba, la puerta entreabierta, lo sorprendía ante el espejo, concentrado en la admiración de sus facciones o ensayando muecas horrendas para hacer su rostro más repulsivo aún, pues una compañera de clases le había dicho que era feo.

La funda de su almohada estaba ensebada. Sus sábanas olían a puñeta y debían ser cambiadas dos veces por semana. En el baño guardaba una historieta sobada, de esas que compran los albañiles y los camioneros para masturbarse. La revista estaba doblada para ser leída con una sola mano. Más bien para ser hojeada, no para leer el texto. Los dibujos procaces mostraban a una edecán de la Secretaría de Hacienda hostigada sexualmente por dos burócratas y dos nacotecas. La joven, que usaba ropas mínimas, tenía grandes tetas, grandes nalgas y grandes muslos. Los pretendientes eran grotescos. Los nombres de lugares y personas, y las palabras obscenas, estaban escritos con faltas de ortografía.

Una vez acostado, el Jovenasno dormía a pierna suelta y sólo sacudiéndolo dejaba de roncar. Sus ronquidos me causaban insomnio y pasaba el tiempo contando los ruidos de la calle y del apartamento, los reales y los inventados. Hacia las cuatro de la mañana, desesperada, me dirigía a la cocina buscando qué devorar.

—Te vas a enfermar si comes de esa manera —me decía a mí misma.

—Ya estoy enferma —me replicaba.

De otra forma, tendida en la cama, los pies sobre la pared, los largos muslos desnudos, leía los cuentos de Horacio Quiroga "La gallina degollada" y "El almohadón de plumas", imaginando que Dulcinea era la víctima de los horrores que les sucedían a los personajes, hasta que me sorprendía el alba y me ganaba el sueño.

9

Yo tenía miedo de crecer y crecer.

Miedo de que llegaría el momento cuando mi persona no iba a caber en ninguna puerta, en ninguna cama, en ninguna silla, en ninguna ropa, en ninguna parte; cuando mi única satisfacción iba a ser levantar las manos y tocar el techo, los extremos de las paredes y las esquinas superiores del cuarto; mi entretenimiento solitario iba a consistir en alzar las manos y palpar una oscuridad habitada por arañas y espectros de mí misma.

En el año tres y diez del tercer milenio, empecé a sentir fobia por las arañas (mis filias fueron los pingüinos y los ratones). Sentía aversión por todas las arañas. Por las patonas; por las cazadoras nocturnas en los muros; por las que aparecen en las rendijas y en los agujeros de los marcos de las ventanas y las puertas; por las rubias, que son invisibles bajo la luz, y por las lúgubres, semejantes a la tiniebla, imágenes corpóreas de la melancolía, las cuales levantan amenazantes las patas delanteras mientras se afirman sobre otros tres pares de patas, la cara encapuchada. Y por aquellas arañas que se encuentran en el espejo, cuando una se ve fea, desdichada y tonta.

Todas las arañas me provocaban ansiedad, mis temores secretos se materializaban en ellas y no podía controlarme ante la vista de una subiéndome por una pierna, o cercana a mi pierna, o corriendo sobre mi ropa, o metida en un zapato, o parada junto a la pata de la silla, o próxima a la cabecera de la cama, o mirándome desde el techo sobre la cama, o enredada en mi pelo.

Nunca podré entender por qué una persona que sentía disgusto por las arañas pudo tener su primer romance con un sujeto que las admiraba tanto, que tenía como modelo en la vida a un oscuro aracnidófilo inglés del siglo XVIII, Eleazer Albin, autor de la *Natural History of Spiders and Other Curious Insects*.

—Te voy a dar un taco de arañas, sabe a pelos —me dijo la noche que lo abandoné, no por su afición a encerrarlas y beberlas en botellas de mezcal o por llevarlas como amuletos en cajas colgándole del cuello, sino por su sadismo. Lo más chistoso para este individuo, cuyo nombre no escribo para no perpetuarlo en los anecdotarios de la literatura, era arrojarme arañas al pecho para verme saltar y gritar de repulsión.

—Su piel es tan suave que cuando te bebes una araña entera tienes la sensación de tragarte un ojo con sus párpados y sus pestañas afiladas —me dijo la noche que terminamos la relación, para bien. No quería convertirme en víctima de gentes abusivas, por ejemplo, de la familia Becerra, que vivía enfrente y tenía un perro gran danés que se aventaba contra la puerta ladrando cada tarde que volvía del colegio.

Este perro a mí me daba cosa que un día fuese a salirse, me mordiese un muslo, me desgarrase la ropa, me quitase un zapato, me tirase al suelo y me ensalivase toda. No habría espectáculo más ridículo para las hijas del señor Rutilio Becerra: Engracia, Esmeralda, Eugenia y Esther, que el de ver a esa bestia revolcándome.

Para evitar darles este gusto, me robé una varilla de una obra en construcción y cuando iba a la

escuela la dejé recargada detrás de la puerta de entrada del edificio. A mi retorno la llevé en la mano para
subir y bajar armada las escaleras. En caso de ser atacada, le daría con el metal en la cabeza, en las patas y
en la columna. A las Becerra les divertía verme asusta-
da, pero más les iba a divertir hallar a su perro muerto.

En la escuela, a la hora del recreo, me placía
andar hacia atrás, observando cómo mis condiscípulas se alejaban de mí o pasaban a mi lado rápidamente. Tenía yo un vestido café oscuro con parches rojos
pegados adelante, pero lo deseché, porque ellas me
llamaban La Bolsillos Altos.

Las más peleoneras de la clase querían medirse conmigo a golpes y a mordidas. Era un prestigio
sacarle los mocos a la Mujer Jirafa. Algunas presumían
de haberme puesto de rodillas y de haberme hecho
besarles la suela de los zapatos. Puras mentiras. Ninguna me ganó a las patadas ni a los cabezazos, yo les
gané a todas.

El apodo de Mujer Jirafa aludía a mi tamaño y
me ofendía muchísimo. Hubiese preferido un sobre-
nombre que insultara mis hábitos, no mi físico. En el
momento en que me lo decían, me sentía herida como
por un rayo verbal en la calle, ante la multitud, ante
mis amigos. Y no era justo.

Un domingo en la noche, acostada en el suelo
de mi pieza, sin tapete, porque Dulcinea lo había
puesto en la lavadora, me sentí irreal y empecé a tocarme las piernas y los brazos larguísimos, como si
acariciara un cuerpo ajeno.

Me dirigí al baño, me desnudé y me observé
adentro y afuera del espejo, siempre como si fuese
otra persona. Luego, escuché mi voz proferir palabras inconexas, jugando a ser la protagonista y la an-
tagonista de una obra dramática sobre el doble, obra
que me había prometido un día escribiría, desde que
había leído *Aurélie*, de Gérard de Nerval.

Se me encogió el corazón al verme delante del espejo cautiva en ese cuerpo mío. La imagen de mí misma alcanzando con la cabeza el techo del cuarto me dio horror. Mi máxima pesadilla era, como en un cuento infantil, tocar las nubes. Y mi miedo real era golpearme la frente o atorarme en el marco de una puerta. Viajar de pie en los autobuses con la cabeza doblada era mi destino. Entrar en una tienda y probarme vestidos para muchachas normales, que me quedaban zancones o me llegaban a los codos, oyendo a la empleada decirme: "Esas ropas te quedan cortas", era cosa que sucedía a menudo.

Los árbitros de la moda aseguraban que la estatura correcta para la mujer era la de 1.70 metros, que la cabeza oval era la más recomendable, que el cuello debía tener un tercio de lo largo del rostro, no más ancho que la mandíbula; que su longitud debía corresponder a la anchura de las manos aplanadas, con los dedos estirados.

Los modistos mandaban que los brazos fuesen delgados y las caderas y los hombros no más gruesos que los brazos; que la línea de la cintura fluyera bien curvada y los muslos tuviesen el ancho de las caderas. "Los pies y los tobillos finos hacen a una mujer atractiva", concluían los Petronios del primer cuarto del siglo XXI, como si siguiésemos viviendo a mediados del siglo XX.

Yo, desnuda en el espejo, comparaba en la luna fría las medidas perfectas y las proporciones ideales de las modelos (difundidas en las revistas) a mis desmesuras, y me daba vergüenza salir a la calle, y me sentía la criatura más infeliz del planeta Tierra.

Cuando tenía que ir a una fiesta, después de pasar horas enteras poniéndome y quitándome vestidos, metiéndome y sacándome faldas, probándome aretes y collares, fajas y cinturones, al hallarme en la puerta del edificio me devolvía, consciente de que la gente de la fiesta de inmediato iba a reparar en mi cuerpo desproporcionado, en mi cara pintarrajeada, en mi vestido floreado, en mis zapatos sin tacones, en mis pechos rellenos y en mis piernas de fideos.

—Oh, m'hijita, cuánto has crecido —exclamó mi tía Inés, hermana mayor de mi madre difunta, en el jolgorio de una quinceañera—. Este estirón lo diste de noche, seguramente a los trece años.

—Por favor, tía, no quiero hablar de mi estatura —le supliqué.

—Cada salón tiene sus patitos feos, espero que tú no seas la palmípeda de tu clase.

—Mi estatura es irreversible, solamente encogiéndome o mutilándome podría reducirla.

—Eso no se me había ocurrido.

—Paso por un periodo de aclimatización, no hablemos más del asunto —le rogué.

—Entonces, debes de entender que la ropa tiene que subordinarse a tu cuerpo y no tu cuerpo a la ropa —agregó mi tía, experta en modas, cerciorándose que las señoras alrededor la escucharan—. Las técnicas actuales garantizan la sobrevivencia social de personas con una configuración corporal rara como la tuya.

—Empiezo a discernir en mis vestidos entre formas y líneas —confié a mi escéptica pariente.

—Otra cosa más. Dime el perfume que usas y te diré quién eres. O para ponértelo de una manera más cruda, dime cómo hueles y te diré quién eres —me dijo y se fue a hablar con las señoras de su edad que estaban escuchando sus consejos.

No me quitó la vista crítica de encima. Después de observar con gesto de conmiseración mi manera de pararme y de cruzar las piernas, de tener en la mano izquierda el cigarrillo, de morderme las uñas pintadas y de ver la hora en el reloj de pulsera continuamente, vino y me susurró:

—Tu postura es lamentable, la impresión que provocas en los demás es atroz. Postura y movimiento son influidos por las costumbres sociales, los tuyos son dictados por las antisociales. Fui hermana de tu madre y te voy a hablar con franqueza: una joven, aunque fea, tiene derecho a buscar una forma corporal y rasgos faciales atractivos. Tú necesitas un disfraz cultural que te dé un toque de embellecimiento. Crear la ilusión de belleza es tan importante como poseerla. Si llamas la atención sobre las mejores partes de tu cuerpo: los pies, las orejas, las mandíbulas, podrás distraer la vista de tus partes débiles: tus pechos, tus piernas, tus brazos, tus manos, tu nariz, tus labios, tu cuello, tu vientre. Esto podrás lograrlo haciendo uso de la combinación de formas y líneas en vestidos y cosméticos, los que alterarán tu apariencia poco deseable. Una joven no muy agraciada como tú puede hacer aceptables sus desventajas si las envuelve en materiales agradables al ojo y al tacto. Un cuerpo sin gracia puede ser rescatado artificialmente trabajándolo hasta obtener una forma óptima. Los cosméticos pueden dar carácter al rostro, y de una nariz chueca se puede hacer algo original, un rasgo envidiable. Un cabello horrendo, si se estira o se acorta, adquirirá un aspecto caprichoso. Orejas, labios, lunares y defectos son redimibles en algunos puntos o en su totalidad. Comprende, las partes repulsivas de un cuerpo pueden pasar del primer plano al entorno. Recuerda, las formas y las líneas, los colores y las texturas convergen a una figura para crearle la apariencia de belleza, o para convertirla en una desgracia visual.

Cuando pareció dejarme en paz, mi tía se dio vuelta sobre sus talones y me hizo la siguiente observación delante de un muchacho que me gustaba mucho, al que me había acercado para platicar:

—Tu cultura es occidental, tus posibilidades de belleza son rectangulares. La cultura de los zulúes fue circular, sus chozas y sus mujeres tuvieron formas redondas. Cuando ellos caminaban o trabajaban lo hacían en círculos. Te digo esto para que sepas que la belleza es cultural y los conceptos de belleza de cada cultura son diferentes. Así que tienes salvación. Solamente tienes que hallar una cultura donde las mujeres hermosas sean las más altas, las más flacas y las más lisas. En ella serás Miss Universo.

Salí apresurada de la fiesta. En el apartamento, en la sala de baño, sobre una silla blanca de plástico, estaba una revista de modas. En las primeras páginas venía la foto lustrosa de mi tía Inés explicando los factores de la belleza femenina: "El cuerpo es una forma tridimensional en movimiento, o un conjunto de formas armoniosas arregladas sobre un eje vertical que permite el movimiento. Líneas horizontales contrastantes son los ojos, los hombros, las caderas, las rodillas, las orejas y los labios. Para lograr el conjunto de formas y líneas verticales y horizontales deben usarse telas flexibles. Estos materiales tienen que llenar las necesidades de apariencia de cada individuo a lo largo de su vida, desde su más temprana infancia hasta su vejez y muerte.

"Si su cuerpo no se conforma a un ideal de belleza determinado, no se preocupe, compre ropas y maquillajes que disimulen sus miembros y sus rasgos faciales. Recuerde que algunas culturas primitivas ofrecen soluciones para ayudar a crear la ilusión de belleza. Hay una cultura para Ud., sólo es cosa de hallar la que le corresponde, DESENFATICE SU FEALDAD."

En la revista venía el anuncio de Cirugía Estética Hermanos Pablo y Pedro Pardaillán. Hábiles Chichimecas Que Embellecen Sin Dolor.

En el anuncio se mostraba el antes y el después de una joven a la que le habían corregido la nariz, intervenido los párpados y las orejas, aumentado las mamas y remodelado las pantorrillas. Exactamente lo que yo necesitaba.

Los hermanos Pardaillán realizaban esas maravillas en sus clientes sin hospitalización y sin anestesia general, garantizando que no había infecciones ni contagios. El tratamiento costaba cinco mil aztecas.

Me dormí con la cinta de medir entre los dedos, después de haberme pesado desnuda en una báscula en el baño y de haber puesto fecha en una hoja de calendario para mi transformación radical. Mi deseo era seguir siendo adolescente y que las gentes no me consideraran ridícula o tonta por mi tamaño.

Otro día, Dulcinea, después de verme con detenimiento a la hora del desayuno, como si quisiera destruir toda confianza en mí, me dijo que mis piernas habían crecido tan desproporcionadamente en relación con el resto del cuerpo que si quería casarme tendría que encontrar una jirafa semejante a mí.

En reacción a sus palabras, en las semanas que siguieron me levanté temprano, llena de entusiasmo, con la resolución de no fumar en el baño de la escuela, de cumplir con mis trabajos escolares y de ser menos tímida con mis compañeras, con las que debía tratar de tener más confianza para que ellas confiaran más en mí.

Secretamente, me entrené para gritar, para que el día en que estuviese colérica no me saliesen ronquidos en vez de gritos delante de mis condiscípulas.

En vano, después de intentarlo docenas de veces, sólo me salió un chisguete de voz.

—La constitución de su persona no se presta al grito —había revelado el año anterior un otorrinolaringólogo.

—Ya deja de runflar, me estás poniendo nerviosa —Dulcinea dio manotazos a la puerta.

El sábado, deprimida por enterarme que mi mejor amiga había organizado una fiesta sin invitarme, me quedé en pijama todo el día.

A ratos, para distraer mi soledad, veía en la pared un póster de la Laguna de San Ignacio con una

ballena gris, mi semejante, nadando con su ballenato.
Y me ponía a pensar en aquello que podría ser cuando fuese adulta: una modelo esbelta, que por su cuerpo alto las ropas caras lucen bien; una campeona de
basketball o una estrella de natación; una actriz de carácter que hace papeles difíciles en obras serias. Nunca aceptaría papeles de cómica. No era capaz de atraer
sobre mí más ridículo. En el teatro trabajaría de direc-
tora o de productora, en el vestuario o en las luces, en
el maquillaje o en la escenografía. Podría tomar clases
de canto o de piano, aunque carecía de voz y de talento musical. Podría ser un *chef* en un restaurante de
lujo, no obstante que era vegetariana y en un restaurante tendría que preparar carnes rojas y cortarle a los
pescados la cabeza. No sería difícil obtener un empleo en una tienda como dependienta, alcanzaría los
rollos de telas en los casilleros elevados sin subir a
una escalera o sin pararme en un banco. No podría ser
ladrona ni criminal. Me sería imposible carterear a un
señor o bolsear a una señora sin ser advertida de inmediato en la multitud, aun disfrazada y con lentes
oscuros. Tampoco podría ser prostituta, azafata, siquia-
tra ni licenciada. Novelista, tal vez, y podría contar mi
vida en la tercera década del siglo XXI. Me daba horror
la posibilidad de servir únicamente para matar mosquitos en la parte superior de las paredes y en el techo
de un cuarto.

Por ese entonces, con la esperanza de curar-
me de mis complejos de joven jirafa, me dio por asis-
tir a las sesiones semanales de Neuróticos Anónimos,
A. C. Reuniones en las que predominaban los celosos,
hombres y mujeres de diferentes condiciones sociales, quienes, a la luz amarillenta de un salón de paredes grises, uno tras otro hacían revelaciones íntimas
ante un gran público de celosos.

Estas criaturas suspicaces, al borde de las lágrimas, del crimen o del suicidio, ejemplificaban con

anécdotas y pruebas la razón de su desconfianza, insistiendo en que no imaginaban las cosas, que las apariencias no los engañaban y tenían fundamentos y sospechas suficientes para espiar y perseguir a su pareja.

Sentada tímidamente a la orilla de la última renglera, no lejos de un póster con un refrán que decía: "LOS CELOS DESPIERTAN A QUIEN DUERME", no me atrevía a levantar la mano ni a hablar. No necesitaba hacerlo, ya lo decía todo con mi tamaño, con mi presencia inhibida. Además, no podría competir con aquellos que entre más infelices se manifestaban más importantes eran ante sí mismos y ante los otros. Frente a esa concurrencia de neuróticos confesos, mi neurosis era confesada por mi estatura.

Un sábado en la noche, mientras se llevaba a cabo el baile de cumpleaños de una compañera de clases, al que todas habían ido menos yo, en mi imaginación vi venir por Paseo de la Malinche a un hombre alto vestido de negro, con camisa de rayas azules, corbata roja, pelo largo y zapatos de charol.

—¿Quién eres tú? —le pregunté, a media calle.

—Yo soy el hombre que en el mundo está reservado para ti —me contestó, mirándome a los ojos.

—Tú y yo somos tan altos que estamos hechos uno a la medida del otro. Pega tu mano a la mía. Es del mismo tamaño —expresé.

—Los hombres del porvenir serán gigantes, nosotros somos sus precursores —dijo él, desbordante de amor.

Y desapareció en la muchedumbre.

10

A los catorce años ya había alcanzado una buena parte de mi tamaño actual y era más alta que todos mis condiscípulos.

Para escapar de Ciudad Moctezuma y de mí misma, durante las vacaciones escolares me iba al cine cada tarde. Espectadora solitaria, sacaba mi boleto tímidamente y me sentaba lejos de los hombres, buscando un asiento a la orilla de una hilera de en medio, o en la última fila de la platea. No quería tapar la pantalla al espectador de atrás y me hacía chiquita, doblando las piernas, ladeando la cabeza o echando el cuerpo hacia la derecha.

Como me gustaba mucho presenciar los desfiles del 16 de septiembre, me paraba en la renglera final de la multitud y los veía por encima del prójimo chaparro. El problema venía cuando los que marchaban me descubrían a mí y me hacían el centro del espectáculo. Entonces, me ruborizaba y me encogía.

A mediados de octubre del dos mil catorce, recuerdo con toda claridad, comencé a frustrarme en los centros comerciales, pues me entró el prurito de usar el mismo tipo de ropa que mis compañeras de estatura normal. En las tiendas no encontraba vestidos ni calzado a mi medida, y los especiales estaban hechos con materiales aburridos y colores sobrios. Para exacerbar mis frustraciones, hallaba más interesantes las prendas manufacturadas para chicas de tallas regulares.

A los quince años crecí media cabeza más y la cama me quedó corta, las cobijas me llegaron a las rodillas, las faldas a los muslos, las blusas a los codos y los zapatos a la mitad del pie. Empecé a odiar al prójimo fisgón, a Dulcinea y sus parientes, a Aníbal y sus amigos, a la maestra y sus alumnas, a las empleadas de las *boutiques* y a mí misma.

Por el mes de noviembre, mi madrastra me hizo el favor de comprarme una cama largamente estrecha y mandó hacer una silla exclusiva para mí, con el respaldo de plástico elevado y las patas y el marco del asiento altos. Yo, como víctima de un crecimiento mágico, cada mañana me asombraba por las dimensiones de mis brazos y mis piernas.

Por esos días, un doctor decidió quitarme el apéndice y mi más grande aprensión fue que el cuarto del hospital iba a ser inadecuado y la mesa de operaciones insuficiente para mi cuerpo.

Convalecí, dos pulgadas se añadieron a las que ya tenía y me dio terror convertirme en estantigua. La relación con los demás empezó a estar condicionada por el modo en que me trataban y me veían. Me resigné a ser vista desde abajo.

—La adolescencia es difícil para muchas mujeres, para mí es una agonía —reflexioné.

—Nunca serás la bella del salón ni la estrella de la fiesta, y muchos jóvenes no se atreverán a sacarte a la pista, pero aprenderás a mantener el cuerpo derecho y a tener mejor postura —me dijo una tarde mi amiga Martha, animándome a tomar clases de baile.

Seguí su consejo y compré zapatos negros con suelas delgadas. Me cuidé que no fuese calzado extravagante, con el cuero pelado o muy boleado. En su nombre, tiré a la basura los pares que ya no me venían o no eran de mi estilo.

En los gimnasios y en las piscinas evité andar en traje de baño, pues tanto los hombres como las mujeres se fijaban en mis pies enormes y en mi pecho liso.

Deseché los vestidos, los sacos, los suéteres, los chalecos que me quedaban cortos. La ropa que no estaba limpia, no era de buen material, de colores alegres y correspondiente a mi edad, la regalé al primer mendigo, un hombre barbado y sucio, que encontré en la calle. Descubrí que me era tan perjudicial andar rabicorta como rabilarga y que una falda corteada detrás me hacía parecer grotesca, y me cuidé de ello.

Me fijé en lo que las muchachas llevaban en la calle y rompí la línea vertical, la forma continua, con un cinturón de cuero o con una falda de color diferente. "Una rotura, un remiendo, un agujero en la tela de una blusa se notará enseguida. No puedo llevar prendas de vestir con botoncitos ni con botonzotes, con bolsitas ni con bolsotas, con bolitas ni con perlitas de adorno. Nada chiquito ni nada grandote que llame la atención sobre mi persona. De ninguna manera debo disculpar ni enfatizar mi figura, dar la impresión de gorda ni de huesuda. Si en las tiendas no hay selección de tallas a mi medida y a la hora de probarme la ropa las empleadas me ofrecen una hoja de parra, no por esto debo de sentir complejos ni aceptar lo que hay. Espejos, mostradores, sillas no fueron hechos para servirme a mí, fueron pensados para la clientela común", me dije.

Tuve un vestido de *cocktail* con chaquetilla de bolero y volantes, mi favorito, y ceñí mi cintura, mostré los muslos, me puse brazaletes y anillos. Me corté el pelo. Pues no hay nada peor que una cabeza desaliñada que se ve a distancia y sobresale sobre las otras cabezas.

Me entró manía por los sombreros, consideraba que con ellos me veía distinguida. Tuve tres: uno de velillo, con cinta de terciopelo; otro de brocado, con plumas de garza; otro de ala ancha. Dejé de ponérmelos porque un día en la calle un pelado me gritó: "¡Pareces árbol!"

Fui cuidadosa de no traer uñas sucias en las manos enormes; usé poco maquillaje; ensanché mis labios y destaqué el grandor de mis ojos. Mis aretes y collares fueron originales, pero sobrios. Hasta el bolso de piel lo escogí con asa larga, color negro.

Me perturbó sacar medio metro a los muchachos de mi clase. Mis acompañantes más bajitos solían llegarme al ombligo y causaban risa. No podía ir por la calle sin ser advertida de inmediato por la gente.

Nadie sabía cuánto deseaba despertarme una mañana y ver mi cuerpo encogido, de la misma estatura que el de mis condiscípulas, y vestirme como ellas. Mi longitud no era algo temporal, que pasaría con los días como un sarampión, un barro o un mal humor, era para siempre.

Decidí aceptarme como era, no como debía ser. Y rehusé ir por el mundo acomplejada, ser el hazmerreír de los babosos. En Ciudad Moctezuma había criaturas horrendas que caminaban airosas y seguras de sí mismas, ¿por qué debía ir yo por el siglo avergonzada y excusándome, llegar a las reuniones buscando un rincón para esconderme, una silla para achicarme, y pasar la noche en secreto?

Hojeé revistas confesionales y libros de interés humano, supe que en los años cuarenta del siglo xx una joven alta de Estados Unidos había sido coronada Miss América. Yo podría aspirar, si me lo proponía, a ser la Miss México de mi generación. No era fea.

La realidad solía jugarme malas pasadas: al entrar a una fiesta siempre había un idiota que exclamaba: "Mira, qué mujer tan enorme." En los tocadores me veía forzada a doblar las rodillas, los espejos eran demasiado bajos o el videófono estaba instalado a la altura de las costillas. El mundo no había sido hecho para los gigantes.

Tenía problemas para meterme en un coche pequeño. Ante un niño, debía agacharme para oírlo. Durante la lluvia, esquivaba los paraguas para que no me picaran un ojo. En el autobús, alzaba las rodillas o abría las piernas para caber en el asiento. Ése era mi destino, acomodarme a las circunstancias.

Borracha, clavada en el sillón, tenía la misma estatura que mis interlocutores de pie. En el teatro, la mujer de atrás profería en voz alta: "No podré ver la obra hasta que la señorita de adelante se siente." "Pero está sentada", replicaba su *significant other*. "Entonces, hasta que se hinque, porque nada más voy a ver su cabezota." Una de las pocas ventajas que tenía es que no estaba expuesta a asaltos ni a violaciones. Raro sería el criminal que se atreviera a medirse conmigo, creyéndome fuerte o muy visible.

A comienzos de agosto del dos mil dieciséis, recuerdo que era agosto porque caían cuatro aguaceros diarios, me dio por meterme en el baño después de la comida. Cerrada la puerta con llave, me examinaba con seria objetividad en el espejo: los ojos café oscuro eran bastante grandes, sombreados por largas pestañas negras; los labios delgados y finos sólo necesitaban bilé para parecer sensuales y anchos; los chongos del pelo recogido debía cortarlos un poco, daban la impresión de cuernos pequeños.

No tenía mala traza. Era esbelta, alta y con curvas bien definidas. Podría cubrir el cuello con un suéter de cuello de tortuga y lucir los muslos con una falda amplia. Los pies anchos los calzaría con zapatos italianos de moda marca *Giovanni Fellini*, que me darían un aire de internacionalismo.

Mis rasgos no eran vulgares. Expuesta ante al espejo me encontraba atractiva, tímida, alerta, interesante, elegante. Los galanes repararían en mis encantos en su momento. Era del tipo de mujeres que se revelan poco a poco. No había prisa.

Desnuda en la tina, una tarde observé mi anatomía y descubrí que la pelvis se me había ensanchado, pero que el busto no se me había desarrollado, que no habían aparecido las redondeces incipientes, las primeras protuberancias ni las puntas duras.

Entonces, en el salón de clases empecé a comparar mi pecho liso con los pechos rebosantes, presumidos, de otras chicas y tuve miedo de ser una púber lisa o, en el peor de los casos, una impúber crecida.

Un mediodía de octubre, cuando a la hora del recreo entré al Baño de Damas de la escuela para orinar, encontré a Rosamunda y a Claudia cotejando entre sí sus tetas desnudas. Me pidieron que fuera la juez y decidiera cuál de ellas las tenía más grandes y turgentes. Me negué a hacerlo.

—Ésa, como está plana está celosa —expresó Claudia, desplegando con un movimiento del pecho sus senos sueltos.

—No necesita portabustos, no tiene qué sostener —me señaló Rosamunda, la más tetuda.

—Le vendo el mío —exclamó Claudia, poniéndose un suéter rojo de *cashmere.*

—Le presto este trapo para sus mamas —Rosamunda agitó un pañuelo sucio.

—¿Para qué quiere el pañuelo? —preguntó Claudia—. ¿Para sonarse la nariz, para taparse la boca o como sostén?

—Tiene tan grandes las ubres que cuando hace ejercicio no se le mueve nada —se burló Rosamunda.

—Quiero el pañuelo para limpiarme la nariz —afirmé, pisoteando el *brassiere* de Rosamunda.

En posición de combate, coloqué las piernas separadas, la caja del cuerpo y la cabeza hacia delante.

Ellas se mofaron de mí. En lugar de grito, me salió un ronquido.

Las ahuyenté a patadas y cabezazos. Con toda el alma deseaba que dos tetas descomunales brotaran de mi pecho.

—Pinche jirafa —me insultaron y salieron del baño aprisa.

Para su satisfacción, mis senos tardaron mucho tiempo en hacerse visibles. Nunca se imaginaron que cada tarde medí su crecimiento y los esperé con portabustos de diversas tallas en la mano, algunos bastante grandes. Tenía la ansiedad de una mujer encinta que aguarda el nacimiento de sus hijos. Antes de dirigirme a la escuela diariamente, rellené los sostenes con hules y trapos. Y todos los días los senos fueron de tamaño distinto: un poco más henchidos, más caídos, más fláccidos, más subidos. Nunca iguales a sí mismos ni al ayer.

No me importaba su forma, quería parecer tetuda. En clases, un colegial barroso, algo retrasado mental, los miraba con asombro y los inspeccionaba de cerca para ver el volumen que ese día les había dado.

Este colegial, un 12 de octubre, cuando indígenas que se decían descendientes del emperador Cuauhtémoc arrastraban por Paseo de la Malinche la estatua de Cristóbal Colón (de la cual ya nada más quedaba la caja del cuerpo y la cabeza), me invitó a acompañarlo al baile que conmemoraba el Día del Encuentro de los Desnudos y los Vestidos. Para la ocasión, me puse un vestido de seda negro, zapatos de charol negros, mallas negras, polvo morado en las mejillas y ensanché el contorno de mi boca. Todo el mundo me admiró.

A la salida del baile, fingiendo que me llevaba a casa, el colegial estacionó el coche en un callejón oscuro y se puso a acariciarme el cuello, bajando las manos lentamente hasta llegar a los senos. Entonces, con dedos rasposos los movió hacia las costillas y descubrió el pecho liso. Su cara de asombro, más que su atrevimiento, hizo que le diera una bofetada.

—Ven, hijastra mía, vamos a comprarte un *brassiere* importado, si es posible a tu medida —me dijo a fines de noviembre Dulcinea, cogiéndome del brazo, en gran demostración de afecto por mí—. Desde ahora en adelante no andarás con un sostén ridículo en la calle.

Nos dirigimos a la tienda. Yo, la más alta, a su lado derecho, torreándola, tiesa de las corvas, las rodillas inflexibles, el tronco endurecido, el pecho parado, empitonado, la pelvis ancha, el bolso colgando de la mano izquierda. Las gentes nos miraban al pasar, diciéndose: "¿Cómo pudo esa liebre producir a esa giganta?"

Ella me dijo a mí:

—Párate derecha, levanta los hombros, ten distinción. Trata de caminar vertical. No saques el culo tanto. No andes con las piernas separadas, como si te hubieses orinado en los calzones. No sólo se ve mal, es obsceno y te puedes caer.

Entramos en un pasaje comercial con mucha gente y piso resbaloso de mármol. Dulcinea me cogió del brazo, clavándome los dedos, por miedo a patinar y darse un sentón. Dos muchachos se nos quedaron viendo. Yo temblé de inseguridad, de coraje.

—El sostén no importa, lo que importa es que no me crecen las tetas. Tampoco importan las tetas, lo que importa es que se nota su ausencia —le dije.

—¿No entiendes lo importante que son los pechos para una mujer? No sólo sirven para amamantar bebés, también son útiles para atraer a los hombres a la cama —explicó ella—. Despreocúpate, en un rato tendrás las más bellas ubres de la Tierra y un portabustos Super xxx para guardarlas.

— No creas que exagero, Dulcinea, cuando te digo que en verdad no importa. Hay tantas mujeres con pechos de más, con pechos de menos, que una que los tiene regulares pasa inadvertida.

—Desgraciadamente, no es así.

—Te lo suplico, Dulcinea.

—¿Ah, sí? Entonces te sientes de las mil maravillas lisa y plana? —ella no pudo contener su furia.

La tarde era cafesosa, en un momento inverosímil se vio el sol en alguna parte del cielo. De pronto, se me metió entre las piernas un niño que estaba aprendiendo a andar. Yo, para no tirarlo, me quedé parada en medio del gentío.

La mamá jaló la rienda con la que lo sujetaba. Yo me apoyé en su cabeza para no caer y aplastarlo. El niño empezó a llorar.

—Fíjese, garrocha, la banqueta es para todos —me gritó la madre.

—La acera es ancha, hazle lugar a los demás —la secundó Dulcinea, metiéndome una zancadilla verbal—. Trata de caminar derecha. Si no puedes salir a la calle como una persona, mejor quédate en casa papando tus frustraciones.

Molesta por tanta injusticia, solté la cabeza del niño y dejé que cayera al suelo.

El chiquillo rodó, dio alaridos.

—No tienes que golpear a los chamacos cuando sales a la calle —me agredió Dulcinea.

Me alejé a grandes zancadas. Casi tuve que correr, pues un policía regordete y de baja estatura quiso detenerme. Dulcinea quedó atrás. El niño berreante quería levantarse y se caía.

Busqué con desesperación un objeto en la calle donde apoyar mis ojos, pero hallé sólo rengleras de macetones con flores de plástico afuera de una tienda de aparatos para hacer ejercicio y un letrero que decía: "Precaución. Hombres Trabajando", colocado del otro lado de una alcantarilla destapada.

Mi edificio surgió en la distancia. En esos momentos de aflicción lo vi acogedor, firme y suntuoso. Cada día se hundía en el subsuelo un poco, como la ciudad, alcanzando el hundimiento anual diez centímetros, pero eso no importaba. Un día desapareceríamos juntos, puertas, ventanas, inquilinos, porteros, rejas y elevador, pero eso no importaba. Su hundimiento era por debajo del que registraban los otros inmuebles de la calle, lo que era una garantía de seguridad respecto de los terremotos. Una mañana, todos nos íbamos a despertar bajo el nivel de la banqueta, en el polvo anónimo, igualador e irrespetuoso, pero eso no importaba. Él era mi edificio, mi único edificio.

En el quinto piso, la ventana de mi cuarto estaba abierta. En la tarde fétida, feculenta, resplandecieron los geranios rojos.

Después, sentada en el balcón, me puse a mirar el sol reflejado en los vidrios de enfrente, como si hubiese un sol para cada ventana y una ventana para cada ojo.

La luz variaba según la estación del año y la hora del día, pero en ese instante de duda y aflicción el espectáculo de cien soles reflejados en los vidrios de los edificios opuestos me dio un placer inaudito.

Dulcinea Morales interrumpió la contemplación. Me dijo que lo que había pasado al niño era insignificante, que la semana próxima me llevaría con una costurera para hacerme dos vestidos caros a mi medida.

—No irás ya a la escuela con una falda zancona. Por primera vez en tu vida parecerás de tu edad, serás una mujer —exclamó detrás de la puerta.

Esperando a que desapareciera del otro lado de la puerta, contuve la respiración, porque, fascinada por ese sol vespertino que ponía en las ventanas las notas visuales de la luz, no me moví de la silla, me hice la sorda, fui toda ojos.

11

Ciudad Moctezuma era una masa intrincada de concreto, fierro y vidrio, y otros materiales que carcome la contaminación y deshace el tiempo.

A nivel de banqueta, la urbe era un trazo alucinante, siempre en construcción, o en transformación, de arterias, glorietas, barrancas, callejuelas y paseos, todos repletos de hombres y mujeres, vehículos, inmuebles y ruido.

Ciudad Moctezuma era una urdimbre interminable de calzadas, callejones y cruces, cuyo pavimento (palabra derivada del latín *pavor*) parecía siempre más negro y pegajoso que el asfalto con que estaba hecho.

Avenidas de circularidad sin centro, arterias entretejidas en desorden, periféricos y circuitos con cientos de entradas y salidas (indistintamente abiertos o bloqueados), angostillos y cerradas conformaban el embrollo, el mapa de la confusión.

En este dédalo singular, la vida vegetal y animal, y la vida cultural, habían sido casi exiliadas, las librerías, las bibliotecas, los jardines, las salas de conciertos y los teatros casi no existían. Había en cambio abundancia de edificios de gobierno, conjuntos comerciales y ejes viales, semejantes a otros edificios, conjuntos y ejes viales en otras partes de la Zona Metropolitana, otros lados de la nación y del mundo.

Este enredo visual tenía el tamaño y la cantidad de habitantes de un país, el que nadie podía ya conocer en su totalidad, y sí podía perderse en sus calles con el mismo nombre, la numeración caótica, sin letreros en las esquinas, o simplemente sin nombres.

Tan iguales eran entre sí algunas calles que era difícil que el peatón ajeno al barrio pudiera decir por cuál iba caminando, si no recordaba pronto cierta señal en un poste de luz, en una pared o en un edificio.

El laberinto mexicano era sumamente atractivo para la vista, el oído, el tacto y el olfato, y para la fotografía, el cine *verité*, la antropología social, el turismo sexual, y para aquellos interesados en realizar informes sobre violaciones a los derechos humanos, tener experiencias o elaborar *dossiers* sobre abusos a la mujer, al niño, al hombre, al árbol y al animal.

Más de un transeúnte imaginativo, extraviado en la maraña no solamente inextricable, sino inexplicable, de ese lío material, podría tener lo mismo la sensación de andar entre las multitudes espectrales del Mictlán o de ser la víctima de un castigo mitológico de la cultura de su predilección.

Por lo demás, que el caminante perdido, local o extranjero, recurriera como primera o última instancia a los taxistas, corría el riesgo de perderse durante horas, ahora como pasajero; pues ellos, que no usaban mapas o si los tenían no sabían leerlos, no eran ninguna ayuda. Para empeorar las cosas, a menudo temblaba, caían tormentas de partículas suspendidas y se declaraban emergencias ambientales, entonces las calles se cerraban, los vehículos se embotellaban en los pasos abiertos y los habitantes andaban enmascarados por instrucciones del alcalde Agustín Ek, lo que les daba un aire de misterio.

Rara vez me atrevía a aventurarme fuera de mi calle o de la colonia, unas cuantas tiendas, unos cuantos paisajes, unos cuantos seres humanos me daban lo necesario para sustentar mi cuerpo y mi mente. Ir más allá de la escuela, del supermercado y del expendio de revistas y de la casa de Martha mi amiga, no me apetecía. El piso de mi padre había sido el lugar de mi nacimiento y el de mis primeros pasos, y con suerte sería el de mis días terrenales y el de mi muerte.

Si mis pies no habían recorrido en su integridad el planeta que era Ciudad Moctezuma, en mi fantasía muchas veces había llegado hasta el final del Paseo de la Malinche, en cuya glorieta de plantas marchitas y sin chorros de agua, según mi padre Ariel, quien había leído a fray Diego Durán, cronista de los antiguos mexicanos, estaba el oratorio de Toci, la diosa de los temblores, en cuyo pecho palpitaba el corazón de la tierra.

Desde mi ventana del quinto piso, durante tardes solitarias sin clases y sin amigas, me ponía a observar al gentío como a un organismo monstruoso, pero animado, de dos mil patas y mil cabezas. Con las cortinas corridas, para que ninguno de los dos mil ojos del organismo me viera a mí.

Virgen de medianoche,
cubre tu desnudez,

oí cantar en el radio portátil en el suelo.

—Yo, virgen hasta la muerte, no seré amante de nadie, ni siquiera seré culpable del nacimiento de un hijo, de un grupo financiero, de una tribu o de un pueblo —me dije—. Encerrada en esta jaula de concreto, no disfrutaré de los beneficios ni de los maleficios de mi época, sólo seré espectadora de las olas de la historia que hacen y deshacen a hombres mediocres. Sus marejadas no me salpicarán la cara ni me alborotarán el pelo.

De repente era invierno, un invierno de polvo, de fríos al amanecer y al anochecer, calores al mediodía, dolores de cabeza, ardores de ojos y toses todo el día.

Ese invierno, después del cacareo de la Navidad, me fui de casa, no por rebeldía, sino por imitación, por deseos de ver el mundo. Mis enemigas favoritas, Rosamunda y Claudia, se habían escapado a comienzos de septiembre con unos narcotraficantes de Sinaloa y su fuga había sido comentada ampliamente en los diarios, en la Circe de la Comunicación y en el colegio. Las dos bellezas en poco tiempo se habían vuelto propietarias de un restaurante en Los Ángeles, de una agencia de viajes en Tijuana y de una casa de cambios en San Diego.

Quería alejarme de Dulcinea y de su hijo Aníbal, alejarme de la tumba que era el apartamento sin mi padre; alejarme del mundo que habitaba cotidianamente, pero que más bien me encerraba. No tenía propósitos ocultos ni planes manifiestos lejos de mi madrastra y mi hermanastro, es cierto, pero deseaba desaparecerlos de mi vista por un rato. Y si fuese posible, de mi vida para siempre.

Si las cosas no me salían bien —casi nunca me salían bien—, tornaría sobre mis pasos y estaría en mi pieza media hora más tarde, preguntando si había correo o alguien me había llamado por el videófono, como si nada.

Me fui por Paseo de la Malinche, di vuelta en el Parque del Mexicano Sacrificado, crucé la Plaza del Cacique Gordo, pasé cerca de la 2a. Cerrada de los Zapatistas y llegué al Callejón del Periodista del Embute. Había buscado perderme, pero para mi asombro no lo logré.

Cuando en mi reloj de pulsera vi que eran las 17 horas, temí la noche, pues si tenía que dormir en un banco callejero un hombre podía robarme, secuestrarme o forzarme.

Traía conmigo el manual *17 maneras de defenderse de un violador*, ilustrado con dibujos de policías, agentes judiciales, primos y jefes de trabajo. El folleto explicaba cómo incapacitar al atacante, y, en caso necesario, matarlo a mordidas, balazos o puñaladas. Si no se podía disuadir o ahuyentar con las primeras 7 maneras que se recomendaban, yo lo descontaría a patadas y cabezazos.

Revisé la lista de mis posibles anfitriones que habitaban en Ciudad Moctezuma, y descubrí que podía contar a mis amigos con ningún dedo, que me hallaba en el cero perfecto.

La única persona a la que podía acudir era Juanita Gómez, una sirvienta de unos treinta años de edad. Dulcinea la había despedido hacía dos años porque de nana se había convertido en maestra sexual de Aníbal.

Si no me aceptaba ella, mi último recurso sería pasar la noche en el metro, recorriendo de una estación a otra la Línea 1. El problema es que la luz me daría en la cara y no puedo dormir con luz.

Ese día había sentido como que me faltaba algo y pisaba sobre el vacío. Tarde recordé que era el aniversario de la muerte de mi padre y por eso andaba extraña.

En la Avenida de los Narcopolíticos, que atraviesa con doce carriles Paseo de la Malinche, cientos de coches se me echaron encima. Todos llevaban prisa y querían atropellarme. Todos parecían venir en sentido contrario y estarse pasando el alto. De pronto, me di cuenta que la que cruzaba contra el rojo del semáforo era yo.

No llevaba sostén, no lo necesitaba. Mi blusa de rayas horizontales la había rellenado con trapos. Mis zapatos sin tacones me quitaban unos cinco centímetros de estatura y los pantalones kakis me daban un aspecto informal. Con esa ropa pretendía disimular mi tamaño y mi pecho liso. Me sentía una amazona en el siglo XXI.

Me senté en un banco de la Plaza de la Emperatriz Carlota y me puse a observar las rengleras de árboles artificiales, color ceniza para ser realistas, plantados por Agustín Ek en las banquetas. Eran muy deprimentes, aunque fueran falsos, circundados por rejillas despintadas. Los círculos de metal blancuzco enfatizaban su aislamiento.

No sé por qué me puse a pensar en sombras, en todo tipo de sombras, en las que cabalgan a toda prisa entre las patas de los caballos, en las de los trenes en los documentales sobre la Revolución Mexicana de 1910, en la novela *Las sombras en la vida de Simón Bolívar*, en la sombra de un clavo en la pared, en la sombra destellada que arroja una azucarera medio llena sobre un mantel blanco, en la sombra del fotógrafo Manuel Álvarez Bravo tomando una foto contra el sol poniente, en la sombra de la estatua de un prócer del Partido Revolucionario de la Corrupción. Recordé las sombras en las películas, en las pinturas y bajo los zapatos de las multitudes que fluyen por Paseo de la Malinche. En ese momento, vi la sombra amarillenta arraigada a los pies de una mujer encinta, observé las sombras tenues de los árboles artificiales, y las que proyectaban sobre la acera un hombre y su perro. Entonces, un viejo desdentado y feo se me acercó a preguntarme la hora.

Tímidamente balbuceé una cifra, sin que él me oyera.

Él volvió a preguntarme la hora, creyendo que mi turbación era señal de que lo invitaba a conversar conmigo.

Las palabras de rechazo se me atragantaron en la garganta y él se quedó parado delante de mí con cara de Celestina loca.

—Qué *sexys* son las gigantas —masculló.

Eché a andar con premura.

Él me siguió casi corriendo.

Acudí a un policía de aspecto torvo, quien no me inspiró confianza.

El hombre se detuvo a unos veinte metros de distancia, mirándome con fijeza.

—Es un don Juan chiflado —dijo el policía—. Le gustan todas, hasta las altas.

Súbitamente recordé que había metido en la maleta de lona una navaja, justo entre los vestidos que Dulcinea me había mandado hacer a la medida. Eso me tranquilizó.

En el bolso de mano, con seguro y cierre, guardaba veinte aztecas, la herencia de mi padre, mi tesoro en esos años de desamor. Lo apreté bajo el brazo.

El reloj de pulsera me lo había dejado mi padre Ariel Sánchez, y a él su padre, el veterinario Jacobo Daniel Sánchez, herencia de su madre, la licenciada Laura Luna Cabezón. Por fidelidad a la memoria de esos ancestros conocidos y desconocidos, en toda circunstancia quería conocer el tiempo, siempre el tiempo, aunque no tuviese adónde ir ni quehacer alguno.

—Una persona inteligente y prevenida debe conocer el minuto que pisa —solía decir mi progenitor.

—¿El momento? —le preguntaba yo.

—El minuto, porque el minuto es más grande que el momento, contiene sesenta momentos y como seres inteligentes que somos es nuestra obligación estar al tanto de lo más grande —replicaba él.

Había puesto en el bolso de mano un cuaderno, una pluma y un lápiz para tomar notas para la obra dramática sobre el doble que, según yo, me iba a inspirar la fuga.

Para mi cena callejera, había sacado del refrigerador de Dulcinea un cuarto de kilo de queso imitación Gouda, sabor plástico, un pedazo de pastel cremoso, sabor yeso, de esos que venden en las pastelerías para las bodas de las hijas de los burócratas de gobierno.

Sobre el pastel estaban colocadas las figuras de los novios cogidos del brazo; él, de negro; ella, de blanco; él, con bigotito; ella, con pechos picudos. Al salir lo había envuelto en una hoja del periódico *El Azteca* con el encabezado "EXTRATERRESTRES VIOLAN A LAS TERRÍCOLAS". A la crema se le pegaron las letras de plomo.

Andando, andando, llegué a la Funeraria Agustín Ek. Enfrente y alrededor de la casa mortuoria había gran movimiento de celebridades, periodistas, camarógrafos de la Circe, fotógrafos, choferes de las celebridades y los periodistas, y curiosos.

Con gesto de consternación me coloqué en la cola, la más alta en la fila, para dar el pésame a los deudos del muerto, desconocido para mí.

Después de unos veinte minutos de espera, con solemnidad, con pesadumbre, abracé a la esposa del difunto, un cantante de *rock and roll* que había fallecido ayer de un ataque cardiaco por la sobredosis de alguna emoción.

Me impresionó la palidez facial de la viuda, pero más me asombró la voluptuosidad de su cuerpo, la voluntad femenina de ser sensual aun en las circunstancias más adversas de la vida.

Sus senos redondos y sus muslos bronceados se apreciaban a través del velo translúcido de la blusa y de la falda negra apretada, bastante corta para un duelo.

Sintiendo un escalofrío vertical de cuerpo entero en el día bastardo, seguí mi camino. Pronto me hallé en la Plaza de la Diosa Toci. Allí, en un prado desarbolado, tiré las figuras de los novios, di el pastel a un perro amarillento y famélico, de esos que abundan en Ciudad Moctezuma y que uno nunca sabe de dónde vienen ni adónde van, siempre en movimiento.

Me conmovían esos perros callejeros, sin nombre y sin dueño, que vagan hasta morir de rabia, de hambre y sed o acaban planchados sobre el pavimento, embarrados en el asfalto durante una semana o un mes, sin que nadie los reclame ni recoja la cabeza ni el pellejo que quedó de ellos.

Al perro ese, que seguramente hallaría su fin en la esquina próxima, le di la crema asquerosa. Lo miré con lástima, segura de que ése sería su último bocado, pues luego se iría al encuentro del camión de carga, sin placas, que le causaría la muerte.

Así fue. O así lo imaginé. Y me sentí culpable por creer lo que había pensado, o lo que había deseado. Lo deseado fatalmente habría sucedido. Pues el animal corrió, el tráiler total vino y le pasó encima del cuerpo.

Allí quedó el can, el corazón latiente, las patas aplastadas, el hocico abierto, la cola retorcida, tratando de escapar de sí mismo, de correr hacia atrás, hacia el ayer, cuando estaba vivo.

Un macrobús pasó y el dolor cesó. Afortunado fue, si afortunado puede llamarse el animal que cesa de existir.

En la multitud predominaba el blanco, un blanco camisa, el pantalón barato de mezclilla, y los vestidos feos, corrientes. Los hombres y las mujeres eran como colores móviles que se metían y se metían en el apiñamiento.

Cientos de individuos salían de un cine, de tiendas, de bocas del metro, de autobuses. Todos, rápidamente, se esparcían, inundaban las calles, las aceras. Parecían una burbuja que desaparecía y reaparecía. Yo, a medida que me fundía más en la muchedumbre tenía la sensación de quedarme más sola.

Nunca consideré las angustias que mi huida ocasionaría a Dulcinea. Creí que mi escapada le traería alivio. No se me ocurrió nunca que era humana, que me echaría de menos, me buscaría por las calles y reportaría mi extravío a la policía, solicitando los servicios LOCAPERPER, Localización de Personas Perdidas. Todavía dudo sobre los motivos que la llevaron a notificar mi fuga. Algo, dentro de mí, me dice que lo hizo para humillarme públicamente.

Aunque durante el tiempo que estuve fuera evité leer periódicos, oír radio y ver los noticieros de la Circe de la Comunicación, me dio coraje hallar mi foto pegada en paredes y mis señas de identidad boletinadas en las cajas idiotas de los televisores. Seguramente, Claudia y Rosamunda se burlarían de mí en Los Ángeles, Tijuana o San Diego, dondequiera que estuviesen y me viesen.

Pasado mañana, mi foto y mi nombre surgieron en las pizarras y en los tableros electrónicos donde se colocan los retratos de los niños robados, las personas seniles que no saben dónde están paradas, los enfermos que huyen de casa, de sí mismos o de la realidad, y los secuestrados por los que nadie quiere pagar rescate.

En las cien estaciones del metro y en las terminales de los autobuses se repartieron volantes y se propagó mi cara, difundiendo las medidas extravagantes de mi cuerpo. A quien informara sobre mi paradero se ofreció una recompensa mezquina: cincuenta aztecas. Bastante poco dinero para el valor de mi persona.

12

Cuando me fui, solamente pensé en irme. Irme del apartamento de Dulcinea, irme del pasado, irme de mi existencia.

Llena de expectaciones, creí que con dejar mi cuarto me convertiría en otra, dejaría de ser la mujer jirafa que conocían mis compañeras de escuela, pero cargué con mis huesos, con mi mala facha.

Si alguien hubiese querido comprarme, me hubiese vendido a mí misma por poca cosa, tanto disgusto sentía de mi persona, de la expresión de mi cara en el espejo, de mis modales.

A cualquier hora, en cualquier sitio, la criatura alta, desgarbada y sin senos que era yo, y deambulaba sobre la faz de la Tierra, me daba pena.

Pasé la noche en el cuarto de Juanita Gómez, aquella sirvienta sucia y puta que había iniciado a Aníbal en las artes sexuales y Dulcinea había despedido por traer hombres a su pieza cuando salía de casa, en particular, a un electricista casado y con cuatro hijos llamado Heriberto Elizondo.

Por una amiga suya, que servía de doméstica en el apartamento de las hermanas Becerra, supe dónde tenía ella su cuchitril, en qué piso del Edificio Durán recibía a sus amantes por la noche y desde las ocho de la mañana, pues era tempranera.

Me arreglé con Juanita, dejé mi maleta en una habitación pequeña, contigua a la suya, que me "prestó" por dos aztecas al día, y salí a su azotea a ver la silueta mítica de los volcanes Iztac Cíhuatl y Popocatépetl.

Era la hora del crepúsculo. Entre tambos de agua vacíos, tanques de gas y macetas con geranios marchitos, advertí la resonancia del sol en las ventanas de los otros cuartos, paseé los ojos por una multitud tan densa que observarla me mareó.

Mariano, el hijo bastardo de Lupe, la cocinera del 5, se puso a orinar al borde de la terraza. Felizmente orinó sobre el gentío, en dirección de los vendedores de periódicos vespertinos que gritaban las noticias sobre la invasión de extraterrestres violadores y los desnudos de la página tres.

—¿Estás contenta de mirar el mundo desde arriba? —me preguntó el chamaco, de unos nueve años.

—¿Por qué debo estar contenta?

—En Ciudad Moctezuma debes de ser la única de ese tamaño, pero en Estados Unidos habrá mil como tú.

—Tal vez.

—¿Qué comiste que te pusiste así?

—Rábanos, ajos, espinacas y miel.

—A gentes como tú solamente las había visto en el circo.

—Yo solamente había encontrado a gentes como a mí en fotos de revistas extranjeras —repliqué, y me quedé viendo la luz, entre azul y buenas noches, sobre el horizonte.

Junto a mis piernas pasó una rata enorme.

Me espanté y entré al cuarto que Juanita me había alquilado para pernoctar.

En un lavabo sucio quise lavarme la rata de los ojos usando un jabón verdoso, que se mantuvo seco.

A un mosquito posado al borde de la taza blanca, enamorado de la humedad, lo aplasté con la mano. Le salió sangre, no sé si del niño o mía.

En la pieza de Juanita, a las nueve en punto hizo su aparición Heriberto Elizondo.

Por unas rendijas de la puerta vi cómo él se le echó encima, le levantó apenas el vestido, le hizo a un lado las pantaletas y la penetró sin protocolo alguno sobre un colchón en el piso.

Asqueada, pero intrigada, presencié el ayuntamiento.

Acabó como un toro.

Se fajó los pantalones y vino hacia mí.

—¿Cuánto cobras? —me preguntó, fétido de aliento, hediondo de alma.

No le entendí.

Juanita lo sacó del cuarto de la camisa.

—No la molestes —le dijo.

—¿Cómo se llama la jirafa? —la interrogó él.

—Susana —mintió ella.

Heriberto se quedó pensativo, verificando sobre una silla las marcas y las tallas de mi ropa.

—Con que se llama Susana, ¿eh? —soltó una risotada vulgar, divertido por las medidas de mis prendas y por mi aspecto preocupado.

En el cuarto, escondí la bolsa con los aztecas entre mi panza y mis calzones, por miedo a que el garañón me la fuese a robar. Estaba segura que cuando se enterara de la recompensa ofrecida a cambio de información sobre mi paradero, me iba a denunciar. Tan mercenario parecía.

Ese Heriberto Elizondo, que hacía instalaciones y reparaciones eléctricas a domicilio y había conocido a Juanita durante un trabajo en el apartamento de Dulcinea, en adelante no quitó la vista de la puerta atrancada con una silla, se sentó en la mesa con mantel de plástico y atisbó hacia dentro.

Pretendí roncar a pierna suelta, apretando en mi mano derecha la navaja que le iba a enterrar en el ombligo. La promesa de defenderse de un ataque sexual con violencia es la consolación de la mujer cobarde.

Durante dos horas mantuve el oído alerta y los ojos clavados en la rendija sin pestañear, esperando a que él se marchara..., o a que atacara.

Allí estaban sus pies apestosos. Allí seguía su cuerpo repulsivo, allí estaban sus orejas de chivo escuchando mis ronquidos.

Juanita lo vigilaba, tejiendo, sentada en una mecedora de colores chillones. Tenía unas tijeras sobre su regazo, encadenadas al pie de la cama. Yo estaba cierta de que las usaría en caso de necesidad.

Seguramente Heriberto tenía la intención de quedarse allí toda la noche, pero Juanita desencadenó las tijeras, y con ellas en mano se acercó a él, diciéndole:

—Ya está suave de joder al prójimo, buenas noches —y lo echó de la habitación.

Al salir, él dio un portazo. En la azotea, pateó a la rata, la cual gimió al recibir el puntapié en el estómago. La cual, retornó poco después y se pasó la noche royendo unos zapatos deslenguados junto a los lavaderos viejos.

Juanita me trajo una bacinica escarapelada, pequeñita. La metió debajo del camastro demasiado corto para mi tamaño. Explicó:

—Es para hacer pipí. Para necesidades mayores, el excusado está en el edificio de enfrente. Te recomiendo que no vayas de noche. Al andar por la tabla que une las azoteas de los inmuebles, puedes caerte. Si no, mientras meas, te pueden atrapar y violar los hombres de la calle que vienen a dormir en la escalera.

—¿Y qué hago de las rodillas para allá? —le pregunté.

—Aquí está un banquito, que puedes poner al final de la cama.

—Mejor no uses la bacinica, te sobraría media nalga. Media nalga blanca.

—No usaré la bacinica ni buscaré el excusado, dormiré como un tronco hasta que el sol de la tarde me dé en la cara —le dije—. Entonces, me levantaré y comeré lo que haya sobre la mesa. Me muero de hambre.

Con Juanita Gómez pasé doce días. Únicamente la primera noche le hizo el amor Heriberto Elizondo, aunque la visitó otras noches. Según ella, él podía cumplirle sólo una vez por semana. Era morboso de mente, pero a su edad no daba para más.

A los cuatro días, como no queriendo la cosa, Juanita me preguntó si sabía lo que era tener un pene entre las piernas.

—Ese pedazo de carne que se alarga, se ensancha, se pone duro y luego se afloja —dijo.

Guardé silencio, bajé los ojos.

—¿Quieres probarlo? —me preguntó, con cara de alcahueta, los efluvios de su perfume barato propagando vulgaridad desde su cuello hasta su pelo.

—No me interesan las conversaciones sobre el sexo de los hombres, tampoco los proyectos perversos de otras mujeres sobre mí —le contesté.

—Tienes razón —dijo—. Ellos te suben al cielo mientras te bajan los calzones.

La tarde siguiente le ayudé a colgar en el tendedero de la azotea la ropa mojada que tenía que secar y planchar para las señoras del quinto piso. Era ropa fea y corriente.

—Los vestidos de esas viejas se ensucian tanto cuando los dejo afuera que tengo que lavarlos de nuevo —expresó.

—¿Cómo llegaste a Ciudad Moctezuma? —le pregunté.

—En Ixtlahuaca ya éramos muchos y parió la abuela. Las tres hijas mayores teníamos que desocupar el colchón para hacerle lugar a las más chicas —respondió.

—Imagínate las damas para las que trabajas en estas faldas y blusas, en estos sostenes y pantaletas; imagínate sus cuerpos, sus gustos y sus deseos —le dije, mientras exprimía y tendía las prendas.

—Son como el tordo, las piernas flacas y el culo gordo —bromeó ella.

Reí yo.

13

El lunes a mediodía, con ropa limpia, pelo lavado y mejillas polveadas, bajé la escalera de servicio y me dirigí a la Compañía Nacional de Teatro.

Llevaba en la mano el periódico *El Empleo Inoportuno*, con el siguiente aviso: "SE NECESITA ACTOR GORDO PARA HACER DE JUAN RANA."

En la entrada de la oficina me encontré con una mujer sin maquillaje de cabello corto, camisa blanca y pantalones de mezclilla, la futura Facunda.

—¿Sabe usted quién fue Juan Rana? —me preguntó ella, midiéndome de arriba abajo.

—No.

—Juan Rana fue un gracioso español del siglo XVII —aclaró.

—¿Y? —le pregunté.

—Usted es la persona más inadecuada en el mundo para ese papel —replicó.

—Una buena actriz puede encarnar a cualquier personaje —le aseguré.

—No creo.

—¿Por qué no?

—Él era gordo, bastante gordo, y usted es flaca, bastante flaca.

—Unos cuantos trapos en el lugar correcto pueden dar el efecto deseado —me planté enfrente de ella.

—Cante para oír su voz —me pidió.

Mantuve la boca cerrada.

—¿No tiene buena voz? —me preguntó.

—No canto.

—Recite el monólogo de Segismundo —ella evitó mirar mi cuerpo.

—No he venido aquí para cantar ni para decir monólogos. Vine para hacer el papel de Juan Rana.

—¿Usted? —me miró incrédula.

—Yo.

—¿No se ha visto en un espejo? ¿No sabe usted que está en el lugar equivocado para pedir trabajo? —se impacientó.

—Puedo mover los poros de la nariz a voluntad.

—Eso no sirve en una compañía dramática, eso es útil en un circo —ella me abrió la puerta.

Salí a la calle, me recibió una luz sucia, deprimente.

Comenzó a llover sin agua; llovieron partículas metálicas.

Entré en una tabaquería.

—¿Qué quiere? —me salió al paso una mujer delgada en un vestido ancho.

—¿Puedo quedarme aquí hasta que pase la lluvia? —le pregunté.

—La lluvia durará todo el día —rezongó la mujer.

—Hay una luz extraña en el cielo. El sol es un ombligo desgarrado —comenté.

—No veo nada. Márchese. Está chiflada.

—Las últimas gotas se quedarán suspendidas en el aire, caerán cuando deje de llover.

—Me pone usted nerviosa. Váyase.

—Ahorita me voy —separé las piernas, eché el cuerpo y la cabeza hacia adelante, en posición de ataque.

—No deseo ofenderla, pero me desagrada su físico —dijo, volteándose hacia otra parte, como si yo estuviese en esa parte.

Volví a la azotea. Juanita Gómez me estaba esperando para reclamarme el pago de mi *sustentación*. Así llamaba a la comida mezquina que me daba: pan blanco, sopa de fideos, latas de sardinas y galletas saladas, cervezas sin marca, cafés aguados, vasos de leche agria. Me pidió un azteca por cada noche que había pasado en su pocilga. Adujo que necesitaba dinero. Heriberto le debía cuatro visitas y no le cumplía. Me propuso un trato. Si le adelantaba seis *menstrualidades* de renta me cobraría la mitad del precio del cuarto. No me daría recibos.

No quise discutir. Le tendí los aztecas que le debía y salí. En medio de las multitudes de Paseo de la Malinche, me fui cavilando y me di cuenta que si en el futuro me topaba con un enamorado no podría darle la dirección de Juanita. Yo no tenía domicilio para darle a nadie.

Me metí en un cine para ver *La invasión de los monstruos del crepúsculo*. Regresé hacia las once de la noche.

Cuando abrí la puerta del cuarto de Juanita, el electricista Heriberto se arrojó sobre mí, queriéndome tirar sobre una cama.

Lo hice a un lado como pude y él se subió a una silla para alcanzarme.

Demasiado alta para su cuerpo, él no pudo acomodarse a mi trasero, ni cogerme los brazos ni sujetarme la cabeza. Con los ojos brillantes y las mejillas encendidas, a cada momento me le zafé y escapé.

Él, sudoroso y torvo, tenía la determinación de desvirgarme, pero yo salí a la azotea para llegar a la escalera y alcanzar la calle.

Él me acorraló contra la pared y se montó sobre mi espalda.

Yo, galopando de un lado a otro, lo eché al piso y lo pateé.

Me detuve cuando lo vi asustado, suplicante.

Heriberto se fue, sangrando de la nariz.

Yo me encerré en el cuarto, satisfecha de mí misma.

Otro día, un miércoles, decidí regresar con Dulcinea. Como no tenía ganas de ver a Aníbal, aguardé a que se fuera a la escuela con un amigo suyo, otro pelafustán, para entrar al edificio.

—Aquí estoy —le dije a Dulcinea.

Tenía la disposición de contarle todo lo que me había sucedido con Juanita y Heriberto.

—Sí —replicó ella, desnuda bajo la bata, sin levantar los ojos del periódico para verme.

Por la ventana de la izquierda entraba a la cocina la luz amarillenta de una mañana contaminada.

—¿Hay algo para desayunar? —le pregunté.

—¿No has comido desde que te fuiste? —rascó con el dedo índice derecho el mantel de plástico.

—No.

—Toma lo que se te antoje —murmuró, con la expresión de alguien que aguarda tranquila el momento para manifestar su ira.

El refrigerador, descompuesto, estaba caliente. La comida olía mal.

En el lavabo mi taza, con abejas estampadas, aún estaba sucia.

Desde el día que me fui se había quedado allí, esperando mi retorno para ser lavada.

—¿Hay recados para mí? —le pregunté.

—Ninguno.

Quería hacer las paces con Dulcinea, ser comunicativa con ella, pero ella no deseaba ser amistosa conmigo. A los cinco minutos me ofendió, me dijo que yo había desarrollado un excelente humorismo involuntario: el único problema es que lo ejercía contra mí misma.

Había perdido la costumbre de observarla de cerca y ahora me parecía percudida, desabrida, desagradable. Percibí que mi existencia no le importaba, que le tenía sin cuidado si seguía siendo virgen o no. Ni siquiera me preguntó adónde había dormido ni con quién había estado. En realidad, preocupada por Aníbal, nunca me había visto.

—¿Hay alguien en casa? —le pregunté a unos centímetros de su cara.

—Yo —gritó.

—¿Tú?

—No te rías, porque eres tan estúpida que ni siquiera sabes de qué te estás riendo —masculló.

En mi prisa por salir de la cocina, con mi bolso de mano tiré de una mesita un cenicero de barro en forma de dios del Fuego de Teotihuacan. Se rompió en tres pedazos.

—Idiota —exclamó—. Eres tan torpe que todo lo tiras.

El pasado se me vino encima. Mi madrastra necia y mi hermanastro tonto me resultaron insoportables. A partir de ese día, los iba a hallar a todas horas discutiendo por el costo de la electricidad, el detergente y el videófono, y porque Aníbal estaba harto de comer sardinas portuguesas, atunes en aceite y cereales en descuento cuya fecha de caducidad había pasado. La peor cosa es que echaban a perder mi buen humor con sus malos humores.

Además, a Aníbal le dio por espiarme en el baño y en la recámara. Quería sorprenderme desnuda. Y como mis piernas y mis caderas comenzaron a ser irresistibles, las manoseaba con cualquier pretexto. A menudo lo encontré con el ojo pegado a la cerradura de mi puerta o masturbándose en su cama debajo de las cobijas. Una medianoche quiso visitarme. Encontró la puerta cerrada con llave. Tocó y susurró. Pretendí no oírlo.

Para sobrellevar mis penas, me puse a comer compulsivamente, a tomar los desayunos en la tarde, las comidas en la noche y las cenas en la madrugada. Mis horarios me permitían no compartir con ellos la mesa.

Devoré *pizzas,* tacos, frijoles, cremas dulces, papas fritas, consomés y fideos, helados, pasteles y donas, y todo lo que hallé en el refrigerador descompuesto. Por primera vez en mi vida tenía hambre.

Pronto dejaron de importarme los kilos que registraba la báscula, dejó de importarme la báscula. Entre más enorme se hacía mi cuerpo más pequeña y perdida me sentía en mí misma. Un apetito voraz me devoraba.

Abandoné mis festines, porque me aterrorizó la idea de ir por el mundo no sólo alta, sino también gorda. Bastaba mi tamaño para atraer la atención de la gente sobre mí, no necesitaba hacerlo por mi grosura.

Alarmada por mi consumo de alimentos, Dulcinea me exigió que si quería seguir viviendo con ella debía presentarme a desayunar a las 8 AM, a comer a las 2 PM y a merendar a las 7 PM Media hora después de esos horarios la comida se retiraría de la mesa y no podría sacarlos de la despensa, que estaría cerrada con un candado con combinación. El refrigerador permanecería vacío.

Acepté de dientes para afuera y me sentí como una voz encerrada en una cabeza sin aire, una mujer cautiva en una jaula incómoda. Cada noche, al desnudarme para dormir, estuve consciente de mi miseria, famélica de la vida que no había vivido y ansiosa por las palabras que no había proferido.

—La esperanza no realizada comenzará a apestar, a explotar dentro de mí —me dije.

El ambiente en el apartamento se hizo irrespirable, hostil.

Dulcinea empezó a perder cabello en la coronilla, a descubrirse lunares en el cuello y granos debajo de la lengua. Una mañana, habiéndose encerrado en el baño, salió huyendo del espejo.

Las pelucas, los peinados, los polvos y las cremas no remediaron la situación y me culpó de los cambios que había advertido en su cara y en su cuerpo, de su miedo de tener cáncer y de su falta de libertad en el mundo.

—Por ti pierdo oportunidades tanto laborales como amorosas que se me presentan en todas partes, pero no puedo aprovechar —me dijo.

Fue a ver al médico, a hacerse exámenes, y durante tres días prefirió no hablar de los resultados. Un domingo, al tomar café, estalló en sollozos.

—Tengo cáncer —reveló.

Esa crisis, y el bochorno de la ciudad, influyeron en mi decisión de partir. Ya estaba harta de ser la responsable de sus frustraciones y el juguete sexual de su hijo. Si una tiene que morir un día para su familia es mejor que sea cuanto antes y en completo uso de razón y de salud, no cuando han pasado veinte años y una está a punto de convertirse en ceniza.

Pasaron tres semanas de nada.

Leí otro aviso en *El Empleo Inoportuno* y supe que se solicitaba una técnica de luces en la Compañía Nacional de Teatro.

Quise probar suerte de nuevo y antes que abrieran la oficina estaba parada frente a la puerta. Dieron las nueve. Esta vez, me entrevistó Arira.

Le caí bien y aceptó pagarme unos cursos de entrenamiento en la Escuela de Luces Gabriel Figueroa, a partir del primero de febrero. Creo que me aceptó más por ver en mi rostro las terribles ganas que tenía de trabajar a su lado que por mis experiencias y talentos teatrales.

Al irme, me preguntó si me gustaría cambiarme a su casa, adonde tendría un cuarto para mí sola. Le había hablado de mi situación con Dulcinea.

Respondí que aceptaba encantada y le prometí no separarme de ella nunca, nunca. En la noche, con los ojos cerrados, aprendería a discernir sus pasos de otros pasos; en el escenario, mis luces harían resaltar su cuerpo adondequiera que fuese. Con lealtad y entrega pagaría su generosidad.

Salí ufana y erguida, mirando a la mujer sentada frente a su escritorio.

Facunda me miró sin simpatía, por encima de los lentes caídos sobre la punta de la nariz. Esos lentes, perdidos en la calle, iban a ser pisoteados por la multitud.

Ella estaba molesta conmigo, porque la persona que había rechazado para el papel de Juan Rana ahora sería su compañera de trabajo, sin que se le hubiese consultado sobre su admisión en la Compañía.

Con el adelanto que Arira me dio, corrí a una tienda de ropa usada y compré kilos de vestidos negros.

El lunes siguiente, inicié mis labores vestida de negro. Por vez primera me sentía útil, tenía la sensación de hacer algo que no me disgustaba.

Pero antes de eso, comuniqué a Dulcinea mi decisión de partir. Ella, sin apartar la vista de la página de las esquelas de *El Azteca*, sugirió que arreglara mis cosas y que llamara un taxi.

Cuando el automóvil anunció abajo su presencia, me dijo que no me extrañaría.

—Usted ha sido la madrastra de mi desgracia —le dije, y partí.

Arira empezó a llamarme Yo, porque cuando me preguntó mi nombre, le pedí que me llamara Yo, que mientras estuviese en la Compañía Nacional de Teatro solamente me dijera Yo, en los créditos profesionales escribiera Yo, en los programas de mano Yo. Al dejar mi casa había borrado nombre y apellido, desde ese momento era Yo.

14

Recuerdo claramente el día que llegué a la calle de Amsterdam en busca de Arira. Era una de esas mañanas neblumosas en las que una parece salir de un hongo viscoso para entrar en otro, evitar un ruido para ser víctima de otro, eludir un agujero en la acera para caer en otro. No había sol, no había hora definida, el cielo era cafesoso, las avenidas eran una sucesión de árboles muertos.

Bajé del taxi, coloqué delante del portón de la casona dos maletas con ropa, cuatro cartones de libros, un retrato de mi persona, hecho por un pintor borracho, y una bicicleta para hacer ejercicios. Cogí la aldaba, una cabeza de león con una argolla entre sus fauces, y toqué. Nadie contestó. Llamé con más fuerza hasta que oí pasos en el interior.

Abierto el portón, surgieron dos hombres idénticos. Uno reflejo del otro, doble de sí mismo: Atlapetes y Pezopetes, los enanos mellizos, con cabeza hundida entre los hombros, el pecho engallado, el rostro arrugado, el pelo blanco, las cejas espesas, las narices enrojecidas por veranos ardientes bajo el sol. Tenían pestañas postizas, vibrátiles, como de actores, y echaban vaharadas por la boca, aunque no hacía frío.

—¿Qué prefieres, hermano, tener cola de caballo o barbas de chivo? —venía preguntando uno.

—A la verdad, hermano, no me decido —venía respondiendo el otro.

—¿Adónde dejaremos nuestras sombras?, ¿encadenadas en el zaguán o en la calle?, ¿como caballos locos o como bicicletas arruinadas? —se interrogaba uno.

—Las dejaremos sueltas, hermano. Sabes bien que no les gusta alejarse de nuestros pies, porque se pierden —contestaba el otro.

Pretendiendo no verme, uno desplegó *El Azteca* delante de mí con un encabezado que decía: "LLUVIA DE JUDICIALES EN LA COLONIA ROMA." "La tierra hizo justicia. Se Cayó el Edificio de la Securitate Mexicana Durante un Sismo. Llovieron cuerpos de policías secretos entre bloques de concreto, pedazos de vidrio, escritorios, archiveros y detenidos. Entonces, se vio al hombre alto que aparece siempre en los temblores paseándose entre los cadáveres. Cuando se le preguntó qué andaba haciendo allí el gigante no contestó."

—¿Está la señora Arira? —pregunté a uno.

—¿Cuánto tiempo residirá usted en Ciudad Moctezuma? —me interpeló el otro.

—Conteste: ¿Cuántos días morará entre nosotros? —me interpeló aquel al que había preguntado, ocultando el diario, pues notó que lo leía.

—No sé.

—Por lo visto y lo entrevisto, éste es el mejor empleo que pudo usted conseguir, seguramente después de buscar años en vano —dijo el otro, poniéndose como un obstáculo vivo en el camino.

—Sin problemas usted hubiese podido trabajar en una feria —arremetió el primero.

—O en un teatro: cambiando focos, bajando telarañas de las paredes —lo secundó el otro.

—¿Está la señora Arira? —insistí—. Necesito verla.

—Por su tamaño necesitará mucho espacio para estarse aquí —me insultó uno.

—Es fea de *face* —comentó el otro.

—Usa vestidos abundantemente, zapatos demasiadamente, collares excesivamente, pero nada remedia su apariencia ruin.

—La gente se está haciendo más alta en estos tiempos, hermano; te lo dije ayer cuando vimos al benjamín de doña Soledad. Si seguimos así, de ahora en adelante todas las habitaciones deberán tener puertas elevadas y techo encumbrado para que los individuos pertenecientes a la raza colosal de los gigantes quepan en ellas.

—Vengo de una familia de gigantes: mi padre, mi madre, mi hermano fueron gigantes —los impresioné.

—Con toda exactitud, señorita, dígame usted cuánto mide.

—Más de dos metros. Los centímetros que me sobran calcúlenlos ustedes.

—Por lo que oímos, ella es muy buena para decir: yo, yo, yo, yo.

—Me llamo Yo —afirmé.

—Si se emborracha Yo en una fiesta, será muy difícil levantarla del sofá y llevarla a su recámara entre dos hombres de estatura regular como nosotros —observó uno.

—Atrancaremos por adentro la puerta de nuestra pieza, no vaya a ser que Yo sea sonámbula y de noche nos sorprenda dormidos —dijo el otro.

—No la dejaremos aclarar nuestra turbia oscuridad.

—Camino de noche, veo de noche y detesto a gentes como ustedes de noche —traté de seguir adelante.

Los dos estorbaron mis pasos.

—Llamen a la señora —exigí—. La casa no les pertenece.

—Hubo una época en la que pudimos haber comprado esta propiedad, ¿te acuerdas, hermano?

—Me acuerdo que teníamos poco dinero y ambiciones millonarias, hermano.

—Te acuerdo que no hallamos el tesoro de nuestros sueños que buscábamos en la realidad, hermano.

—*Are you sorry?* —les pregunté.

—Si la hubiésemos comprado ya la hubiésemos vendido, si la hubiésemos vendido ya la hubiésemos deseado de nuevo —vozneó uno.

—Puros errores, hermano, hemos visto, oído, palpado y cometido desde el día que nacimos, puros errores.

—Ustedes son unas personas insolentes y mal educadas —dije y avancé con mis maletas hacia el interior de la casa, dispuesta a ocupar la pieza que Arira me tenía reservada.

—Mejor la dejamos pasar, hermano, con el coraje que trae se está estirando más.

—Vámonos, hermano, no ganamos nada con estar manoseando la dificultad.

—Pobre tarde, la noche se la está comiendo rápido, hermano. Pobre noche, el día ya viene pisándole los talones, hermano.

—A esta señorita nada la detendrá en su ambición de llegar hasta su habitación, hermano.

—Es una musa flaca.

—Es un titán marchito.

—Nuestras personas malencaradas le mostrarán lo malo que podemos ser.

—Podríamos matarla a sustos y disgustos, darle de comer dientes y lentes.

—Escucha, Pezopetes...

—Qué.

—Oh, nada.

—Oh, Atlapetes, tú nunca acabas de decir lo que empiezas a decir, pero por el fulgor perverso de tus ojos infiero que tienes algo importante que decirme —exclamó el otro, mirándome de arriba abajo, como si planeara torturar mi persona.

15

Por el año veinte de mi vida me entró una gran pasión por el baile.

Desde hacía tiempo, al volver cada noche de mi trabajo en la Compañía Nacional de Teatro pasaba por el Instituto Cyd Charisse de Baile Moderno.

No me atrevía a entrar. Tímidamente, desde afuera observaba en el interior los carteles en los muros de la estrella de la danza del siglo xx. Esbelta, en cada uno mostraba sus piernas espléndidas, aseguradas, decía un rótulo, en millones de dólares. Fotos actuales de bailarinas menores y de instructoras jóvenes aparecían enmarcadas alrededor de los carteles, colocadas según su fama, su belleza y su talento. Las insignificantes eran mostradas de frente y de perfil en retratos para pasaporte.

Un martes de agosto de mucha lluvia, como no llevaba paraguas, tuve que refugiarme en el vestíbulo del Instituto. La lluvia me había mojado el pelo, el vestido y los pies y la recepcionista me dio una toalla para secármelos. Hice conversación con ella, una señorita soltera y virgen de sesenta y cinco años que se había pasado la vida correspondiéndose con pretendientes de Puerto Rico, Panamá o Perú, los que ella amaba mucho por carta, pero a los cuales nunca quería ver en persona.

Durante la plática, la señorita Elena Mendoza —así se llamaba— me instó a inscribirme en el Instituto. Le expliqué que la estatura me lo impedía.

—La proceridad es precedencia, piense nada

más usted en los gigantes de la antigua Grecia —dijo y explicó que no debía sentirme acomplejada por mi tamaño, pues también con ellos trabajaba una muchacha de nombre Laura Lorenza, originaria del estado de Sonora, que medía dos metros diez centímetros sin tacones. Laura Lorenza no sólo hacía *shows* en las capitales de los estados del Norte de la República, sino también daba los cursos infantiles en la cadena de institutos a lo largo y a lo ancho del país. Los niños estaban fascinados por su figura, y los varoncitos hasta enamorados de ella.

Por esa época, cuando los sábados al mediodía iba de compras con Facunda al Megacentro Agustín Ek, me había fijado en el Salón Buenos Aires, muy de moda entre los jóvenes de Ciudad Moctezuma. En este local, propiedad de una empresa argentina, se anunciaban "Bellezas Deslumbrantes", "Lluvia de Vedettes" y "La Mejor Orquesta de Tangos del Mundo".

Persuadida por Elena Mendoza, me inscribí en el Instituto para tomar clases vespertinas. Desde las primeras lecciones me di cuenta que podía seguir con movimientos rítmicos el compás de la música y que tenía aptitudes para el baile.

Semanas después, me llegó la oportunidad de probar lo aprendido. Federico, el de las arañas, cumplía veinticinco años el próximo jueves y me invitó a bailar en el Salón Buenos Aires.

Acepté con una condición: que no se tocara el tema de sus filias ni de mis fobias, y que no aparecieran arácnidos antes, después, ni durante nuestra cita.

Bien vestida, bien arreglada, desenvuelta, las piernas largas, la cintura espigada, lo aguardé media hora, pues llegó tarde, escuchando detrás de la puerta del zaguán. Facunda y María me habían dado su visto bueno y Arira me había regalado una capa roja.

En el salón, desde que salí a la pista para bailar el primer tango, todos los hombres me miraron, aunque también llamé la atención del sexo femenino.

Federico se mostró inhibido. Era más chaparro que yo y no quiso bailar la segunda pieza. En la única que bailamos, se equivocó frecuentemente de paso. Creo que se le hizo larguísima.

El resto de la noche lo pasamos sentados a la mesa. Bebimos una piña colada interminable y no cenamos. Se le había acabado el dinero.

Volví el sábado siguiente con Facunda. Ella me había teñido el pelo de verde para que combinara con el color de mi vestido y mis zapatos. La maquilladora vino sin maquillaje.

Desde el momento que llegamos, un hombre de estatura regular, vestido de azul claro, me clavó los ojos. Como hipnotizado por mi físico, sin dejarme de ver, no se atrevía a sacarme a bailar.

Cinco canciones sucedieron. Con una margarita entre los dedos, dudando él admiraba mi rostro, atisbaba mis muslos enfundados en mallas negras, y veía el piso que nos separaba.

Los músicos comenzaron a cantar:

Vieja pared del arrabal,
tu sombra fue mi compañera...

Él se decidió a venir a mi mesa.

—Quisiera agrandarme para asirte de la cintura para arriba —dijo, al verme parada.

—Tranquilo, no me voy a escapar —lo calmé, sintiendo la opresión de su cuerpo desde los primeros giros.

—Quisiera abarcarte toda —susurró y apoyó la cabeza sobre mi pecho, pasándome las manos por debajo de los brazos y sujetándome con los dedos la espalda.

Los colores se me subieron a la cara.

—Una mujer de mi longitud no puede pasar inadvertida, aun a media luz —lo aparté.

—¿Qué tiene? —se quejó—. En la penumbra fabulan otras parejas.

—¿Por qué me aprietas tanto?

—Me gusta oír el latido de tu corazón, parece que palpita en mi cabeza —se pegó de nuevo a mí—. Tu pecho está tan liso que tengo la sensación de estar bailando con una niña crecida. Me recuerdas mis primeros pasos, mi primer baile.

—No me agrada sentir la oreja caliente de nadie sobre el corazón.

—Me fascina el canallismo de tu cuerpo, la impertinencia de la luz hace tus formas evidentes bajo la tela del vestido —él bailó flanco con flanco conmigo—. Eres un tango vivo al que quisiera ponerle música.

"Madreselva" terminó. Volvimos a la mesa.

Sentada, oí a los músicos cantar *Piensa en mí*, repitiendo dos veces:

"Ya ves que venero tu imagen divina, tu párvula boca, que siendo tan niña, me enseñó a pecar."

Ahora más seguro, él caminó hacia mí para sacarme a bailar. Con la mano derecha jugueteaba con una cadena de oro.

Horrorizada, lo vi avanzar y preparé rápidamente una excusa para rechazarlo.

Entretanto tembló, el salón se meció.

Mi pretendiente inclinó el cuerpo y me estiró la mano.

Aduje que me dolía un tobillo.

Por el movimiento telúrico oscilaron las lámparas sobre la pista, sobre las otras parejas abrazadas.

Los proyectores precisaron en el piso la sombra larguísima de una criatura muy alta que atravesaba la plataforma en ese momento y recordé la noticia en *El Azteca* sobre el gigantón que aparece en los temblores.

Facunda también le dijo que no al hombre vestido de azul claro cuando le extendió la mano. Otras dos mujeres hicieron lo mismo, de manera que tuvo que volver solo a la barra sin nada de qué agarrarse, con qué entretenerse. El mesero le había recogido su margarita.

En un rincón, platicando, bebiendo limonadas, comiendo cacahuates, Facunda y yo nos quedamos sentadas hasta la una de la madrugada.

El 15 de septiembre regresé sola al Salón Buenos Aires, vestida de raso negro. Me senté a la mesa del rincón, protegida por la penumbra. Fumé sin parar.

Hacia las 11:11 horas de la noche apareció un hombre muy alto, de rostro largo y pelo envaselinado, traje negro de rayas, tirantes blancos, corbata roja ancha y zapatos blanquinegros. Se veía tímido.

—Lo he visto en alguna parte, estoy segura. Tal vez en la calle, en una oficina de Correos o en un cine. Se me hace conocido —me dije, discerniéndolo.

Esa noche se celebraba la fiesta de la Independencia y el gerente del negocio había ambientado el lugar para darle un aspecto mexicano, cubriendo con sarapes una casita burdelera, como aquellas donde en Argentina se bailó el tango en sus inicios. Las luces, de manera artificial, recreaban la hora del crepúsculo. En el llano repleto de sombras surgieron las primeras parejas y los músicos comenzaron a tocar *La Cumparsita*, un tango de comienzos del siglo XX.

El hombre alto, apartando sillas, vino para invitarme a bailar. Accedí y nos dirigimos a la pista.

Alrededor de nosotros, los bailarines se pararon uno frente a otro, o uno al lado del otro, flanco con flanco, en distinto frente o en el mismo frente, las piernas rozándose. En cada caso, el cuerpo del caballero se mostraba independiente del de la dama, pero ambos relacionados.

El hombre alto se colocó frente a mí, apoyó su mano derecha en la parte superior de mi talle y sostuvo con su mano izquierda, a la altura de los hombros, mi mano derecha. Yo apoyé la mano izquierda sobre su hombro.

Haces de luz sanguinolenta nos alumbraron. Enlazados empezamos a bailar, hasta que el enlace se hizo más estrecho, se volvió un abrazo. Él me agarró y nuestros cuerpos estuvieron en contacto, nuestras bocas a distancia de aliento.

A veces, las mejillas se juntaron, sus labios delgados rozaron mis labios, su miembro erecto interrogó mis muslos, la parte baja de mi vientre.

Las piernas se movieron en un juego libre, las caderas se alejaron, sin soltarnos un solo momento. Erguidos, olvidados de todos, nos sumergimos en la tristeza sensual de aquella música que acostumbraba oír en mi adolescencia.

Hicimos un uso mínimo del espacio, yo, en oposición, en conjunción con él. En la figura de la corrida nos desplazamos en línea recta siguiendo una serie de pasos marcados por el compás de la música y caracterizados por la rapidez de los movimientos.

El movimiento de las piernas cruzadas nos llevó a realizar la figura del ocho. En una pausa hicimos la parada, nuestros cuerpos permanecieron suspendidos en el mismo lugar, el cuerpo de él descansando sobre su pie retrocedido. Yo me senté sobre su pierna doblada levemente.

Dimos una vuelta, con giros a la derecha, correspondiéndose espectacularmente nuestros movimientos de traslación.

Él, muy lento, muy rítmico, maestro de las combinaciones de pasos y figuras, marcó la cadencia con una inflexión ligera de la rodilla, improvisó sus desplazamientos organizadamente.

Él, erguido, transfirió el peso de su cuerpo de un pie a otro, describió semicírculos y líneas curvas apoyándose apenas en el suelo, mantuvo el cuerpo en suspenso con la pierna flexionada o dio dos pasos por compás, cruzando los pies.

Me dejé conducir por el hombre alto, cooperé en sus figuras, seguí sus desplazamientos señalados por presiones ligeras de su brazo derecho sobre mi cintura. Cerré los ojos. En algunos momentos coincidimos en la ejecución de los pasos, con dirección y pies contrarios. Predominó el bandoneón, la guitarra sostuvo el ritmo.

Canturreé *La Cumparsita*:

Si supieras que aún dentro de mi alma conservo aquel cariño que tuve para ti. Quién sabe si supieras que nunca te he olvidado, volviendo a tu pasado te acordarás de mí.

—Calla, que este tango originalmente no tuvo letra. Calla, que cuando se danza no se habla —me empujó, caminando casi sobre mí, echándose sobre mi cuerpo.

Entonces, me di cuenta que éramos los únicos que bailábamos, que los demás habían dejado de hacerlo para observarnos, curiosos por ver nuestros cruces de pies, nuestros firuletes de piernas, nuestros movimientos laterales de caderas, nuestras quebradas y sentadas, nuestros enlaces y desplazamientos.

Acabada la canción, nos quedamos parados junto a la pista, bajo una penumbra atravesada por una columna de luz amarillenta.

—Espero que no me hayas aceptado por mi tamaño —dijo.

—Espero que la imagen que hemos dado a los otros no sea negativa —dije.

—¿Te importa lo que la gente piense de ti? Gente canalla que no has visto nunca y que no volverás a ver en tu perra vida? —me preguntó.

—¿Tus amigos y tus parientes te quieren siendo alto? —le pregunté—. Te ves muy infeliz.

—¿Te importa en verdad que ellos te quieran? Siempre chismean, siempre están insatisfechos, hagas lo que hagas. Que si soy infeliz por ser alto. No, Dios me libre. En un mundo de atrocidades continuas, ¿qué más da que una persona tenga unas pulgadas de más o de menos? La gente llega a este mundo en todos los tamaños, en todas las formas y en todos los envases posibles. Ninguno es mejor que otro, todos los cuerpos son perecederos, todos son ocupados temporalmente por fantasmas.

—Creo que tú nunca te burlarías de la apariencia física de otra persona.

—Nunca.

—No creo que tengas complejo de inferioridad por ser como eres.

—Tampoco.

—¿Fuiste desdichado por ser alto?

—En mi adolescencia un poco. Luego, mi cuerpo dejó de ser novedad para mí.

—Estarás cansado de conversar sobre tu estatura.

—Lo estoy.

—La gente reacciona de diversa manera a su estatura: unos se vuelven agresivos, otros inseguros, otros solitarios.

—Tú eres huraña.

—Lo soy.

—Cuando abandoné mi casa, frecuenté clubs de gigantes, buscando muchachas de mi tamaño. Fueron años de tanteo, de meter la pata, de explorar el amor y la amistad en personas equivocadas, de andar en malas compañías, de llevar ropa que no era de mi medida. Lo único que tuve en común con las mujeres que encontré fue la talla —se inclinó para atarse las agujetas de los zapatos. Después, como un muñeco articulado, se sentó en el suelo y dobló las piernas.

—¿Nada más? —le ayudé a levantarse.

—No voy a detenerme en el recuerdo, no practico la memoria vegetativa. Vendrán otras etapas, otras oportunidades.

—¿Eso crees?

—Lo mejor que puede hacer una persona alta es olvidarse que es alta. Yo dejé de considerar el valor de una fémina por la longitud de su cuerpo.

—¿Cómo te llamas?

—Baltazar. ¿Y tú?

—Mi nombre es Yo.

—¿Yo?

—Solamente Yo.

—Yo, ¿eres hermosa?

—No lo soy, ¿no lo ves?

—Quiero decir, ¿eres hermosa adentro de ti misma?

—Tal vez.

—Pura curiosidad, pura impertinencia —él ladeó la cara—. Yo, déjame ver tus ojos.

—Empieza la música.

Se oyó la canción de moda: *¿En quién piensas cuando haces el amor?* Salimos a bailar.

La letra retumbó en el salón:

¿En quién piensas cuando tienes los ojos
cerrados y eres besada en los párpados por
un desconocido?
¿En quién piensas cuando eres penetrada
en la oscuridad y te parece distinto el rostro
del hombre que respira sobre ti?
¿Quién eres tú cuando no eres tú en los
brazos de un hombre que piensa que está
penetrando a una mujer que no eres tú?

¿Qué le dices a él sin decírselo, ocultando las
palabras detrás de los labios apretados?
¿Qué recuerdos te excitan? ¿Qué rostros se
conforman en tu mente?
¿Quiénes son esos dos extraños en un lecho rojo
donde se aman cuatro gentes: las que realmente
se aman y las inventadas por el deseo y
la ausencia?
Llámame por mi nombre en la noche huérfana,
no me engañes en mi presencia cuando más
te amo y más cerca de mí creo tenerte.
Dime que soy el mismo, el que amas y
el que imaginas.
Yo te diré que eres la misma, la que vine
siguiendo por la calle,
la que vengo siguiendo por los años y la vida,
la furtiva de ayer y la que ahora beso.
Sé la misma bajo mis brazos: la penetrada
y la imaginada.
Seamos los dos nosotros en el abrazo:
los que nos amamos y los que imaginamos,
el cuerpo peregrino y el fantasma infiel.
Con los ojos abiertos enfrentaremos a las
figuras ajenas, esta infidelidad del alma.
No me mates de celos pensando en otro, mientras
nos amamos.
Déjame ser uno solo en tu cuerpo
y en tu mente.
Uno solo en tu vida y en tu sueño.
Uno solo en ti sola, en mí sola uno solo.

Bailamos hasta la madrugada, hasta que los
músicos se cansaron de tocar. Hasta que las luces se
prendieron y alumbraron tres parejas de cara mustia
que se abrazaban en la pista.

A través del humo, y entre las mesas y las sillas, salimos a la calle.

Hacía calor, había charcos turbios reflejando anuncios tontos y una Luna grisácea.

Anduvimos por calles populosas, llenas de comercios, bares y restaurantes abiertos a esas horas.

Seguimos por la Plaza de la Emperatriz Carlota. Las flores de plástico, en los setos formados con plantas artificiales, brillaban bajo la luz azulina.

Frente a la casa de Arira, donde ahora vivía, Baltazar se quedó parado observándome, su sombra perdida en la cinta asfáltica.

Cuando la llave giró en la puerta, él se dio la vuelta para irse. En ese momento, me di cuenta que él no se había fijado en el nombre de la calle ni me había preguntado el número de mi videófono.

Como una criatura fabulosa se alejó bajo el crepúsculo matutino. Pero no volteé a verlo, por miedo a que no fuese real.

16

La noche siguiente decidí ir a buscarlo al Salón Buenos Aires. Serían las 23 horas bochornosas. En un tiempo así, otrora hubiese caído una tormenta. Las lámparas de los postes parecían ojos sucios. Si en ese momento alguien hubiese estado en una azotea hubiese visto venir por la calle a una mujer alta, elegantemente vestida, olorosamente arreglada, irresistiblemente *sexy*, sus ojos chispeantes de contento.

Cuando ingresé al salón, los cuatro hombres que guardaban la entrada se quedaron estupefactos al verme y uno de ellos me echó un piropo, que ignoré.

Recargado en la pared, casi camuflado por la penumbra... estaba Baltazar esperándome. No habíamos hecho cita, pero sabía que volvería a buscarlo. Yo sabía que él estaría allí aguardándome.

Charlamos sentados a una mesa y bailamos durante horas tangos como *Fumando espero*, *Caminito*, *El escondite de Hernando*, *Dímelo al oído*, *Adiós, muchachos*, hasta que al amanecer nos fuimos haciendo menos, dos o tres parejas apretadas, embriagadas por la música, los tragos y la sensualidad.

—¿Quieres venir conmigo a mi cuarto? —me preguntó él, después de haberse quedado serio y silencioso un rato—. Creo que estamos maduros para el amor.

—¿Vives lejos?

—A diez calles de Paseo de la Malinche, en la esquina de Baltazar Gracián y Carlos Gardel.

—Me estás tomando el pelo, no existen esas calles —repliqué.

—Ven y verás.

Recorrimos un par de calles sin hablarnos. A unos veinte metros de un restaurante cerrado, un músico con un harpa cantaba el *Corrido de Rosita Alvírez*. El hombre visiblemente estaba ciego, aunque tenía los ojos abiertos y como desorbitados, porque no se daba cuenta que nadie lo escuchaba. Baltazar depositó en su sombrero un azteca para el que no hubo gracias.

—¡Taxi! —alzó él la mano y un coche pintado de verde se detuvo.

—¿Le has dicho adónde vamos? —le pregunté, una vez adentro.

—¿Conoce las calles de Baltazar Gracián y Carlos Gardel? —le preguntó al taxista.

—Sí, señor.

Baltazar se volvió sonriente hacia mí.

—¿Dijo la calle Carlos Gardel, señor? —preguntó el taxista, después de un minuto de duda.

—¿Sabe adónde se encuentra?

—Sí, señor, pero si usted me lleva, mejor, porque nunca la he oído.

—Yo lo guío. Vuelta a la derecha, vuelta a la izquierda, vuelta a la derecha.

—Por favor, señor, un poco más despacio.

—¿Sabes cantar? —le pregunté a Baltazar.

—Hace cinco años mi madre me dijo que haría fortuna en un trío, mas fui un hijo desobediente.

—Yo nunca canté, ni en la ducha.

—Mala chica.

Llegamos a la calle de Ópalo.

—Aquí es —dijo Baltazar al taxista, dándole un billete de diez aztecas, aunque le debía cinco.

—Que pase buena noche, señor, en compañía de su respetable dama —deseó el chofer, mientras Baltazar abría la puerta y descendía del coche en marcha.

Bajé por el lado de la acera, bastante alta, pues la puerta se golpeó en ella. Baltazar me dio la espalda, de cara al amanecer. Un resplandor amarillento surcaba el horizonte como un huevo podrido.

Me apoyé en su brazo. Caminamos. Él encajó su codo en mi costado, buscando sentir el pecho. Oyó el latido de mi corazón contra las costillas.

Delante del Hotel Madrid se me quedó mirando:

—Aquí no vivo —dijo—, pero podemos entrar.

Asentí.

Baltazar no preguntó el precio de la habitación, simplemente ofreció veinte aztecas al portero viejo. El hombre los recibió contestando con la llave 503 en la mano y nos condujo por una escalera mal alumbrada.

—¿Quieren que les prenda la luz? —preguntó cuando llegamos al cuarto.

—Nos bastan las lámparas de la calle —respondió Baltazar.

—¿Desean que los despierte a alguna hora?

—Nos despertaremos cuando la luz nos dé en la cara.

—Entonces, buenas noches —dijo el portero y se retiró, evitando por todos los medios verme al rostro.

Por la ventana sin cortina entraba la luz fea de un anuncio de cervezas en el que se mostraba una botella amarilla. Baltazar arrojó una toalla a la ventana, buscando taparla. Inútilmente. Se volvió hacia mí. En el cajón desquiciado de una cómoda colgó su saco, arrastrando las mangas de los brazos. Por la luna desportillada de un espejo me miró con fijeza.

—No me gusta cómo te ve el espejo —exclamó y lo volteó al revés—. Si no te quiere bien, que no te vea.

Parada en medio del cuarto, aguardé sus movimientos.

Él se acercó a mí con expresión cansada, seria.

—Yo —murmuró—, es tiempo de que te desvistas.

Me desvestí un poco.

—Más.

—Prefiero no quitarme toda la ropa —expresé, tímida.

—¿Necesitas ayuda?

—Me duele la cabeza, es todo.

—Oh, con que ahora te duele la cabeza, ¿no te duelen los pies también?

—Baltazar.

—¿Sí?

—Desnúdame tú.

Con movimientos lentos, rituales, me desabotonó la blusa y bajó el cierre de mi falda, me sacó las medias y me desenganchó el *brassiere*. Los pechos diminutos apenas saltaron libres. Cayó todo lo demás. Me condujo a la cama, se subió sobre mí. Me acarició. Me abrió las piernas y me penetró.

—¡Yo! —de pronto se quedó inmóvil, como si su pasión se hubiese interrumpido.

—¿Qué?

—Dime, ¿en qué estás pensando ahora?

—En lo que tengo que hacer mañana, ¿por qué?

—En qué más, cuéntame.

—En que al portero viejo le faltaban dos dientes frontales; en el taxista, que no sabía la dirección pero pretendía saberla. Y en que le diste diez aztecas.

—Y ahora, ¿en qué estás pensando? —Baltazar me besó apasionadamente—. ¿Estás pensando en mí?

—No.

—¿Por qué?

—Porque si pienso en ti no puedo hacer el amor. No puedo hacer dos cosas al mismo tiempo.

—Trata de reunir en tu cabeza a la persona que está sobre ti y a la que está en tu cuerpo, ¿puedes hacerlo?

—Sí —le dije.

Pero fue inútil. Mientras él se esforzaba, se emocionaba y gemía, yo me puse a pensar en las luces del teatro en el que se representaría la próxima producción de Arira, en el anuncio luminoso de la cerveza en la calle, en el coche que en ese momento pasaba chirriando, en que al salir de mi cuarto no había apagado el televisor, en que no recordaba si había dejado hirviendo agua sobre la estufa, en que no había comprado yoghurt ni jugo de naranja para el desayuno y en que no estaba disfrutando del abrazo presente como decían en las películas y en las novelas que debía de disfrutar.

—Así no se puede —dijo, saliendo de mí—. No sólo no estás presente, sino que te has quedado inmóvil, tiesa.

—Pensaré más en ti —le dije—, si vuelves a entrar y me das un beso en la boca.

Me besó, se movió. Pero insensiblemente me fui quedando quieta, absorta, mirando una telaraña en la parte donde se juntan las paredes. Busqué la araña que había hecho la telaraña. La hallé en el techo tratando de atrapar a una mosca. Me molestó la falta de cortinas en la ventana. Recordé que las de mi cuarto no habían sido lavadas en mucho tiempo y que la mesa donde me sentaba a comer en casa de Dulcinea, adonde había sido tan infeliz, siempre estuvo coja. Súbitamente triste, lágrimas indeseables rodaron por mis mejillas.

—¿En quién piensas cuando haces el amor, carajo? —me preguntó Baltazar con brusquedad, ofendido por mi falta de pasión, escrutando mis ojos en busca del amante imaginario—. Dímelo rápido y así sabré tu secreto.

Mirada en las ventanas del alma con recelo, no supe qué contestar, solamente desvié la vista y me puse a pensar en los varones que podía traer a mi mente mientras él me hacía el amor, y si me bastaría uno o fantasearía con dos.

Atenazados mis brazos por sus manos impacientes, recordé que en el pasado algunas místicas encerradas en sus celdas habían pensado que fornicaban con un santo, y hasta con Dios, y de esos pensamientos había nacido una criatura. También rememoré a las brujas que mediante conjuros se ayuntaban con criaturas maléficas y a veces parían monstruos. Entonces, temí concebir a la figura de mis pensamientos y decidí concentrarme en la imagen de un ángel. Pero de inmediato me di cuenta que no podía hacerlo, porque los ángeles no estaban sexuados. Finalmente, todos los machos, tanto los del espíritu como los de la carne, me parecieron desfloradores, desgarradores, despanzurradores, despeinadores y desvalorizadores, y no quise demorarme en ninguno, vivo, muerto, perteneciente al cine o a la ficción, arrodillado en la cama o fotografiando mujeres desnudas en un estudio pornográfico.

—Debes de pensar en alguien cuando haces el amor, en alguien cabrón que te trastorne, te excite y te enloquezca, confiésalo —Baltazar me sacudió la cabeza como tratando de sacudir las imágenes que albergaba—. ¿Son tantos los caballeros de tu imaginación que no puedes decidirte por uno?

Inhibida, traté de articular un nombre para calmarlo. Él arremetió, sin darme la oportunidad de proferir dos o tres sílabas.

—¿No puedes recordar a nadie en quien pueda descargar mis celos, al que pueda darle de bofetadas en mis sueños o frente al espejo? ¿No ves cómo me saca de quicio y me enfurece tu infidelidad mental? Dime un nombre, te lo suplico.

Acosada por él, guardé silencio. Pasaron delante de mis ojos varios candidatos. No me decidí a escoger uno.

—¿Piensas en actores, en millonarios, en carniceros, en putañeros, en mozalbetes? ¿En quién piensas cuando haces el amor? ¿Piensas en mí? —me cuestionó, enojado.

—Pienso en Frankenstein —le grité y dejé de hacer el amor.

—Carajo, cuando yo hago el amor contigo solamente pienso en ti, solamente quiero estar en ti —gimió él y clavó la cabeza sobre la almohada, pegando su rostro sudoroso junto al mío.

17

Cuando era niña, llovía el quince de septiembre en la noche, y la tarde del dieciséis, y la mañana del dieciocho, pero ese año el dios de la lluvia ya no lloraba sobre México, una sequía aérea agrietaba el cielo atormentado y no nos bendecían los aguaceros ni los rayos. La imagen de mí misma con la cara pegada a la ventana viendo llover aún me acompañaba y en vano buscaba en las nubes viscosas señales de aguacero.

Bajo esa atmósfera opresiva pensaba en Baltazar más libremente que en la cama, por la sencilla razón de que no hacía, ni tenía que hacer, el amor con él. Después de todo, una no tiene por qué pensar en el hombre que la seduce ni que la cohabita, una puede pensar en cualquier otro y lo mismo da. Nadie lo va a saber. Éste es el engaño más impune del mundo.

Baltazar me dijo que pensaba en mí durante el acto amoroso. Y por sus gestos de desesperación, o por su falta de imaginación, habría que creerle. Pero si no pensaba en mí, quién lo va a saber. Lo que sí es cierto, es que siguió pensando en mí horas después de habernos despedido, porque cuando aparecí en la puerta de la casa de Arira, lista para dirigirme a las oficinas de la Compañía Nacional de Teatro, él estaba aguardándome en la esquina de la calle, con su vestir característico: traje negro de rayas, tirantes blancos, corbata roja ancha y zapatos blanquinegros.

Contra mis expectaciones, él no salió a encontrarme, solamente se concretó a seguirme a cierta distancia por el Paseo de la Malinche. Enamorado y orgulloso, quería mostrar que me seguía, pero que no me buscaba.

—Extravangancias suyas, obtiene placer en espiarme el trasero, no en estar conmigo —me dije—. Después de todo, un hombre de su estatura no puede ser normal. Yo tampoco lo soy. Aunque él parece más chiflado que yo.

Cuando llegué al edificio de mi trabajo, un centímetro más hundido que ayer, él se quedó en el lado sombreado de la calle (el calor no lo soportaba), separado de nosotras por ríos de coches y de gentes, la cabeza y el pecho sobresaliendo, como un árbol alto entre arbustos.

A fuerza de mantenerme ocupada, Arira, María y Facunda hicieron que me olvidara de él, o medio olvidara, porque intermitentemente se me presentaba en la mente y me distraía de lo que estaba haciendo. Entonces, me quedaba como lela con una carta en la mano o con la foto de una actriz sobre el escritorio más tiempo del debido. Difusamente, las facciones de Baltazar se ponían sobre las cosas, las rayas de su traje como rejillas sobre ellas, hasta que las cosas recobraban su forma original y Baltazar se borraba.

El reloj del hambre dio la hora y a las tres de la tarde salimos las cuatro a comer a un restaurante vegetariano a cinco cuadras de la compañía. María estaba radiante, juguetona, Facunda gruñía, todo le disgustaba y por todo discutía.

En el primer momento, creí que mi pretendiente había desistido de su persecución y había vuelto a su cuarto del Hotel Madrid, pero al volver la cara para decirle algo a Arira, cuál sería mi sorpresa que Baltazar estaba parado junto a la tienda de ropa para niños Azul y Rosa. Le hice señas para que se acercara. Era una buena oportunidad para presentarlo a mis amigas. Pero él no sólo no acudió a mi llamado, sino que pretendió no conocerme. Me ignoró totalmente.

—Baltazar —exclamé.

Él, sin responder, me dio la espalda y entró en un pasaje comercial.

—¿A quién hablas, mujer? —me preguntó Facunda.

—A nadie, sólo movía los labios, como hacen los actores que van por la calle ensayando un papel.

—¿No querrás hacer de Celestina? —me preguntó María—. Basta con una alcahueta en casa.

—Creí que le hablabas a un hombre en la calle, a ese gigante que entró en el pasaje comercial —me dijo Facunda.

—No —repliqué, ya molesta por tanto interrogatorio, y llevándolas a grandes zancadas minutos después nos hallábamos en el restaurante.

La lista de platillos me pareció aburrida, pero pedí jugo de zanahoria, ensalada de estación y tostadas vegetarianas. María tomó más tiempo del acostumbrado y Arira se impacientó.

—Es lo mismo de antier, ¿no conoces los platos de memoria?

—No sé qué me pasa, pero hoy no puedo tomar decisiones, por mínimas que sean —contestó.

—Yo tampoco —la secundé y dirigí la vista hacia la ventana, esperando ver a Baltazar venir a leer el menú que se exhibía afuera.

No apareció. Comimos, pagamos y salimos. Creí que se había marchado definitivamente. Cuando una no conoce bien a la gente teme que toda desaparición es definitiva. En eso somos semejantes a los perros. Pero a unos veinte metros del restaurante, allí estaba Baltazar, en la otra acera, leyendo un diario vespertino: "VIOLADOR DEL ALBA ATACA DE NUEVO", decía el encabezado. "NIÑA DE 9 AÑOS VÍCTIMA DE SU LUJURIA. DETECTIVES GEMELOS LE SIGUEN LA PISTA." Baltazar no estaba justamente enfrente, sino a la derecha de un puesto de periódicos. Trataba de pasar inadvertido. Era imposible: su cabeza y su pecho eran visibles por encima de los tendidos de las revistas y de los peatones.

—Su método de enamorarme, con presencia-ausencia, cercanía-lejanía, me provoca un fuerte desasosiego. Esa inquietud no la había sentido antes. O a lo mejor sí: cuando murió mi padre, cuando tuve mi primera menstruación, cuando descubrí que no tenía pechos en el pecho, cuando lo vi por vez primera en el Salón Buenos Aires —me dije y de inmediato Facunda me preguntó:

—¿Otra vez hablas sola, mujer?

—Hablo con Dios —respondí.

—Las cosas más interesantes que dice Yo, no las suelta, nada más las musita —comentó María.

—Yo se pasa la vida mismiseando —expresó Arira.

—Así es y qué, no estoy a discusión —rezongué.

De regreso a las oficinas, rápidamente fui al baño y luego me senté junto al escritorio de la ventana. Miré hacia la calle.

Sonó el videófono. Dejé que lo contestara otra. Arira preparó café y me sirvió una taza. Dejé que se enfriara en la cocina. No me importó que Facunda pusiera sobre mi escritorio el correo del día para revisarlo. Tampoco abrí el ejemplar de la *Revista Luces*, en cuya portada aparecía Arira.

—Tómate la tarde libre, me estás poniendo nerviosa —me dijo Facunda—. Vete a buscar al caballero de tus pensamientos, ese gigante en la calle. No lo vayas a perder, no abundan los grandulones.

No le contesté. En ese momento pasó mucha gente por la calle. El hombre alto caminó de una esquina a otra y volvió a caminar en sentido contrario.

Se quedó parado en medio de la multitud, que le daba la vuelta como si fuese una roca.

Él miró hacia la ventana, desde la cual yo lo observaba. Seguramente, él no podía verme bien, porque después clavó la vista dos pisos más arriba.

Vinieron niños jugando y aventándose uno a otro. Entonces, él descubrió mi presencia y creí que el corazón se me salía del pecho.

Para que no se me saliera, decidí salir yo: arreglada, maquillada y perfumada.

Cuando estuve en la calle, como era su costumbre, él vino detrás de mí. Yo lo llevé a través de avenidas congestionadas hacia el Parque Nacional.

No sé por qué había fantaseado con la posibilidad de que en cierta parte nos encontraríamos él y yo a solas. No imaginaba la condición multitudinaria del parque a esa hora populosa, cuando sus calzadas eran como los corredores de una estación del metro a la hora de la afluencia.

Cientos de escuelas de Ciudad Moctezuma se habían puesto de acuerdo para traer a los alumnos ese día. Miles de pupilos deambulaban aquí y allá comiendo alimentos chatarra y mirando los árboles de plástico y las estatuas de concreto de los próceres de la historia oficial. Árboles y próceres no sólo ofendían los ojos con sus colores chillones, eran una agresión material a la estética y a la ecología. Aunque los delfines en el lago artificial eran de hule, el espectáculo hechizo que representaban cada dos horas tenía sus admiradores y los mozalbetes ya hacían largas filas para presenciarlo.

De pronto, del remolino humano surgió Baltazar. Apenas me dio tiempo de voltear, porque con mano pronta me jaló los cabellos.

—¿Qué haces, bruto? —le grité.

—Quiero un mechón de tu pelo para el porvenir.

—¿Por qué?

—Porque un día tú y yo seremos un porvenir de olvido.

—No te entiendo.

—No necesitas entender, camina.

Caminamos juntos bajo un cielo terriblemente sucio, no desprovisto de belleza, no carente de horror. Al cabo de unos cien metros de andar, se detuvo y me dijo:

—Yo soy el hombre alto que aparece en los temblores, los desastres me llaman irresistiblemente la atención, la posibilidad de hallar gentes tiradas en el suelo que se duelen de su materialidad me inspira para reflexionar sobre la fragilidad de las cosas del mundo, para apreciar mi vida y para aceptar mi cuerpo como es.

Me dejó pasmada, él continuó:

—La vista de amantes aterrados me enciende las pasiones y me despierta el Eros vagabundo, entonces quiero amar y copular. Afortunadamente cada día hay movimientos telúricos en el país y cada día hay víctimas y cada día me quiero más a mí mismo. Desgraciadamente hay personas obtusas que consideran mi afición como un acto de pillaje, una manifestación de necrofilia o una señal de mal agüero. Eso es peligroso para mí, pues ellas reportan mi presencia a la policía y la policía busca sorprenderme en el lugar de los derrumbes y las muertes y hacerme cargos por los asolamientos ocurridos.

—Qué revelación, tratándose de ti era de esperarse —admití—. Aun así me cuesta trabajo creerlo.

—Los diarios han reportado mi presencia en algunos lugares afectados por los terremotos, pero de manera vaga y tardía. Aquellos que me percibieron hacen descripciones de mi físico diferentemente. Algunos me han descrito como un titán, otros como un nahual, pero de lo único que hablan todos con seguridad es del hombre alto que aparece en los temblores.

—Me trastorna mucho enterarme de tu gusto por la convulsión y el cataclismo —balbuceé.

—Lo más importante todavía no te lo he dicho: una enfermedad incurable me fatiga los pulmones, el médico me ordena que salga de aquí o me muero.

Guardé silencio y él me preguntó:

—¿Qué te parece Antigua para irnos a vivir? He rentado una casita junto al agua, ¿quieres procrear conmigo un par de gigantes esbeltos y espigados?

—No sé, tengo muchos compromisos.

—Si te decides, nos vemos a las nueve de la noche en la Terminal de Veracruz.

—Déjame pensarlo, no te prometo nada —le estaba diciendo, cuando me di cuenta que ya se había marchado.

Perdí un buen rato en de Fuente de las Ranas esperando a que emergiera de nuevo entre los adolescentes. Retorné a la Compañía Nacional de Teatro.

Ya estaban las luces apagadas. No las encendí.

Bebí el café frío y me puse a atisbar por la ventana hacia la calle.

Baltazar no apareció en la calle y el flujo constante de la multitud empezó a marearme.

Anocheció.

Barajé la posibilidad de irme a vivir con él a Antigua, pero no me visualicé viviendo en Antigua más de una semana. Sentí que Antigua podría ser mi tumba.

—Gustosa haría pareja con Baltazar y tendría hijos con él en Ciudad Moctezuma, pero no me veo contemplando toda mi vida crepúsculos y crepúsculos desde una hamaca al borde del río. Soy un animal urbano, desarraigado de la naturaleza, que respira aire contaminado y bebe agua poluta, y así moriré —me dije.

Serían las veintiuna horas. Seguramente, Baltazar ya me esperaba en la Terminal de Veracruz, maletas a sus pies. Tenía dos boletos en la mano. El autobús estaba allí. El chofer conversaba con el despachador. El tiempo para partir se acercaba. Yo aún me hallaba en la oficina sentada en la oscuridad, mirando por la ventana hacia la calle.

De pronto creí ver a Baltazar. No era él. Era otro hombre, visiblemente más ancho y más pequeño que él. Él estaba en la Terminal de Veracruz, rodeado de pasajeros que comenzaban a abordar el autobús.

El chofer se sentó frente al volante, se dio cuenta que faltaban dos pasajeros. El hombre alto parado afuera y otro más. Pero la sola idea de dirigirme a Antigua me llenó de ansiedad. Yo no deseaba ser la pasajera que faltaba. Yo no quería viajar.

El chofer iba a cerrar la puerta cuando Baltazar abordó. Presentó un boleto y ocupó un asiento de dos que había reservado. Pudo haberle dicho al chofer que él era un hombre tan grande que necesitaba asiento doble para acomodarse y el hombre con sólo verlo le hubiese creído. Mas guardó silencio. No le importaba dar excusas a nadie.

El timbre de la puerta de la oficina sonó. Eran las nueve de la noche en punto. El autobús se puso en marcha, con Baltazar encerrado adentro. Pero no me moví de la silla, no me dieron ganas de abrir la puerta, oía los latidos de mi corazón.

El autobús empezó a salir de la ciudad. Para abandonarla tardaría horas, días, años. Al salir yo del edificio, nadie me seguiría a casa, de ahora en adelante viviría en un porvenir de olvido.

El timbre de la puerta volvió a sonar.

—¿Quién? —pregunté.

—Soy don Chucho el portero. Le ha llegado un paquete —dijo una voz del otro lado.

—Déjelo en el suelo, luego lo recojo.

—Está bien, señorita. Buenas noches.

—Buenas noches —murmuré, mirando hacia la puerta, como si detrás de ella alguien hubiese depositado un gran silencio material, un dolor inconmensurable hecho forma.

18

La Plaza de Barcelona estaba llena de mujeres preñadas. Algunas de ellas, con un bebé en los brazos, esperaban que las ventanillas de la clínica de maternidad se abriera a las 8 AM.

Tanto las sexoservidoras de La Merced como las señoras de los barrios pobres, las adolescentes de la Escuela Secundaria Sor Juana Inés de la Cruz, las *call girls* de la colonia Polanco y las videofonistas de la Secretaría de Hacienda se juntaban al amanecer en esa parte de la ciudad. Rudas voluntarias en uniforme blanco del Cuerpo Nacional de Servicios Natales las arrebañaban en grupos pequeños y les daban una ficha azul o rosa con un número.

Por su expresión paciente, las vénuses de panza rebosante parecían tener la determinación de pasar el día entero aguardando el momento de ser llamadas por una recepcionista que les daría la cita con un médico del CUNASENA en la zona correspondiente a su domicilio. Con suerte, les tocaría durante el primer semestre de 2028.

La oscuridad aún no se transformaba en incipiente azul, una frescura tímida aún no aliviaba del calor que había azotado a Ciudad Moctezuma durante la última década.

—De las gentes primero percibimos su vulgaridad, luego su individualidad —dijo Arira, visiblemente deprimida con la vista de las hembras encinta.

—Tienes cara de llevar al lado un letrero invisible que dice: "Actriz en Crisis. No Molestar" —exclamó María.

—Mis días de esplendor han pasado. Las manchas en la piel es el camino de toda mano —expresó Arira.

—Vivimos en una época de sobrepoblación y hasta los perros se han vuelto longevos, pero nosotras, sin progenie propia, no tenemos futuro —se quejó María.

—Después de cumplir los cincuenta años envejeces más rápido. La hora tiene el mismo número de minutos, pero tú sientes que te precipitas en el pozo horizontal del tiempo —intervino Facunda.

—Superadas las rivales de mi generación, y las rivales de las generaciones anteriores y posteriores, que me vieron como amenaza, la oleada de actrices y cantantes jovencísimas, por no decir niñas, me ha desplazado —reconoció Arira.

En efecto, el público se iba detrás de las novedades pubescentes y Arira no era novedad. Ella no podía competir con los tambores y las trompetas de la ordinariez que buscaba el hombre medio caníbal.

Este hombre medio caníbal, dispuesto siempre a sacrificar a sus ídolos en la piedra de los sacrificios y a arrojar sus cadáveres en el basurero moral de las estrellas decapitadas, tenía una nueva diosa: una cantante de once años llamada Julia. Ella, como una Salomé actual, pedía una cabeza para disfrutar su triunfo: no la de un profeta, pero la de Arira, una actriz dramática venida a menos. Y todo porque la niña *sexy* había oído de boca de algunos nostálgicos del teatro de comienzos de siglo que ella era la Reina de las Actrices de Antaño y aún vivía.

Arira, si hubiese adivinado los celos injustificados de la cantante de moda, con toda seguridad le hubiese dicho que no se preocupara por ella, que ella no representaba peligro alguno para su fama, el peligro de ser desalojada del favor del público vendría de otras púberes cortesanas como ella, a las que les gustaba mostrarse semidesnudas. Éstas ahora tendrían ocho o nueve años.

Arira no ignoraba que una actriz de su importancia no podía renunciar a su posición pasada, por más que lo desease y más vieja que se sintiese, y que no podía declinar su fama en beneficio de otra persona, aunque ésta fuese una párvula idolizada. Actriz madura y cantante nueva podían coexistir pacíficamente en el mundo plural de los espectáculos. Pero la regla gris de los intelectuales y los artistas mediocres del país, la del ninguneo del talento ajeno, había sido rota por la niña Julia.

En un diario dedicado al mundo de la farándula, Julia fue calificada de idiota por seis actrices feas y medianas, quienes, desde las sombras de su inexistencia, seguían el conflicto entre las dos, o más bien, las manifestaciones de resentimiento de una.

Las seis actrices feas y medianas no insultaron a Julia porque ésta atacara a Arira, sino porque Julia se ocupara de Arira, que era una Doña Nadie, o una Nada, o una Imitadora de Estrellas Extranjeras, y por cualquiera de esos motivos la intérprete de la Celestina había sido recluida por esas actrices malas desde hacía años en las prisiones invisibles del Sistema Nacional del Ninguneo.

A Arira le quedaba la fama pretérita, la que se le debía de quitar para que se quedara en la inopia. Si se le arrebataban los recuerdos y si se ponía en duda su éxito juvenil, mejor, así moriría en la pobreza total.

Ésta era la lógica de las actrices rivales de Arira, no de Julia, que pedía la cabeza de Arira por ser la Reina de las Actrices de Antaño, petición que era ya un reconocimiento a Arira.

En este reconocimiento mal expresado, o articulado con cólera, Julia ofendía a Arira cada vez que se le presentaba la ocasión con el más alto grado de insolencia, aduciendo que si Arira tenía más de medio siglo de edad era una gloria difunta; y ella, si tenía once años, era la flor del tiempo, alegatos éstos que engrandecían a Arira ante los ojos del público selecto y conocedor.

Lo que querían las actrices rivales de Arira es que se le confinara en el mundo del silencio entre almohadones de olvido.

"No le muevan, ni para atacarla", decían, "ignórenla, háganle creer que no existe, que lo que ha hecho no vale la pena".

Y afirmaban que el teatro había sido profanado por la ignorancia de Julia, quien se había atrevido a hablar de una actriz fallecida artísticamente y que carecía de importancia.

Lo patético es que esas actrices infames trataban de destruir juntas la fama de Arira en sus momentos finales y no a Julia, que estaba en el pico de su popularidad, como si supieran que el talento de Arira era más perdurable que el de la niña de moda y era a ella a la que tenían que desacreditar, no sólo por su pasado, sino por su memoria en el porvenir.

Niñas como Julia serían reemplazadas por otras ninfetas semejantes a Julia y sus personalidades y nombres se confundirían en el cementerio verbal del tiempo. Mientras tanto, en los canales de la Circe de la Comunicación irrumpía Julia constantemente en videos que mostraban su cuerpecito tridimensional, semidesnudo, las tetitas parecidas a un pecho pellizcado. Se movía con obscenidad al ritmo de una canción procaz cuya letra sus labios inexpertos proferían sin comprender. Una de las cosas que más me disgustaba era que osara vociferar mi canción favorita: *¿En quién piensas cuando haces el* *amor?*, mostrando en el video imágenes de hombres horrendos.

Las rivales de Arira sabían que una mujer, si tiene genio, tiene más posibilidades de llegar a ser una gran actriz a los cincuenta años de edad que cuando contorsiona su cuerpo a los once, aunque sea bonita y su sexualidad precoz cause furor entre los espectadores maduros mientras profiere letras obscenas. Y sobre todo, si la mujer cuenta en su historia artística con actuaciones notables desde que tenía dieciocho años, verbigracia, Arira en el papel de Celestina. La gloria de Julia duraría dos primaveras, la de Arira había sobrevivido veinticinco inviernos.

Como todos queremos asegurar el futuro desde el presente, puede suceder que niñas del tipo de Julia intenten llegar a ser actrices en el momento en que se dan cuenta que su fama es efímera. Esta caída en conciencia las puede volver más sabias, aunque no mejores actrices. Las declaraciones frecuentes en las revistas y en los canales de la Circe de la Comunicación no hacen la obra de una vida, alimentan el ego unas horas, y hasta un día. El despertar más atroz para estas niñas viene cuando descubren que no han envejecido en su cuerpo, son aún jóvenes, pero que se han marchitado en el gusto del público.

19

A lo largo de la avenida surgieron las estatuas de concreto que representaban a José Huitzilopochtli Urbina representando a su vez a diferentes personajes históricos.

El presidente de la República, con la indumentaria correspondiente, personificaba a derecha e izquierda a los héroes oficiales de cinco siglos; o sea, a esos individuos solemnes que aparecen sin vida íntima en los libros escolares.

Sebastián Ponzacelli, el escultor emérito del Primer Mandatario, había esculpido las efigies para la posteridad y para soportar bazucazos, dinamitazos, cañonazos políticos, tan malos eran los tiempos, tan irreverentes los enemigos de su gloria.

Consciente de los azares del poder, José Huitzilopochtli Urbina había escogido el material que pudiese resistir mejor los ataques de sus adversarios presentes y futuros: Concreto Eterno, material a prueba de las manifestaciones de los estudiantes, de las rebeliones de los campesinos, de los resentimientos de los indígenas y de las protestas de los partidos de oposición, quienes desde el siglo pasado en cada elección perdida gritaban fraude.

Enseguida, cuando Facunda y yo notamos que el material con que estaban hechas las estatuas de Huitzilopochtli Urbina mostraba signos de descomposición, Arira dijo que todo esfuerzo del hombre por persistir en una forma era vano, pues no sólo el cuerpo que había intentado perpetuar Sebastián Ponzacelli en una forma envejecía y moría, sino también el concreto y el escultor mismos.

Sobre esos monumentos corroídos por la lluvia ácida y por el tiempo María contempló la nube amarillenta que cubría a la ciudad, oyó las luces que enturbiaban la epifanía del día milenario y leyó las palabras fútiles inscritas en el cielo del poder:

HUITZILOPOCHTLI,
PRESIDENTE DE LOS CIEN AÑOS

Como anillos coloreados de un gusano de luz, los rostros del tirano se prendían y se apagaban, abrían y cerraban los labios y los párpados, hasta perderse en la distancia inmunda.

Monumentos visuales que expresaban la corrupción moral del país, esos rostros declaraban el horror de la época que estábamos viviendo; en la cual, la Circe de la Comunicación había convertido a los seres humanos en puercos mentales.

El prójimo puto y caníbal pasaba las horas y los años dormido con los ojos abiertos devorando las imágenes y los sonidos que la Circe le arrojaba a él y a su progenie sin cesar. En su cuarto, los proyectiles de las batallas intergalácticas encendían las paredes, los mutantes irradiados iluminaban los rincones oscuros y los cuerpos decapitados, bañados en sangre, caían momentáneamente al piso. Los carros de carreras, en los que el espectador se convertía en el conductor, salían de la pantalla y recorrían una autopista vertiginosa. Había historietas animadas donde se podía amar a una puerca graciosa o se podía pelear con enemigos medievales. En ese mundo de luces y ruidos, que formaban paisajes horripilantes y escenas ilícitas, se despertaban los deseos y las ansiedades sexuales, la Circe de la mente buscaba cautivar a ese prójimo cada día más, haciéndolo participativo, parte y centro de la acción, el drama y la comedia.

En una pieza oscura, él (ella) podía manipular el control a su antojo, hablar con el actor, bailar con la cantante, salvar al niño en peligro, dar puñetazos al malvado o al bueno e intervenir en los debates políticos y sociales. Fascinado por la nada hasta el día de su muerte, cuando la pantalla de colores se vaciaría de imágenes y sonido, el puerco cautivo bien podía exclamar: "El medio me ha hechizado."

La Circe de la Comunicación había incomunicado a la gente entre sí y frente a sus cientos de canales había pocas posibilidades de defensa. Muchos hombres y mujeres se enajenaban no sólo en los programas presentes, sino en los futuros y en los pasados, estos últimos exhibidos una y otra vez hasta la saciedad.

Millones de televidentes alegaban que no les bastaba la programación actual y local, querían tener acceso a los llamados eventos especiales que se celebraban cada día en diferentes horarios y en diferentes partes del mundo. La promoción de esos programas comenzaba meses antes en los diarios, en las revistas y en los espacios de la misma Circe, con un bombardeo tal de publicidad que la persona que no sabía de ellos podía pasar por desinformada o antisocial.

Los ojos adictos a la actualidad del olvido aún no se despedían de aquello que los fascinaba, ni acababan de digerir un asesinato, un conflicto bélico o un desastre natural, transmitidos en vivo, cuando ya se habían enganchado en los pormenores de otros sucesos, en ocasiones, a ocho a la vez, gracias a los aparatos polifacéticos. Mirar ocho programas (con frecuencia, en ocho idiomas) era como comer comida étnica de ocho países a la vez.

En este paraíso de imágenes fugitivas, el prójimo desrostrado desperdiciaba sus años, vivía entregado a un realismo más irreal que el de su vida. En particular, el espectador masculino se refocilaba en "La Hora de las Gordas Desnudas" y en "El *Talk Show* de las Niñas Violadas", programas nocturnos que debían llamarse "La Hora del Onanismo" y "El *Talk Show* de la Crueldad", porque en ellos la televisión tridimensional arrojaba a las zahúrdas domésticas docenas de cuerpos femeninos, adultos e infantiles, mancillados, golpeados y heridos. Los conductores, convertidos en sacerdotes y médicos sociales, decían investigar los casos, pero más bien hurgaban hasta sacar sangre en el corazón de las víctimas, infligiéndoles una violencia verbal pública, además de la corporal que ya habían sufrido.

Una lujuria teledirigida entraba gratuitamente por las paredes apantalladas a millones de ojos, fomentando la masturbación visual y el sadismo. Infantes pintarrajeados, putas africanas, busconas piramidales, rusas emigrantes, *starlets* californianas, vikingas nórdicas, enanos españoles y transvestidos neoyorquinos y brasileños, figuras nunca soñadas por Suetonio, Giovanni Boccaccio, Francisco de Quevedo, Giacomo Casanova, Charles Baudelaire, Marcel Proust ni Vladimir Nabokov, ocupaban los muros de extremo a extremo, cubrían con movimientos soeces los espacios aburridos de un cuarto perdido en la noche urbana.

Afuera el planeta se resquebrajaba, los terremotos derrumbaban ciudades, los volcanes hacían erupción, hacía mucho calor o mucho frío y había epidemias y hambrunas. El agujero en la capa de ozono se agrandaba sobre Ciudad Moctezuma y desde hacía tiempo no llovía. En el país una sequía ubicua diezmaba el ganado y mataba a los animales domésticos, el agua se había acabado en varios países en vías de desarrollo que se habían quedado siempre en vías de desarrollo. Resucitaban enfermedades antiguas consideradas abolidas y se propagaban otras nuevas. En muchas partes de la nación se declaraban emergencias ambientales que se convertían en permanentes. Mis semejantes habían avasallado el derecho a existir de otras criaturas que compartían con nosotros el espacio, y se habían avasallado a sí mismos.

Yo me sentía inerme ante la fantasía abrumadora de mi época, inerme ante ese orbe desalmado que suplantaba el mundo de mis ancestros y conformaba una realidad ajena en donde los objetos familiares se convertían poco a poco en las invenciones frías de una tecnología anónima. Y en medio de toda esa indefensión, me preguntaba qué pasó con Baltazar, adónde y en compañía de quién se encontraría en ese momento. Había leído de huracanes que habían azotado las costas de Veracruz, pero la única noticia que había tenido de él había sido una misiva escrita con tinta verde que decía:

Querida Yo:
Te escribo desde alguna parte del espacio y el tiempo, solamente para decirte que estoy vivo. No te aflijas, no te desesperes, no te olvides de mí, no seas canalla. Volveré.
Cinco besos de altura.
Baltazar.

—Silencio —pidió Arira, aunque nadie hablaba—, siento que me caigo.

—¿Qué te pasa? —le preguntó María.

—Veo a Rosalba.

—Ella está muerta —afirmó Facunda.

—Aunque ya la enterramos, ya nos fuimos de su casa, ya estamos aquí, tengo la sensación de haberme quedado atrás, con ella. ¿No es raro lo que me pasa? —expresó María.

—Vámonos —había dicho Arira después del entierro en el cuarto de Rosalba—. No me importa quién esté hablando, vámonos. Lo que me importa es irme.

—Haré de tripas corazón, no me queda otra cosa —profirió Luis Antonio—. Cuando disminuya la depresión, me sentiré *at home* otra vez.

—Lejana y ausente, estaré con ustedes —les prometió Arira a sus sobrinos Luisa y Luis. A María le dijo—: No nos podemos pasar aquí toda la vida *holding hands*.

—No escuches a esos niños, no escuches a tus sentimientos, porque te quedarás aquí, no podrás irte nunca de aquí —la sacudió Facunda.

—Ya no estoy aquí, ya me fui caminando por una calle de Ciudad Moctezuma —replicó Arira.

—No te vayas así de repente; quédate allí de repente —le suplicó Luis Antonio—. Te envidio que puedas cerrar la puerta que da a la casa; te envidio que puedas dejarme encerrado aquí. Te envidio que puedas irte a otra parte, yo tengo que quedarme en este duelo.

—Los esperaré allá, del otro lado de Ciudad Moctezuma. Adiós —Arira echó a andar.

—Soy viejo en este cuerpo joven, al contrario de ti, joven en ese jamelgo viejo. No lo niegues, he estado observando cómo te brillan los ojos de contento al ver mi desgracia.

—No me alabes pegándome —lo recriminó Arira.

—Dame coraje y lujuria y estaré en pie la semana próxima. Seré el padre, la madre y la *nanny* de mis hijos, te prometo —dijo Luis Antonio.

—No me hagas promesas, prométete a ti mismo lo que vas a hacer.

—Me quedaré en casa como un hombre. No me colapsaré en mi charco de oscuridad, no andaré con muletas como un inválido moral. Lo juro.

—No hay victoria en la muerte, la muerte es un mal negocio. Se muere en vano a cualquier edad y las voces que vienen y que van valen gorro —intervino María.

—Cuando dejo de hablar, oigo un silencio terrible adentro de mí mismo. Nadie me preparó para oírlo.

—No lo niegues, ese pedacito de silencio que allí ves, pegado a la ventana, es el agujero donde está tu vida —dijo María.

—Coge entre tus manos mi cráneo, palpa con las manos mi cerebro. Atrévete a mirar en mi cabeza, asómate a mis pensamientos y cógelos con los dedos. Coge esos silencios, esas criaturas que están naciendo todo el tiempo, que están muriendo todo el tiempo. Así verás cómo está latiendo mi cerebro, cómo está pensando, cómo está sintiendo —Luis Antonio cogió mis manos entre las suyas para ponerlas sobre sus sienes.

—No me atrevo a hacerlo.

—Oye los ojos abiertos detrás de los párpados cerrados, mirándote; ve los oídos de la muerte, detrás del pelo, oyéndote —continuó él y puso mis dedos sobre su frente y sobre su coronilla.

—Si tus pulsaciones son pensamientos, estás pensando mucho —retiré mis manos y las metí en los bolsillos del vestido para secármelas.

—Escucha la razón de la sinrazón. Es la voz que oye las palabras ajenas como si fuesen propias, y las propias como si fuesen ajenas.

—Ya basta.

—Nadie quiere estar allá, en la esfera de los pensamientos; nadie quiere comenzar a morir, hallándose aquí —trató él de coger otra vez mis manos para llevárselas a la cabeza.

—No palpites tanto, ese palpitar te va a matar —Arira intentó calmarlo.

—Palpa mi cerebro, lee mi libido, explora mis regiones ignotas, en ellas verás que no soy mujer ni hombre, sino un organismo vivo desolado —me cogió las manos y las colocó sobre su cabello desaliñado.

—Si me siguen aburriendo, me voy —amenazó María.

—No te vayas, no te muevas de allí, tú eres como Rosalba —se exaltó Luis Antonio—. Realmente eres como ella, o ella era como tú eres. Cuando te miro siento que la estoy mirando.

—Me horroriza ser como Rosalba —expresó María.

—Te doy mi palabra de honor, no te volveré a mencionar eso, solamente quédate allí parada un rato más para que te mire como si fueses ella.

—No me des tu palabra, no quiero que me veas como a Rosalba.

—No te voy a besar, sólo quiero mirarte de frente y de perfil.

—¿De dónde le vendrán esos efluvios? —se preguntó Facunda.

—Uno de los peores errores que cometí en el pasado fue el de cerrar la boca antes de decir las cosas que tenía que decir y siempre tuve podredumbre de palabras —dijo él—. Ahora, María se ha quedado sin palabras al verme sin palabras.

—Sospecho que a este hombre le ha entrado la loquera —aseveró Facunda.

—Lo que importa es ir por la calle como la imagen de algo, la imagen del Arte, la imagen del Cine, la imagen del Dinero, la imagen del Intelecto, la imagen de España, pero no quedarse aquí sentado como la imagen de Nada.

—Vámonos —se impacientó Arira.

—¿Adónde podría ir yo, si quisiese irme? —le preguntó él.

—El mes próximo y el año próximo, lejos ya de este día, aún estaré aquí, a tu lado —respondió Arira, sin convicción.

—No sé por qué María se me queda mirando a los ojos, como si yo hubiese matado a Rosalba, como si yo hubiese sido el asesino de su vida. Juro que no la maté, ni en sueños. Juro que se murió de muerte propia.

—Dejémoslo allí —dijo Arira—. No hablemos más.

—Comienzo a hablar con una voz que no es la mía, ¿me oyen?

—Entonces, lo mejor es callarse —exclamó Facunda.

—El problema es que sigo hablando adentro de mí mismo. Si sólo pudiese callarme en mi interior cuando dejo de hablar en voz alta.

—Así como cada quien tiene su infancia, cada quien tiene su lluvia —dijo Arira—. A mí me gusta la lluvia mexicana: relampagueante, aguacerosa, apasionada.

—La mañana de hoy será oscura y gaseosa, como la de ayer y como la de mañana —dije, sin que nadie me oyera.

—Y como aquella a la que se han acostumbrado los mutantes de Ciudad Moctezuma —dijo María.

20

Como perlas dentro del gran molusco que era Ciudad Moctezuma, las lámparas del alumbrado público daban a la parte superior de la avenida un tono anacarado. La gran nata de la contaminación ya había descendido sobre la urbe y un aire espeso, que parecía sólido, se había estacionado en las calles. Las calles, a esas horas, ya eran atravesadas por una multitud afanosa.

En la Plaza del Cacique Gordo, el resplandor rojizo de un anuncio luminoso reverberaba en una ventana del piso de cemento, aún vacío, de un edificio en obras. La infición color fresa se adhería en el vidrio como se pegostea un dulce en los dientes cariados de un niño.

La plaza, ligeramente en pendiente, rodeada de inmuebles decrépitos, paredes escarapeladas y construcciones recientes que ya eran ruinas, hacia la derecha se hundía en el subsuelo a medida que una iba en busca de la calle de Amsterdam.

Allá, del otro lado del neblumo, estaban los volcanes invisibles del valle, el Popocatépetl y el Iztac Cíhuatl. Aquí, de este lado, se extendía la ciudad del hombre, surgían las bolas y las colas humanas que esperaban transporte. Bajo un busto gigantesco de Benito Juárez, en forma de arco, en ese momento pasaban ríos de vehículos tonantes y humeantes. Nosotras también pasamos.

El Cinturón Verde desembocaba bajo el brazo derecho del busto. Los ríos Lerma y Cutzamala, que solían proveer de líquido precioso al Área Metropolitana, se habían agotado años atrás y ahora las protestas populares eran por agua.

Del otro lado del Cinturón se veían los foquillos apagados de la Farmacia Agustín Ek. Allí los ciudadanos achacosos adquirían con descuento las medicinas que se recetaban a sí mismos contra todos los males habidos y por haber.

En pleno siglo XXI, los habitantes de Ciudad Moctezuma parecían estar viviendo en una época anterior a la electricidad y al agua potable, el suministro eléctrico no tenía horarios fijos, y las raciones de agua, que antes traían los *piperos* dos veces a la semana, se habían vuelto quincenales, mensuales, bimestrales, semestrales. Cientos de hombres y mujeres aguardaban en hilera con ollas, cubetas y tinajas en las manos la llegada de las *pipas*. Después de una larga espera, les sería entregada un agua entre color orines y color chocolate.

—Si el sol traspasa el hongo viscoso, habrá que cubrirse los ojos con lentes negros. De otra manera, corremos peligro de quedarnos ciegos —advirtió Facunda.

—Los rayos solares son dañinos. No debemos ver al dios sol ni de frente ni de soslayo; la piel humana ya no puede recibir sus rayos, como en la antigüedad —afirmé.

—No hay estaciones, los fríos y los calores se dan cuando quieren. El bochorno se ha apoderado del país y las ciudades mueren de sed —continuó Facunda.

Ante la infición general, algunos transeúntes se tapaban el rostro con una máscara. La calidad y la forma de la máscara correspondían a las posibilidades económicas de cada uno. Los más pobres se cubrían la nariz con una mano, un pedazo de plástico, un trapo sucio. Las personas nerviosas como Arira decían que lo mejor era no respirar, no hablar, no comer, no beber, no abrir los ojos.

—Por seguridad, la ropa debe desenfatizar las formas del cuerpo, y los aretes y los collares deben ser evitados —dijo, cuando entramos a lo que consideraba una zona de riesgo, tanto por la posibilidad de sufrir hostigamientos corporales como asaltos violentos.

—Los cosméticos no embellecen, enmascaran transitoriamente los defectos, haciéndolos aceptables para nosotras y los otros —la secundó Facunda—. En esta parte de la ciudad, no es necesario ser bella.

—En nuestra época, ya no es posible estar solo, vivir solo, morir solo. El simple hecho de andar por una avenida es un acto colectivo, una experiencia social. Yo, la más alta, nunca puedo estar sola, soy vista de inmediato por los demás. Mi cabeza sobresale notablemente en la multitud, sobre el cabecerío ajeno, y despierta admiración, y admiración en este mundo es lo que menos busco —expresé.

—En nuestra época, una muchedumbre móvil y ubicua rodea instantáneamente al individuo, a todos los individuos, y lo sofoca, los sofoca —replicó María—. Esa muchedumbre quita las fuerzas y frustra los ánimos. Cualquier persona, por insensible que sea, se siente anonadada entre tanto hijo de familia desesperado y agresivo. Ver pasar a la gente no es una borrachera, es un delirio.

—A todas horas hay actividad en las calles y en las plazas, en las estaciones del metro y en las paradas de los autobuses, en las galerías y en los centros comerciales. Si bien tenemos la ventaja del anonimato, y de que a todas horas una puede hacer compras y gratificar el buche, encontrar deleite amoroso, y hasta presenciar un coito o un crimen público, en el semblante de los ciudadanos se percibe un dejo de desolación. Y a esta era la llaman los merolicos de la Circe de la Comunicación "Los tiempos más alegres de la Historia", historia con H mayúscula, como si así la historia fuese más la Historia —dijo Facunda.

Masas de sombras vivas recorrían las calles, sombras más largas y sombrías que las de los edificios ruinosos, más fantasmales que las de los muertos, sombras que sólo necesitaban un movimiento telúrico o una sirena de alarma para venirse abajo, para desaparecer; se pisoteaban en el suelo, se hacían indistinguibles unas de otras.

Esas sombras confundidas se arrastraban por la banqueta, como si en la banqueta estuviese el espejo real de su existencia vana. Esas sombras, que se disputaban efímeramente el territorio de la ilusión, yo las preveía, entreveía y trasveía antes que todos. Ése era mi privilegio inútil.

En la Calle de Nueva York, recargados en la pared de un edificio (pura fachada, no había construcción detrás), cuatro pelafustanes, tres hombres y una mujer, miraban pasar el gentío. Por sus chamarras negras de cuero, con hombreras bultosas y cinturones sueltos, decoradas en la espalda y los brazos con alacranes rojos, sus botas con clavos en la punta para las patadas, sus cadenas, sus cortes de pelo y sus tatuajes en el antebrazo, se veía que pertenecían a la Banda de las Navajas Negras, la pandilla más renombrada de la ciudad.

Hacía dos semanas habían aparecido en el programa "El *Talk Show* de las Niñas Violadas" y yo los había visto en el televisor de una tienda de aparatos domésticos. No sé por qué, entre tanto asesino suelto o en prisión, sus facciones violentas y sus ojos aulladores me habían resultado inolvidables. Además, Facunda los conocía bien y me había hablado de ellos. Al anochecer, me contó, esta banda salía a cometer fechorías en la Colonia Mundial. Las secretarias, de falda corta y apretada, sacos de poliéster imitación piel, boquitas pintadas color rojo sangre y uñas moradas, eran sus presas favoritas. Con unos cuantos aztecas en el bolso, sin recursos para tomar taxi, ellas esperaban los autobuses repletos en las calles sin vigilancia de Ciudad Moctezuma. Víctimas ya de sus jefes, de sus amantes, de sus familiares y de los policías, ¿por qué no debían aprovecharse unos individuos más de su condición indefensa? Los crímenes cometidos contra ellas quedaban casi siempre impunes. En sus delitos, los miembros de la banda usaban armas negras, delgadas como agujas. En sus asaltos eran teatralmente desalmados y obtenían placer en desfigurar a las personas, rasgándoles el ombligo y los pechos. Los desfiguros, a veces bastante originales, eran sus firmas. Sicólogos y trabajadores sociales de Ciudad Moctezuma recomendaban a las secretarias no oponerse a los atracos, dejarse hacer como si nada. El miedo, advertían, puede enardecer a sus atacantes.

A los pies de los pelafustanes yacían los cordones, los auriculares y las cajas de los videófonos degollados. Nada excepcional, en esos días de cólera la decapitación de los símbolos materiales de los sistemas de comunicación planetaria era la venganza de los resentidos y los marginados.

En la Banda de las Navajas Negras destacaba por su belleza Paula Palacios. Sobre un cinturón grueso de charol negro, con hebilla dorada, traía los pechos sueltos y rayados de negro, bastante notables a través de la fina tela de su vestido amarillo. Le daban un *look* felino los párpados anaranjados y las uñas largas esmaltadas de rojo. En la mano zurda esgrimía un paraguas, con la armadura plegable ya sin tela, no para la lluvia, para los espadazos.

Según Facunda, Paula había desaparecido cinco años atrás en Ciudad Moctezuma. Su madre, la maestra de primaria Graciela García viuda de Palacios, una noche la había enviado a la panadería El Gran Lucero a comprarle un pan de muertos. No regresó.

Desde la ventana del primer piso de su vivienda, consistente en un cuarto, la señora había observado los pasos de su hija por la calle, cuando de pronto se le perdió de vista. Salió a buscarla, pero no la halló. Los peatones a los que les preguntó sobre ella supieron nada. Sólo un hombre le dijo que creyó ver a un policía metiendo a la fuerza a una mujer en un auto sin placas, mas no estaba seguro si se trataba de un arresto o de un secuestro.

Graciela García acudió a LOCAPERPER, donde le contestaron que seguramente su hija se había fugado con el novio o había sido robada por policías tratantes de blancas. En cualquier caso, debía esperar su retorno en unos días, en unos años o nunca.

La señora García mandó imprimir volantes con datos y fotos de su hija y los pegó en las terminales de autobuses, estaciones del metro, paredes y bardas. Ofreció una recompensa modesta por información recibida y se vio abrumada por llamadas de bromistas que le dijeron que habían hallado la mano de una muchacha en el basurero de Santa María Coatlicue, que habían presenciado el atropellamiento de una mujer en la Calzada de los Misterios o que habían encontrado el cadáver de una niña estuprada en el Cerro La Blanca.

Lo que sucedió realmente, lo dijo Facunda, es que en el camino seis individuos la interceptaron y la condujeron a un autobús de pasajeros vacío, estacionado con las luces apagadas en la vía pública, cerca de la cantina Los Monos Vaciladores. En el interior del autobús, los hombres la golpearon y mancillaron. De madrugada, la arrojaron en un terreno baldío de la Avenida del Partido Único de la Corrupción. Descalza y con la ropa desgarrada, ella buscó ayuda de una patrulla policiaca. Tres policías la auxiliaron: la llevaron al Cerro La Blanca, la examinaron, la fotografiaron y la forzaron de nuevo, diciéndole: "Que se abra México", "Vamos a entrar a México" y "Te vamos a dar tu México". Sin deseos de volver a su domicilio, andando, andando dio con los miembros de la Banda de las Navajas Negras y se quedó a vivir con ellos.

Durante cinco años, Paula Palacios fue violada, preñada y abortada. Con Miguel el Garrote engendró un hijo, el Miguelito. Nunca lo conoció. Se lo robaron en Maternidad Las Américas, donde la atendieron. La enfermera Mónica Monares le contó que había parido a un muerto. Otra, Esperanza Echevarría, le reveló que a su vástago lo habían hurtado las traficantes de órganos humanos Fabiana Favela y Faustina Fernández. Estas harpías lo habían vendido a unos judiciales de Sonora por dos mil aztecas. El narco para el que trabajaban necesitaba un transplante de órganos.

En una ocasión, su madre la sorprendió vagando por la Calle de Nueva York. Un lustro había pasado y su rostro y su cuerpo habían cambiado, por lo que ella dudó si era su hija o no, momento de indecisión que aprovechó Paula para huir. Pues, recordándola mal o habiendo perdido su afecto, no quiso volver a su lado. En medio de la multitud, su progenitora dio voces.

Ahora sus cabellos largos y su vestido raído en la parte de las caderas tapaban mal sus calzones rojos. Indiferente a la lujuria ajena, Paula iba y venía enseñando los muslos cortos y los pechos breves.

"Mírame, yo soy el futuro", gritaban en silencio sus ojos castaños.

Bajo la mañana grisácea, vinieron por la avenida otros dos mozalbetes. El de adelante, de unos quince años, se paraba a cada cierto número de pasos para hablarse y oírse a sí mismo, marcando con la mano derecha su monólogo. Mechones de pelo blanco le bajaban por las sienes, igual que si hubiese envejecido prematuramente, aunque su rostro era juvenil. El de atrás, como si anduviera también solo, tenía una expresión divertida, como si le hubiese hecho una broma a alguien o recordase un chiste que le habían contado el día de ayer. Una cachucha puesta al revés le cubría media frente. De vez en cuando, se daba con la mano izquierda un puñetazo en la mano derecha abierta. Cuando se encontraron con los pelafustanes que se recargaban en la pared falsa, dos de los que estaban allí se fueron malhumorados, sin saludar, molestos por su presencia. El que venía adelante, arrojó a sus pies una bolsa de tela con sus pertenencias, su equipaje, y les dijo:

—No huyan coyones, no les voy a pisar la sombra. Y ustedes que se quedan, jodidos, espero que no estén tramando chingaderas, les veo cara de conspiradores.

—Es Pancho Smith, se ha tatuado arañas en la espalda, los brazos y el pecho. Nadie sabe dónde pasa el día ni la noche —me sopló Facunda.

—Cierra la boca, pendejo —le ordenó Miguel el Garrote. Era el más hórrido de todos, el más despiadado con el puño y el puñal. Facunda decía que era el hijo no querido de un policía y una mesera de Cuautitlán Izcalli. Había heredado de su padre el gusto por la delincuencia, tanto la que se combate como aquella en que se es cómplice o partícipe—. Fíjate que partiré madres si sigues jorobando.

—La calle furiosa es su puta madre —dijo Paula—. Déjalo que chille, nadie le borrará de la cara el día bastardo.

—Me cago en sus aullidos —replicó Miguel el Garrote. Traía peluca verde, pestañas postizas, pecho relleno simulando tetas, muslos enmallados y zapatos de tacón alto. Todo para aterrorizar secretarias e hijas de familia. Al ver que me impresionaba su conducta, me hizo un guiño burlesco. Esa noche se había vestido de mujer para asaltar y herir. "Sólo me arrepiento de lo que no he hecho", confesaba.

—Hermanos, por favor, no cometan actos de violencia, respeten a la autoridad, no le peguen a los niños, por favor, no sean aprovechados —profirió con un movimiento débil de mano Martín Martínez el Mono, quien andaba siempre agarrando algo en el bolsillo izquierdo: monedas, navajas, billetes, pistolas, cámaras diminutas o su propio miembro. Por oficio secuestraba perros. En un morral que llevaba sobre la espalda traía cosas para ellos: bozal, cepillo, peine, correa, collar y huesos.

Por la noche lo seguían los perros callejeros, que en Ciudad Moctezuma sobreviven misteriosamente al hambre, al hombre y al tránsito. Sólo por los perros finos pedía rescate, a los corrientes nadie los reclamaba. Primero enviaba a los dueños un retrato del animal, luego el collar con el nombre. Si no le pagaban los mil aztecas que pedía de recompensa, les empacaba una oreja, una pata, y, finalmente, el animal entero.

—Con calma, Mike —Pancho Smith retrocedió, como cediéndole su lugar en el espacio.

—Fíjate que me encabrono, mano, fíjate que cuando me encabrono parto madres —advirtió Miguel el Garrote más colérico a medida que hablaba de su cólera. A él nadie podía acercársele por atrás sin que pegara un salto, temeroso de ser violado o traicionado, bien se cuidaba de no dar la espalda.

Pancho Smith ladeó la cabeza, no sé si en señal de atención o desagrado.

—Escucha, mano, la chingadera que tramo es la de comprarte un pastel para tu *birthday*, con veinticinco velitas.

—Sólo los putos tienen *birthday*, yo ni siquiera sé el día que nací —replicó Miguel el Garrote.

Pancho Smith se dirigió a Facunda para hostigarla cuando ésta empezó a caminar.

—Detente, cabrón —Miguel el Garrote se interpuso entre los dos.

Facunda los conocía bien, me dijo después. Al caer la noche de regreso de su trabajo, los había visto y oído muchas veces. Vivían en una "villa" detrás de la fachada del edificio en la Calle de Nueva York. Ellos habían pintado muros, ventanas y puertas de amarillo y negro. A esa madriguera la llamaban La Cabeza del Tigre. Si la policía deseaba capturarlos, decía ella, era adonde debía ir a buscarlos. No a los jardines para niñas ni a la escuela secundaria Sor Juana Inés de la Cruz, de la que habían sido expulsados por meter mano a sus condiscípulas.

La Calle de Nueva York una vez fue conocida como El Camino de los Hongos, un sendero polvoriento por el que los indígenas mazatecos de Huautla de Jiménez solían traer los champiñones alucinantes para venderlos en Ciudad Moctezuma. Entre los clientes inocentes de los indígenas un día estuvieron cuatro *boy scouts,* quienes en el Mercado Agustín Ek les habían comprado tacos de hongos. Después de comerlos con voraz apetito, los chicos exploradores empezaron a visionar y se echaron a correr entre los puestos de legumbres y frutas.

Durante la regencia del capitán Agustín Ek, el Camino de los Hongos fue renombrado Calle de Nueva York. A través del tiempo, en ella residieron familias proletarias de recursos tan escasos que casi todas estaban desempleadas o vivían de los ingresos de un solo miembro. La policía la abandonó a su suerte y docenas de tugurios dedicados al amor venal abrieron sus puertas.

Desde el año 2005, un café-bar llamado El Gallo Rosa atrajo la clientela que en automóvil solía recoger efebos en las calles de la Colonia Roma. En ese antro se filmó la película *México Macho*, que dio la vuelta al mundo. A partir del 2008, la fama de la calle fue tan grande que en el planeta sólo rivalizaron con ella la Christopher Street de Nueva York y la Polk Street de San Francisco.

Cuando los padres de Facunda murieron en un accidente de tránsito, ella fue recogida por su abuela materna, bastante obesa, a la que apodaban Mamá Cocina. Esta mujer generosa era una cocinera excelente y antes de enseñarle la utilidad de las letras la inició en el gusto por los nopales, los chicharrones, los frijoles y el guacamole, y a hacer tortillas bien amasadas y palmoteadas. Cada tarde la abuela la llevó a pasear por el Centro Histérico, con los recetarios bajo el brazo.

"Allí estaba el centro nocturno El Olímpica, allá se encontraba La Fonda del Conejo Blanco", le decía jadeante, apoyando en su brazo su peso enorme.

La noche de un 15 de septiembre falleció, "derramada sobre sus carnes", o "ahogada en su abundancia", como dijo su nieta.

Facunda pasó fugazmente por la Academia de la Secretaria Perfecta y fue cajera de la Tesorería de Ciudad Moctezuma. Tres años estuvo parada frente a un mostrador recibiendo los cheques de miles de ciudadanos que acudían a pagar la tenencia anual de sus automóviles. El último día de marzo, los pagadores morosos venían a hacer aclaraciones y reclamaciones y todos los papeles del mundo caían bajo sus manos.

Los demás burócratas iban y venían por la oficina cenizosos, endebles, asexuados. Las mujeres, a quienes algunos clientes hacían esfuerzos por investigar las formas debajo de las ropas, parecían feas y anodinas. Seguramente los muebles grises y la luz neón contribuían en dar ese efecto matador a toda criatura humana, aunque los burócratas se veían a sí mismos fuertes, guapos, inteligentes, distinguidos y seductores.

Los únicos recuerdos excitantes que le quedaron a Facunda de esa época fueron los asaltos audaces de bandas de policías o expolicías a las cajas de la Tesorería.

Durante esos atracos, sus compañeros burócratas y ella se metían debajo de los escritorios y contaban los balazos. Al salir contaban los muertos, los heridos y los secuestrados.

Lo que más le extrañaba entonces es que habiendo tantas defunciones por causas naturales, accidentes y homicidios en Ciudad Moctezuma, cada día llegara más gente a las cajas, como si nadie hubiese muerto.

Una tarde de marzo, ebria de gentío y harta de papeles, sintiendo que iba a vomitar su propia existencia sobre los pagadores morosos, y con ganas de golpear al primero de ellos que se le apersonara o le hablara, renunció a ser cajera.

Consiguió una plaza de maestra suplente en una escuela donde su marido, Lorenzo Zapato, había sido designado director provisional. Este hombre inseguro, bajo de estatura, regordete y calvo, se deleitaba poniendo sobre los muros de su recámara fotos de rockeros y revolucionarios melenudos y barbudos, los entes más opuestos a él que existían en el mundo.

—Yo tenía obsesiones, pero él era una fábrica de manías y nuestros ayuntamientos eran un abrazo de tics, no de cuerpos —me confió Facunda.

En la clase que le adjudicó su esposo-jefe, ella tuvo doscientos cincuenta alumnos de difícil aprendizaje. Algunos de ellos menores golpeados y abusados por padres, padrastros, tíos, primos, amigos de los padres, vecinos, sacerdotes, maestros y policías.

El más terrible del grupo resultó ser Miguel el Garrote. A las catorce horas, cuando ya no podía más con el desorden y el relajo, ella hacía que se lavaran la boca con agua y jabón. Y si no había agua, con jabón. Y si no había jabón, los obligaba a comer un gis.

En la oficina de la Dirección, su esposo se dirigía a ella como a *Miss* Facunda y le daba instrucciones sin mirarla, igual que si fuese una maestra más.

Este trato de *Miss* la ofendía, pues negaba su matrimonio en el lugar de su trabajo. Sobre todo, cuando después de las juntas con el personal él retenía en su oficina, a puerta cerrada, a la maestra más joven para instruirla sobre la mejor manera de impartir clases a los párvulos.

Fuera de las horas de labores y durante los solitarios fines de semana, el cónyuge no mostraba interés en su pareja. Sólo cuando se la miraba otro hombre en un lugar público, entonces se llenaba de celos y se ponía cariñoso.

Un día, a él lo mandaron a Ocosingo, y ella no pudo dar clases en tzotzil. Se divorciaron. Él se fue solo a Chiapas en un autobús nocturno de segunda clase. Facunda supo después que durante el viaje él quiso echarse por la ventanilla sin vidrio a un barranco. Pero no tuvo valor. La maestra joven lo siguió dos meses más tarde. Ella encontró a Arira en la Compañía Nacional de Teatro y se hizo maquilladora, su maquilladora.

—De un tiempo para acá, nuestros coitos eran la reunión de unas nalgas flacas y un vientre blando —reveló Facunda—. Si alguien buscara un ejemplo de desamor, pondría de inmediato el mío.

—¿Cómo te llamas, Mujer Jirafa? —me preguntó Martín Martínez el Mono, apartando mi brazo del de Facunda.

A este individuo también lo llamaban El Bailarín. Después de asaltar a una empleada del Banco Azteca en la Calle de Moneda, se quitó la ropa y se puso a bailar delante de ella. La empleada tuvo que soportar la vista de su horrible desnudez, pues se dejó sólo las botas viejas y los calcetines rotos. Molesta por su expresión asquerosa, le di un empujón.

—Fíjate en esa garza, mano —se burló Pancho Smith.

—Déjame chuparle los deditos —dijo Martín Martínez el Mono.

—Necesitas una escalera, mano —profirió Pancho Smith.

—Lo que quiero chuparle me llega a la boca, mano —Pancho Smith se me acercó. Facunda lo rechazó.

Miguel el Garrote le golpeó el brazo a Pancho Smith.

—Fíjate, cabrón, que la vieja que está delante de ti es mi maestra. Fíjate que me encabrono si me la tocan aun con el pétalo de una rosa. Fíjate, hijo de la chingada, que cuando me encabrono parto madres y cuando parto madres me encabrono más y más madres parto y más me encabrono —su tono de amenaza era contundente.

—Me fijé en eso, me fijé, no te encabrones, te lo pido de rodillas y con el corazón en la mano —replicó Pancho Smith, cuyo rostro pareció tan viejo como su cabeza encanecida. Sus ojos de rendija buscaron a Martín Martínez el Mono en busca de apoyo o complicidad

—El pobre pendejo ya está jodido, no le des en la madre, no le des —El Mono sacó del bolsillo una moneda de oro y se la ofreció.

Pasaron dos trenes del metro al aire libre y por el ruido las figuras de los pelafustanes se quedaron en suspenso. Nosotras nos fuimos por la Calle de París.

21

Por una ideota de Agustín Ek, las calles de la Colonia Mundial tenían nombres de ciudades famosas. Para la obra de su vida, y para dar ambiente y realismo a su proyecto, el alcalde dispuso de los recursos materiales y humanos de un lustro con el fin de recrear las avenidas, incluso las ruinosas y las sórdidas, de las capitales representadas. Para hacer sitio a las novedades mandó derribar los edificios viejos.

Desde luego, los rascacielos construidos por el alcalde fueron pura fachada, hechos con fantasía y aberración, y desde el quincuagésimo piso de cartón un atardecer de febrero cayó al suelo una parvada de unos veinte *Bombycilla cedrorum*, Ampelis americano, los cuales se contaban entre los últimos pájaros que visitaban el valle de México.

Los habitantes de Ciudad Moctezuma, que habían perdido desde hacía décadas el hábito, o el masoquismo, de ver el cielo, el Sol y la Luna, no lo advirtieron, como tampoco habían advertido años atrás el silencio extraño que reinaba en los campos y los bosques del país.

Las gentes, que no podían ya copar con tanto problema individual, social y universal, o que estaban metidos en sus automóviles o entregados a la Circe de la Comunicación, no tuvieron tiempo para la nostalgia, y a veces ni siquiera se preguntaron qué había estado en ese lugar, donde ahora aparecía una copia reducida del Empire State Building, el día de ayer.

Ciudad Moctezuma en algunas de sus partes era más horrible que su todo. Desde las alturas, su inmensidad no se podía abarcar con los ojos. Desde abajo, era un pueblote informe de ciento cincuenta kilómetros cuadrados.

La megalópolis había entrado, ciertamente, a la época de los grandes desastres, los grandes catarros, las grandes hemorragias, los grandes centros comerciales, los grandes burdeles y las grandes contaminaciones, pero seguía siendo un pueblote.

Los intelectuales de Ciudad Netzahualcóyotl, sin ver la paja en el ojo propio, decían que Ciudad Moctezuma era un círculo de vulgaridad trazado por un espíritu perverso, y que su memoria visible era mejor no conservarla. La urbe pedía a gritos el perdón: la demolición.

La afrenta más evidente era la Colonia Mundial. Ante ella, los visitantes debían cerrar los ojos con el deseo de que al abrirlos hubiese desaparecido. Por desgracia, era resistente a los malos deseos. Los líricos del intelecto, haciendo uso de una poesía dudosa, afirmaban que en la noche Ciudad Moctezuma era media hora de luces.

Agustín Ek era el maestro de los letreros mal puestos, de los señalamientos confusos y de las salidas de urgencia que daban a una pared o a una barranca. Gustaba encuadernar en piel de becerro sus discursos sobre su programa "Hoy No Respire" y su campaña "Cada Familia Un Árbol".

Ante cualquier problema encargaba un estudio. Cuando éste era concluido, lo archivaba y encargaba otro estudio. Así se las ingeniaba para dar negocio a su Centro de Producción de Estudios, S. A.

Con el fin de establecerse una imagen democrática, Agustín Ek ordenó que se colocaran en la Calle de Nueva York buzones para que los vecinos pudiesen depositar sus sugerencias sobre el hermoseamiento de la Colonia Mundial y sus quejas contra los funcionarios que impedían que el hermoseamiento se llevase a cabo. Desafortunadamente, las cartas envejecieron en los buzones a causa de una huelga de carteros.

Con frecuencia los movimientos telúricos hicieron caer pedazos del material de los edificios de la Colonia Mundial, sin sorpresa de nadie y con la aprobación de todos.

"CAMAS SÍSMICAS, Goce Terribles Sacudidas Y Vértigos Atroces Abrazado A Su Amor", era el anuncio obsceno de una mueblería clasemediera en la Calle de Los Ángeles, ilustrado con una pareja de manequíes autómatas, desnudos, pero de género indistinguible, que se estrechaba y se separaba a ritmo de temblor.

Este anuncio reprochable, que explotaba comercialmente el miedo que los terremotos infundían en el prójimo, había tenido gran éxito en la cadena de Mueblerías Pedro de Alvarado, desde Ciudad Cortés hasta Ciudad Satélite.

Ante la posibilidad de un magno terremoto, el alcalde Agustín Ek, que se decía descendiente del contador de los días maya Shas Ko'w, había declarado ante las cámaras de la Circe de la Comunicación que nadie debía preocuparse, que la situación estaba bajo control, porque Ciudad Moctezuma había sido fundada sobre el corazón de la Tierra y él, que había sido médico en Mérida, escuchaba sus latidos normales.

Ésta era su respuesta al pueblo ansioso, el que en una encuesta del periódico *El Azteca* había manifestado su temor de que el fin de la era del Quinto Sol estuviese a un paso.

Este año, para no ir más lejos, un temblor había hecho danzar juntas a Ciudad Moctezuma y a Ciudad Netzahualcóyotl, a Ciudad Satélite y a Ciudad Cortés. De ese baile hicieron dramáticas y detalladas crónicas nuestros intelectuales y periodistas, fotógrafos y pintores.

Giovanni Pioggia, el nuncio papal, expresó que como Dios nos estaba moviendo el tapete debajo de los pies, los hombres acudían en rebaño a los templos para rezar el Pater Noster y el Credo. Él mismo se había refugiado en una iglesia, la cual se había caído.

Durante los primeros años del Tercer Milenio, las calles de Ciudad Moctezuma y de otras ciudades latinoamericanas fueron invadidas por niños callejeros, expuestos a todo tipo de violencia y abuso de parte de padres, adultos y policía. Esa generación callejera era odiada por el orden establecido.

Para limpiar la ciudad de esos pequeños delincuentes, comandos de nacotecas exterminadores y escuadrones de la muerte habían conformado el grupo de la Mano Armada bajo el mando del jefe de la Policía, general Carlos Tezcatlipoca. Los miembros de la Mano Armada operaban al amanecer, sorprendiendo a las víctimas dormidas, los venadeaban y los abandonaban torturados, violados, desmembrados, desfigurados en la vía pública, para intimidación y escarmiento de los vivos.

La mayor parte de los chamacos eran varones y sus edades fluctuaban entre los siete y los doce años, aunque había mujercitas. En general, eran mestizos y procedían de las ciudades y los pueblos paupérrimos de provincia, de los barrios populares y de los cinturones de miseria de la Zona Metropolitana.

Cuando pasamos por el restaurante La Venganza de Moctezuma, lo primero que vimos fue a seis infantes de ambos sexos: descalzos, con las ropas raídas, el pelo sucio, pero no piojoso (las autoridades de Salud los fumigaban), ávidos y vívidos.

Algunos dormían en el piso, otros charlaban recargados en las paredes. Algunos habían estado allá desde hacía semanas, sin casa, sin familia, cerca de las tiendas, de los cines, de los bares, solamente esperando, esperando no sé qué cosa.

En el grupo se hallaba la niña bonita y bien formada, de unos diez años, que había escapado de la mano de su madre el día de ayer, cuando nos dirigíamos a casa de Rosalba.

Sentada en el suelo, sin calzones y con la pierna alzada, dejaba ver su sexo como una herida imberbe, mientras hojeaba el libro de texto *Poco a poco*. Despertaba excitación en los adultos que pasaban observándola. La saludé con la mano. Ella ignoró mi saludo.

Parado frente a ella estaba el policía judicial con cara de depredador que la había visto huir. Traía ahora traje negro, las solapas del saco le cubrían el cuello quemado. En el bolsillo de pecho le asomaba sucio un pañuelo de adorno. En la bolsa lateral izquierda guardaba una corbata amarilla. Debajo de la camisa roja, por el costado derecho, asomaba la cacha de una pistola. Pretendía leer en *El Azteca* la noticia de que "El Escorpión Verde ahorcó a diez caballos en el exbosque de Chapultepec. Los equinos colgados de los árboles fueron vistos esa mañana por un guardia. Los animales sacrificados suman ya más de cincuenta". Con ambas manos abría el diario, o más bien, lo usaba para taparse la cara. Por la parte inferior, sus ojos de buitre se clavaban en el sexo de la niña.

Cuatro miembros de la Policía Sanitaria se recargaban en una pared, fumando, acechando. Uno de ellos, con pañuelo rojo en la cabeza, estornudó, se sonó la nariz tan fuertemente que pareció se iba a sonar la cabeza.

—Ese tipo te está mirando la panocha —le dijo a la niña un chamaco de cabeza rapada, con una cicatriz de cuchillo en la ceja izquierda.

El judicial vestido de negro volteó a ver al chamaco, quien traía un pantalón raído y una camisa

azul de mangas cortas. Se acababa de lustrar los zapatos con todo y calcetines.

La niña miró al tipo, tratando de recordar adónde lo había visto. El hombre la miró con familiaridad,
como si ya tuviera relación con ella.

—Cuídate de ese cabrón, te ha seguido toda la
tarde —le dijo el chamaco.

A una señal del judicial los cuatro miembros
de la Policía Sanitaria se acercaron. Adelante vino el
del pañuelo rojo en la cabeza arrojando a los niños
miradas crueles.

A cierta distancia, rodeado de nacotecas, un
hombre vestido de mujer seguía los pormenores de la
escena.

Creado por el general Carlos Tezcatlipoca para
limpiar de individuos indeseables la Zona Metropolitana, el grupo de exterminio Mano Armada tenía fama
de ser cazador despiadado de infantes. Respondiendo a esa fama, los cuatro levantaron a empellones y
punta de pistola a los "vagos" y los condujeron a una
camioneta policiaca.

Por broma, el del pañuelo rojo dio un cuerazo
al chamaco que había advertido a la niña sobre el
judicial vestido de negro. A causa del golpe, a aquél
se le cayeron los pantalones hasta los pies, dejando
ver sus piernas flacas.

Mientras un policía lo empujaba hacia la camioneta, el chamaco trató de caminar verticalmente,
limpiándose las lágrimas negras con la muñeca y apretando la boca para no soltar su desesperación en un
grito.

La niña se quedó atrás, incapaz de huir, como
una mosca fascinada por la araña que la va a devorar.

—Ven conmigo y no te llevarán a la delega-
ción —le dijo el judicial vestido de negro.

—No vayas con él, es un cabrón —vociferó el
chamaco.

Dos miembros de la Policía Sanitaria lo metieron en el carro policiaco.

—Lo que has dicho te costará la vida, pendejo —le dijo uno.

—Te veré la cara de nuevo, pero sin carne, en puro hueso, convertida en una puta calavera —masculló el judicial, caminando con el hombro derecho hundido, como si un peso enorme le hubiese caído encima.

—Ese niño que vive en la soledad de la noche, sin nadie cerca, es un grito, es un terror —dijo Facunda.

—Ese chamaco no tiene calle, ni casa, ni tierra que pueda llamar suyas —dijo Arira—. Dondequiera que vaya llevará consigo su única posesión, él mismo.

Los chamacos fueron arrojados al interior oscuro de la camioneta. Unos se apretaron contra el suelo, tratando de escapar de su cuerpo, de ocultar su humanidad, otros se pegaron a la puerta del vehículo, mirándonos a través de los barrotes. Alguno se meó de miedo. Empezó a caer un líquido por debajo de la puerta.

De coraje un policía dio una patada a la defensa del vehículo. Los chamacos se cimbraron adentro, en la oscuridad metálica.

La niña trató de huir pegada a la pared del restaurante pero fue alcanzada por el hombre de negro. Sus manotas atenazaron sus hombros y ella se encogió, se torció sin poderse mover, igual que si su cuerpo hubiese sido prensado por una puerta.

El horror que sentía distorsionó su figura. Con ojos asustados vio a Arira. Arira la vio a ella. La niña estaba demasiado bien formada, para su desgracia.

—Hemos contado a los niños que se llevan, mañana los reportaremos a la Comisión de Derechos Humanos —declaró María a los policías, con gesto impotente, sabiendo que la Comisión estaba bajo el control del jefe de la Policía.

María señaló a la niña, en un intento de indivi-
dualizarla, de identificarla en el grupo arrestado. Era
lo único que podía hacer. En ese instante ella, la víctima, sonrió a su verdugo, como excusándose por existir.

Del interior de la camioneta salió un chillido
que pareció de gato. Era el grito del chamaco. Se había dado cuenta que la niña había sido atrapada.

Un policía, jalándolo de los cabellos, le pegó
el rostro contra los barrotes. Lo obligó a verle la cara.
El chamaco cerró los párpados, aterrorizado por la
muerte que le anunciaban esos ojos.

El haz de una lámpara descubrió sus facciones. El hombre del pañuelo rojo le arrojó una boca-
nada de humo a la boca. El chamaco, deslumbrado,
trató de no parpadear, de no toser, de no mostrar
miedo, de enfrentarse a la luz cruda que lo recorría.
Pero como si su persona fuese un error de principio
a fin, su nacimiento un equívoco irreparable, se tapó
la cara con una mano.

El vehículo se alejó.

—¿Viste a ese chamaco con la luz en el rostro?
—me preguntó María.

—Vi la mirada homicida del agente que se
metió con él en la camioneta —dijo Facunda.

—Pasó un ángel —exclamó Arira.

En una de las ciudades más congestionadas
del planeta de pronto se había hecho un momento de
silencio.

22

Ebrio de multitud, Luis Antonio apareció en Paseo de la Malinche.

Pensé que estaba imaginando.

—Hoy nos encontramos más abajo que ayer —dijo.

—Cómo te va —le preguntó Facunda.

—Como a un ascensor descompuesto que ha caído en un sótano sin luces —contestó.

—¿Qué andas haciendo por aquí? —lo cuestionó Arira.

—Ando en busca de Rosalba.

—Deberías buscarla en casa, adentro de ti mismo.

—Quedé de verla esta noche en el Cementerio Francés, la hora pasó de largo y no la vi.

—¿Adónde dejaste a tus hijos?

—En Gladiolas veintisiete, contemplando el retrato de su madre.

—No hagas bromas a costa de mi hermana —protestó María.

—Solamente una vez, porque si lo hago dos veces, se me estrella el alma —replicó él, mirando a su cuñada con devoción manifiesta.

—Tengo la sospecha de que nos has estado siguiendo todo el tiempo, sin que nos hayamos dado cuenta.

—No puedo evitarlo, miro a Rosalba en tu cara

y en tu cuerpo. Véme a los ojos y sabré si realmente eres ella.

—Te lo he dicho mil veces, no soy Rosalba, soy María. Déjame en paz.

—Veme a los ojos solamente una vez y para siempre yo estaré curado. De otra manera, toda la vida andaré buscando a Rosalba en ti.

—Si insistes, no te volveré a hablar —dijo María y lo dejamos atrás, parado a media calle.

Por ese encuentro atrajimos la atención sobre Arira de un grupo de peatones.

Ella, con su pelo color platino y su modo de vestirse como de extraterrestre, no sólo era diferente a los demás, en sí misma era un evento público.

Por suerte nos había tomado una docena de horas llegar hasta ese punto de la Zona Metropolitana, habíamos pasado por un continuo embotellamiento de tránsito y habíamos atravesado tres manifestaciones contra el gobierno. Es verdad, nuestro itinerario estaba marcado en el mapa y habíamos evitado las zonas conflictivas de las dos ciudades. No obstante, habíamos hallado calles cerradas, en reparación o con desviaciones que nos habían apartado de nuestra ruta. Mi cabeza, sobre las otras cabezas, parecía ser una esfera con ojos. Mis ojos irritados por el *smog*, sobre los ojos atónitos de los otros, se dolían de lo que veían, de lo que entreveían y de lo que imaginaban.

Para ese grupo de peatones, Arira era la fémina más hermosa que había pisado Ciudad Moctezuma y Ciudad Netzahualcóyotl. Arira era tan elegante que no necesitaba ropas caras ni maquillajes finos para lucirse. Su cuerpo estaba bien en cualquier empaque material y su rostro resplandecía naturalmente en cualquier circunstancia. Al verla, los varones podían creer que estaban delante de la mística Teresa de Ávila, la visionaria Hildegarda de Bingen o la legendaria Hypatia de Alejandría. Por qué no. Entre más cruda era la tela de su indumentaria más distinguida se veía. Su originalidad no era comprada, la originalidad era ella en persona.

Hermosa en su sencillez, bien se podría imaginar al comienzo de su carrera, a los dieciocho años, cuando obtuvo su primer triunfo teatral haciendo de Celestina.

Entonces, afortunada, fue dueña de su juego. En el momento en el que entraba en escena, el público se suspendía tomado por el efecto Arira. O por su duende, ese encanto que poseen algunas bailarinas, según Federico García Lorca.

El público decía correctamente que Arira interpretaba a sus personajes con toda la convicción que una actriz es capaz de infundir o sugerir. Sus exclamaciones y digresiones eran mesuradas, la articulación de sus parlamentos nítida y su dicción precisa. Desenvuelta y libre, ella convertía la ansiedad en gravedad, en fuerza dramática, manteniendo en todo momento el personaje en su mundo, bajo su control. El cansancio lo mostraba después, acabada la función.

El año en que María se integró a la Compañía Nacional de Teatro, contaba Facunda, para no ser semejante a Rosalba comenzó a ponerse blusas escotadas, pantalones apretados, se pintó el pelo de otro color, se crayonó las cejas, se llenó los dedos de anillos, se esmaltó las uñas y a sus labios abultados dio un tono rojo sangre. Pero a pesar de todos esos esfuerzos, no parecía otra cosa que a su gemela disfrazada.

De niñas, en el Volkswagen amarillo familiar solían ir las dos en el asiento de atrás. En la calle, quienquiera que hubiese atisbado en el interior hubiese pensado que las dos personitas peinadas y vestidas de la misma manera eran una doble de la otra, mas sólo por un momento, porque al adentrarse el automóvil entre los demás coches el encanto se esfumaba. No para María, pues la alucinación continuaba más allá de la calle y a lo largo de la vida.

Al toparse en Paseo de la Malinche este mismo individuo con María y Arira quizás hubiese dicho que no solamente eran distintas, sino que no eran hermanas, o eran medio hermanas. Tal vez con razón. Pues, aunque el horno había sido el mismo, había fuertes sospechas que los panaderos habían sido dos. Uno tímido, catalán, tesonero, llamado Ramón; el otro alto, judío, extrovertido, nombrado Joel. Y si posiblemente no había existido infidelidad formal de parte de la madre purépecha durante el coito, murmuraba Facunda, en el momento de concebir la semilla de Ramón ella, Eréndira Correa, pudo haber vuelto la cara hacia la pared para pensar en Joel y de este amante imaginario habían sacado los rasgos faciales Rosalba y María.

Cuando María cumplió diecisiete años, por su manía de mirarse en los espejos su mamá Eréndira la regañaba sin cesar: "¿Quién eres tú? ¿Por qué esa obsesión de verte en cada espejo? Acabas de pasar una hora mirándote en el baño y al salir a la calle lo primero que haces es plantarte frente a otro espejo. Qué, ¿no eres bastante guapa? ¿No estás bien peinada, no te has puesto los pantalones más apretados que tienes para mostrar al mundo tu culito redondo? ¿Qué? ¿Quieres estar segura que eres tú misma y no Rosalba? ¿Deseas marcar las diferencias con tu hermana? ¿No te basta el lunar en la mejilla izquierda que te distingue de ella? ¿No son suficientes las malas calificaciones que te hacen inferior a ella? Ya deja de ser tan vanidosa, con polvitos y bilés no vas a superar a tu gemela."

En vez de responderle, María, cogiendo con mano ciega el espejo en su bolso, confrontaba su cara con la de su madre Eréndira. Pero ella, al mirar con fijeza a María cerraba los ojos, porque seguramente hallaba en sus facciones las de Rosalba.

Eréndira Correa había sido hermosa a su manera. Nadie lo dudaba y a nadie le importaba, excepto a su padre, Ramón Sitges, quien hasta su último suspiro fanfarroneó por haberse casado con la flor más bella de la Meseta Tarasca.

El favoritismo que sentía Eréndira Correa por la otra persona en el espejo no dejaba en paz a María, la seguía por la casa, por la calle, a través de los días y de los años: "Oh, ¿por qué no eres limpia como Rosalba y siempre tienes el cuarto desordenado?" "Oh, ¿por qué no haces tu tarea a tiempo, como Rosalba, y la haces en la madrugada, como los marihuanos?" "Oh, ¿por qué no te bañas más seguido, como Rosalba, para que no apestes el entorno y los muchachos no huyan de tu presencia?" "Oh, ¿por qué no haces que tus novios te lleven a buenos restaurantes, como Luis Antonio lleva a Rosalba, ellos te invitan sólo a fondas pinchurrientas?" "Oh, ¿por qué siempre me llevas la contra. Lo haces para humillarte y en detrimento de tu personalidad?" "Oh, Rosalba ganó el premio de mejor estudiante del año en la Academia Lazzaro Spallanzani por su trabajo sobre los testículos de los sapos y tú pasaste de panzazo en Biología."

"Oh, oh, es que yo no quiero ser bióloga, como Rosalba, sino actriz, como Arira", contestaba María.

"Oh, oh, reconócelo, no tienes el talento de Rosalba, mucho menos el de Arira", la callaba Eréndira Correa, que en paz descanse.

Y su padre, Ramón Sitges, que también en paz descanse, el mejor amigo de María, no su mejor aliado, apenas intervenía en los asuntos familiares, refugiado en la oficina de una compañía de relaciones públicas donde realizaba uno de los trabajos más frustrantes del mundo, el de revisar gastos de representación ajenos: boletos de avión, recibos de hoteles de cinco estrellas y notas de consumo en restaurantes de lujo, mientras él percibía un sueldo mezquino.

—¿No dudas nunca sobre quién soy? —le preguntó una noche María a su madre—. Al mirarme, ¿no crees que puedo ser Rosalba y que ella es yo, y que al elogiarla a ella estás elogiando a María?

—Nunca —le contestó tajante Eréndira Correa—. Y para que lo sepas de una vez, voy a dejar a Rosalba las cien jaulas con los cien pájaros cantantes y sonantes que poseo. También mis joyas.

En efecto, la mañana que ella murió, ocho años después que su marido, se encontró en su testamento que había heredado a Rosalba las joyas y los pájaros. A Arira había heredado un piso en la Calle de Bugambilia 19. A María, le había dejado el aire de la ciudad.

23

Calle de París, María se detuvo frente a una tienda de animales aún cerrada. Tenía dos escaparates.

En uno se exhibían adornos hechos de pieles, colas, patas y colmillos de coyote. En el otro se mostraba a un mono araña con una argolla en la pata derecha, rodeado por el perfume fétido de sus propios desechos. El mono trataba de sacar con la mano agua del recipiente, pero el líquido se le deslizaba entre los dedos.

"El último individuo de su especie. Procedencia: Desierto Lacandón", decía un letrero.

Arira, al pegar la cara al vidrio, observó los pelos blancos en la figura magra. Se apiadó de él y quiso comprarlo. El precio era elevado. María la disuadió:

—Su hábitat ya no existe, adónde lo llevarás. Con qué hembra juntarlo, si no tiene pareja.

El mono cautivo miró hacia la calle, como si su anhelo viajase hacia un mundo perdido. Detrás de él colgaba la blancura trivial de una persiana.

Era indiferente al tiempo que marcaba el reloj de pared en el interior de la tienda. Adentro, los mosaicos tibios que alumbraba el sol nadie los apreciaba.

Arira retiró la cara del vidrio, dejando vaheada la superficie de la ventana, de la ventana, ebria de infinito, que el sol doraba.

Entonces el mono descubrió con ojo triste el horizonte degollado donde la luz sangraba.

—Es la primera vez que veo a un mono araña —dijo Facunda—. Conocía a este animal por fotos y documentales, nunca había visto uno vivo.

Un nacoteca que cuidaba el establecimiento al oírla acarició su metralleta, escorpión metálico. Sus ojos de jaguar irradiaron fuego hipnótico.

Sospechó de ella y le apuntó con el arma. Sonó una alarma en el aparato diminuto que tenía instalado en un oído y se alejó de prisa. Estaba de guardia en toda la calle.

De regreso a la avenida las cuatro fuimos manoseadas en nuestras partes íntimas por unos "pelados". Por esos días únicamente las mujeres viejas o impúberes podían escapar a los manoseadores que pululaban en la muchedumbre. Pero nosotras, ajenas a sus intenciones soeces e inmunes a nuestro propio deseo, sentimos nada.

Los pelados dejaron en paz a Arira por creerla de edad provecta. Pensaron que María era adolescente y la asediaron con docenas de manos. A Facunda no la tentaron por pura desconfianza, pues les entró la sospecha de que podría ser un macho, tan seco y liso era su trasero, su cara tan cuadrada. Ella ni por un momento se había esforzado en reducir su angularidad, en hacerla más larga y menos ancha.

—La cara perfecta es oval, aplanada en los flancos, como la de Arira —me había dicho mi tía Inés.

María no se defendió. En esos momentos de pena por la muerte de su gemela consideraba su cuerpo insustancial, las manos intrusas, inexistentes.

—En unos segundos será como si nunca hubiesen sido las manos —dijo Arira a María en voz baja.

—En unos minutos será como si nunca hubiesen sido los hombres que poseen las manos —replicó María—. Todo se convierte en olvido.

Por fortuna la turba ardiente no pudo hostigarme. Mis caderas y piernas les resultaron elevadas para su tamaño, mi busto reprimido, inasible. Además, moviéndome más aprisa que ellos no pudieron alcanzarme. Mi cabello corto y mi falta de maquillaje, anillos y aretes los desconcertó.

—Déjenla ya, no sean culeros —les gritó Facunda, repartiendo empujones, harta de que molestaran a María.

Ellos se dispersaron.

Contra los ladrones la policía recomendaba llevar trampas para ratones y alarmas en los bolsillos. Contra la policía ladrona nadie hacía recomendaciones.

"La Academia de Nacotecas se ha convertido en semillero de delincuentes y en un grave problema de seguridad pública", denunciaron en el periódico *La Rebelión de los Genios* los intelectuales de Ciudad Netzahualcóyotl a sueldo del licenciado José Huitzilopochtli Urbina.

"En diversas regiones de Ciudad Netzahualcóyotl grupos vociferantes de uniformados se apoderan de los edificios de gobierno con los empleados adentro. A cambio de la libertad de los rehenes ellos exigen que el gobierno les dé un parque nacional para talar", contraatacaron en *El Azteca* los intelectuales de Ciudad Moctezuma, a sueldo también del licenciado José Huitzilopochtli Urbina.

"En el Aeropuerto Internacional de Ciudad Moctezuma", escribieron los intelectuales de Ciudad Netzahualcóyotl, "donde agentes auténticos y falsos de la Policía Federal de Nacotecas custodian la llegada y la salida de los aviones, llegan día y noche cargamentos de metralletas, bazookas, escopetas y drogas destinadas a los narcotraficantes del país. Los turistas extranjeros y los pasajeros nacionales no pueden distinguir entre los verdaderos y los espurios".

"En Ciudad Netzahualcóyotl es peligroso aventurarse más allá de ciertas calles con tarjetas de crédito, so pena de perder la identidad personal para siempre", adujeron los intelectuales de Ciudad Moctezuma.

"Si algún enfermo del corazón sucumbe en medio del gentío en Ciudad Moctezuma, se quedará en el suelo hasta el próximo servicio de limpia, las ambulancias que podrían socorrerle están atrapadas en el tránsito", dijeron los de Ciudad Netzahualcóyotl.

"En los casos de vida o muerte, que ocurren cotidianamente en Ciudad Netzahualcóyotl, la policía nunca aparece, ocupada en estacionar coches donde no se debe y embolsar propinas. Los vehículos de la Cruz Verde que recogen a los muertos llegan cuando los cadáveres ya apestan", declararon los intelectuales de Ciudad Moctezuma.

"Las noticias de secuestros y asaltos están censuradas por el gobierno de Ciudad Moctezuma. Tan grande es la inseguridad que de noche la urbe no sólo cambia de rostro, sino de manos", difundieron los de Ciudad Netzahualcóyotl.

"Delincuentes de Ciudad Netzahualcóyotl vienen a despojar a nuestros ciudadanos de sus objetos de valor y a pasearse por nuestras calles cometiendo fechorías", arremetieron los intelectuales de Ciudad Moctezuma.

"De acuerdo con los mapas, Ciudad Moctezuma tiene límites definidos, pero en realidad nadie conoce las fronteras del neblumo ni la profundidad del canal de los desagües, que es el cementerio más popular de ese conglomerado aberrante", replicaron los de Ciudad Netzahualcóyotl.

"Los intelectuales ilustres de ambas ciudades cargan pistola, pero no saben usarla", terciaron en la disputa los intelectuales de Cuautitlán Izcalli.

"En ambas urbes, desde hace tiempo los ciudadanos no se paran a ayudar a nadie, por creer que un caído es el anzuelo de un delincuente. Son tantos los necesitados que no se puede socorrer a uno sin ser acosado por cientos", publicaron en un manifiesto conjunto los intelectuales de Ciudad Moctezuma y de Ciudad Netzahualcóyotl.

Facunda nos pedía no traer reloj, pulsera, collar ni bolso, y si se cargaba con bolso que fuera de acrílico transparente y sin nada de valor.

—Ropas sencillas es lo mejor. Los ricos que menos atención atraen sobre su persona son los que llevan traje corriente y fuera de moda. De esta manera publican su miseria —decía.

Asimismo recomendaba no ceder a la tentación de comprar productos en la calle.

—Ni siquiera dulces a los niños. Se corre el riesgo de verse enseguida rodeada por legiones de vendedores de alimentos de importación con fecha de caducidad vencida.

A cada paso a María le ofrecían aparatos electrónicos y televisores portátiles y manuales para todo: para concebir y para no concebir, para parir, para ejercer la prostitución, para pagar impuestos, para no pagar impuestos, para aprender defensa personal, para suicidarse sin dolor, para suicidarse sufriendo horrores, para los primeros y los últimos auxilios, para educar perros, para ser actor en veinte lecciones, para enterarse de las obras maestras de la literatura universal en media hora, para hacer el amor con la ropa puesta, para protegerse de las enfermedades del amor, para envejecer sin arrugas, para engañar al prójimo y para la depresión que causa la existencia. Manuales no faltaban para enfrentar, negar y entretener a la muerte.

Arira mandaba no mirar los manuales, ni siquiera las manos que los extendían; nos prohibía adquirir esos folletos de papel brillante y pastas plastificadas que cundían por todas partes.

—El material en que están hechos es repugnante —profería—. Las letras son chillonas, los colores abominables, el contenido para idiotas.

Arira tenía fobia por los manuales, por las instrucciones, por los reglamentos, por los impuestos. Lo que más detestaba en el mundo era pagar impuestos, no por tener que pagarlos —el dinero no le importaba—, sino por tener que llevar cuentas y guardar recibos, tener que contabilizar la vida.

—Hemos reemplazado a los sacerdotes por los contadores, a los chamanes por los economistas, a los magos por los licenciados. Hay que desordenar las órdenes, desarreglar las reglas —dijo.

"BIENVENIDOS A CIUDAD MOCTEZUMA, A 2240 METROS DE ANSIEDAD SOBRE EL NIVEL DEL MAL", rezaba una barda sobre el Cerro La Blanca.

24

José Huitzilopochtli Urbina, presidente de la República para el sexenio 2024-2030, tenía por costumbre atravesar en un Cadillac blanco blindado todos los amaneceres la Avenida del Partido Único de la Corrupción para tomar luego el Paseo de la Malinche y dirigirse a Los Cedros, la residencia oficial.

Él poseía un rancho en los suburbios llamado Los Deseos Incumplidos, adonde le llevaban niños y niñas de la calle para su placer o su sadismo.

En el rancho, que tenía helipuerto, galgódromo, discoteca, cancha de squash y piscina olímpica cubierta, el Primer Mandatario mantenía en jaula de oro a una cantante de moda, Margarita Martínez, de doce años y con pecho de paloma.

Este hombre imprevisible, nacido para el poder político, había llegado a la silla presidencial desde los estratos más bajos de la sociedad, y de sí mismo, ayudado abierta y secretamente por el siniestro jefe de la policía, general Carlos Tezcatlipoca. Desde hacía algunos meses prometía un *encore* a su gobierno, por exigirlo la patria, demandarlo la historia y pedirlo el pueblo.

La justificación para su sacrificio era que un nacoteca había matado a un candidato de oposición a la Presidencia, dos nacotecas habían asesinado al asesino del candidato, tres nacotecas habían eliminado a los dos nacotecas, y en esa confusión ya nadie sabía quién era el asesino del candidato a la Presidencia. Él lo averiguaría, aunque todo el mundo le negaba capacidad para arrestarse a sí mismo.

Esa madrugada, el paso de José Huitzilopochtli Urbina fue anunciado por coches sin placas, motocicletas y patrullas sin placas, y contingentes de hombres armados a pie. Cada quien a su modo bloqueó el acceso de la gente a las calles principales e hizo fluida y segura la circulación del coche del Primer Mandatario.

Nacotecas pelones se mezclaron a la multitud o vigilaron desde las puertas y las azoteas los movimientos de la gente en la calle y en las ventanas.

Algunos hombres, el brazo falsamente entablillado, empuñaron un arma, el dedo en el gatillo. Otros, simulando ser vagabundos o vendedores ambulantes, escudriñaron los alrededores, metralleta camuflada en mano, y hasta en las alcantarillas se cercioraron de que no hubiese bombas ni terroristas.

Yo, desde mi altura, los vi a ellos y ellos me vieron a mí, gritándome con los ojos: "Si hay tiros, el primer blanco eres tú."

—¡Desalojen, desalojen! ¡Nadie se acerque, nadie se acerque! —gritaron los nacotecas.

Algunos peatones evitaron aprisa el contacto con el cortejo de seguridad y se subieron a la acera, a punto de ser atropellados por los vehículos del Cuerpo Especial de Nacotecas.

Por ese tiempo se había propagado en Ciudad Moctezuma la Secta de los Sumisos, unos individuos derrotados que se depositaban corporalmente a la entrada de las oficinas de gobierno, los bancos, las estaciones del metro, los cines, los centros nocturnos y los restaurantes para impedir el paso de la gente.

Endebles, chaparritos, hirsutos y desencajados, simplemente se tendían como bultos en una esquina o en cualquier parte de la calle con el único propósito de estorbar.

Era su jefe un Manuel Meñique el Inerte; su secretario pasivo, Felipe el Defraudado; Eduardo el Estólido, su tesorero sin fondos; Pedro el Pedorro, su vocal; Mario el Mojado su capitán de Vigilancia; Eugenia la Entregada, su jefa de Relaciones Públicas.

También con ellos, pero a prudente distancia, andaban mujeres y hombres sin nombre ni apellido que se hacían llamar la Hincada, la Rodillosa, el Humillado, la Nalgacaída, el Fláccido, el Suavecito y el Menso.

Con la intención de entorpecer el paso del presidente de la República, varios de ellos se acostaron sobre el pavimento para hacer una huelga de hambre instantánea, pero como los nacotecas recogieron sus cuerpos, ellos solamente protestaron con voces afónicas y movimientos débiles.

Al borde de la banqueta quedó un hombre de mediana edad, la barba y el bigote unos pelillos, que parecía dormido. A punto de ser atropellado por el vehículo presidencial, un chamaco lo movió con ambas manos:

—Don Jesús, don Jesús —le dijo.

Al ver que no reaccionaba, el chamaco lo sacudió más fuertemente:

—¡Don Chucho, don Chucho!

—Estoy meditando, tarugo, ¿qué no me ves? —le respondió molesto aquél.

—Lo van a planchar.

—Qué me importa, pendejo —replicó él y cerró los párpados amarillos—. ¿No ves que estoy viendo con otro órgano diferente que el de la vista?

Casi en el mismo momento dos nacotecas barrigudos lo alzaron en vilo, como si fuese un bloque humano, y lo depositaron en la acera, adonde permaneció inmóvil.

Aturdida por la presencia de los nacotecas, una muchacha otomí se quedó en el camino. Un niño de unos ocho años de edad le apretaba ansiosamente la mano.

Los dos nacotecas le apuntaron con sendas pistolas a la cabeza. Ella los miró y ellos la miraron, lista para recibir el castigo. Bajo la luz tenue del alumbrado público brilló su piel morena, sus dientes perfectos refulgieron.

Facunda se dio cuenta del peligro que corría la imprudente y con un empujón la libró de ser aplastada por el coche de José Huitzilopochtli Urbina, el cual no se detuvo.

La muchacha no pudo balbucir palabra. Tal vez le dio timidez hablar español. Tal vez la hermosura de los ojos dorados de Arira la inhibió.

—Déjenla —pidió Arira a los nacotecas.

—Me lo llevo hasta que demuestre su inocencia —profirió uno flaco, separando con violencia al niño de la joven india.

—Déjalo —le ordenó Arira y se lo quitó.

Mascullando maldiciones, el nacoteca se integró al resto de la escolta. El coche presidencial, blanco como el ataúd de un recién nacido, bufando y arrojando fuego, siguió su marcha hacia Los Cedros.

En el asiento de atrás alcancé a ver la expresión cretina de Agustín Ek, más cretino todavía junto a José Huitzilopochtli Urbina, quien llevaba larga peluca pelirroja, mejillas color fresa, labios envilecidos, ojos crayonados.

En el asiento de adelante, sirviendo de chofer, venía el policía judicial de traje negro, que se había llevado a la niña callejera afuera del restaurante La Venganza de Moctezuma. A su lado estaba ella, el rostro pintarrajeado y vestida de rojo, mirando por la ventana.

Agustín Ek me clavó los ojos. Se sentía en la gloria política por ir sentado cerca de El Presidente de los Cien Años, El Monarca Sexenal, El Gran Don Juan y El Primer Potentado del País.

En otro coche, también sin placas, y protegido por docenas de nacotecas, iba Jacinto Alvarado, el narcotraficante más buscado del país. Por su captura, vivo o muerto, el gobierno de Estados Unidos ofrecía un millón de aztecas. El jefe de la policía, general Carlos Tezcatlipoca, su rostro una máscara impávida, lo acompañaba tranquilamente.

La joven otomí traía botas altas y pantalones negros imitación cuero, blusa roja, cinturón dorado. Su rostro moreno y terso estaba embadurnado con un polvo cremoso. Sus labios, pintados con bilé color sangre, se entreabrían en una mueca. En sus facciones finas, que ella insistía en hacer vulgares, predominaba un rasgo, el de una incurable inocencia, una inocencia acostumbrada a ser abusada por los demás. Tendría unos veinte años.

—No sé por qué esta muchacha me recuerda a la Malinche, cuando Hernán Cortés la vistió a la española y la calzó con borceguíes y le puso el nombre de Marina —dijo Arira.

El niño no me quitaba la vista de encima, fascinado por la criatura fabulosa que era yo. Estaba más asombrado por mi figura que por los acontecimientos que acababa de vivir.

—¿Han visto? —observó María—. El niño trae ropas nuevas, zapatos nuevos y alas blancas de cartón en la espalda. Ella lo ha vestido de ángel, o de ángela, seguramente invirtiendo todo su dinero en el disfraz.

—Lo que quisiera saber es si el embellecimiento de su persona se debe a que cumplió años o porque ella quiere prostituirlo —se preguntó Facunda.

—Con ese atuendo absurdo, esas trenzas de niña y esos labios cerezosos, ella lo arrastrará toda la noche por las calles en busca de clientes —aventuré yo.

—Juntos habrán salido por una de las bocas de la Central Camionera, juntos habrán tomado la Calzada de los Tlatoanis, todo el tiempo acompañados por la pestilencia del río Magdalena —imaginó Facunda.

—Les ha llovido ceniza todo el día y toda la noche, andan tiznados —observó María.

—Ayer fue su cumpleaños —reveló la joven otomí, refiriéndose al niño, quien apretaba su mano como si fuerzas maléficas quisiesen apartarlo de ella. Veía azorado al gentío. Le di un azteca.

—Ven —llamó un policía a la muchacha.

—No.

—Préstame a tu hermana.

—Es hombre.

—Lo haré hembra.

—No te lo prestaré para que hagas tus pendejadas.

—Pinche puta, como tú hay miles en La Merced —el policía le jaló el cabello y se quedó con una peluca rizada en la mano. El cabello propio, lacio, negrísimo, surgió debajo, abundante.

—No la toques, puerco —le gritó Facunda.

El policía me miró a mí, la más alta, en posición de ataque.

—Tanto escándalo por una pinche puta india y su puto hermano —rezongó el policía, alejándose.

Arira miró a la joven. La vio hasta adentro. Atravesó sus ropas, su carne, sus huesos. La vio en su muerte, en su nada. Regresó. La joven miró a Arira.

—¿Cómo te llamas? —le preguntó María.

—Guadalupe —contestó, insegura.

María no la interpeló más, sabía que Guadalupe no era su nombre, ni siquiera el de su oficio.

—¿Podríamos emplearla en la Compañía Nacional de Teatro? —María buscó el consentimiento de Arira.

Arira movió negativamente la cabeza.

—Me voy a trabajar —dijo ella.

—Voy contigo —dijo el niño.

—Otro día —replicó la seudo Guadalupe. Y el paso indeciso, el gesto dubitativo, sonriendo hacia nosotros, se dirigió hacia la esquina oscura de una calle donde muchas mujeres como ella, cobrando 20 aztecas el acto, se paraban allí hasta el alba.

Atrás quedó su hermano, abandonado junto a una pared, con sus alas de cartón, su vestido de niña y apretando con todas sus fuerzas el azteca en la mano.

Paralizado por el miedo, orina le escurría por las piernas y le cubría un zapato.

25

De la Central Camionera del Norte salían las prostitutas.

De la Avenida del Sur venían los transvestidos, obra de sí mismos y de algunos cirujanos plásticos.

Andaban en parejas o solitarios, enjoyados y con minifaldas apretadas, tan bien disfrazados que sólo a veces la barbilla o la voz los traicionaba. Uno de ellos tenía tantos clientes que se le juntaban tres o cuatro coches a la vez para levantarlo.

Desde el mediodía, incluso desde la mañana, hombres y mujeres se mezclaban a los ríos de peatones y se concentraban en ese supermercado del sexo que era el Parque de las Mariposas.

"Las putas de Ciudad Netzahualcóyotl son las más putas del mundo y vienen a corromper a nuestros muchachos", decían los intelectuales de Ciudad Moctezuma.

Los intelectuales de Ciudad Netzahualcóyotl afirmaban lo mismo de las mujeres de Ciudad Moctezuma que trabajaban las calles de su poluta urbe.

Para superar estas guerras verbales, morales y mortales, el alcalde de Ciudad Moctezuma, Agustín Ek, se coludió con su primo Venustiano Ek, alcalde de Ciudad Netzahualcóyotl, para que los intelectuales de ambas metrópolis celebraran un concurso de belleza, constituyeran un jurado y escogieran a *Miss* Interurbana, y a su suplente, *Miss* Ciudad Perdida. La competencia acabó en discordia, se descubrió que los miembros del jurado trataron de elegir a las *beauties* más próximas a su círculo social y familiar.

Algunas amas de casa, secretarias de oficinas de gobierno, empleadas de centros comerciales y colegialas en tobilleras, deambulando en uniforme escolar y mochila, eran prostitutas ocasionales. Desde la crisis económica de los noventas del siglo pasado, el número de sexoservidoras iba en aumento y en las calles aledañas a los mercados y a las zonas turísticas donde ayer había veinte hoy había cincuenta, donde ayer cobraban 25 aztecas hoy pedían 15 y donde antes tenían 5 clientes ahora gozaban uno. Gracias a la competencia, a la soledad y a las devaluaciones humanas, por una nada muchas acostaban el cuerpo en camastros sin sábanas, en cuartuchos sin baño y en hoteluchos de mala muerte llamados Madrid, San Marcos, Cid Campeador o Colón. Si no, danzaban en cueros sobre mesas o en cubículos privados, se alquilaban como objetos vivos para el azote, el puntapié o el puñetazo.

Personas de género indeterminado desde temprano se paseaban o se mostraban afuera de los establecimientos de sexo violento; pagaban su cuota a las madrotas, a los padrotes, a los policías y a los inspectores para tener el derecho de usar el suelo donde laboraban o para tener protección. Las que tenían hijos los dejaban encargados con sus compañeras o con las Hermanas Vírgenes del Santo Redentor.

En un anuncio neón del antro El Puñetazo Easy, se representaba a un hombre con la mano enguantada abofeteando a una fémina en pantaletas. A ella, con el cabello suelto y los ojos cerrados, le brotaban de la boca chorros de luz sanguinolenta que se prendían y se apagaban.

En La Femme del Caribe, una joven desnuda estaba colgada de las muñecas a un muro, con las piernas alzadas y la boca abierta, invitando a la penetración. Argolla en el cuello, encadenada de pies y manos, era un bulto erótico inconsciente que se dejaba apalear la espalda y las nalgas por un hombre vestido de negro.

Sobre la misma acera, en el Club El Rape, figuras en movimiento recreaban el estupro de una mesera veinteañera. Dos policías uniformados la violentaban sobre una mesa de billar. La víctima traía zapatos rojos de tacones altos, uno colgando del pie derecho, el otro flotando en el aire. Su falda y su blusa estaban desgarradas. Por su gesto de horror y de placer, la mujer violada era una personificación del sufrimiento erotizado.

En el centro nocturno El Amor Chiquito se exhibía a una niña con cola de caballo, tobilleras blancas, pecho liso y área púbica rasurada. Con las piernas juntas y apretadas, el dedo en la boca, era atacada intermitentemente por un hombre adulto.

—Con esta publicidad se insulta a la mujer y se invita a los mirones a participar en su denigración —dije.

Y recogí una varilla de una obra en construcción, dispuesta a golpear la cabeza de un maniquí femenino de tetas pintarrajeadas. En eso, de El Rape salió uno de los primos barrosos de Aníbal. No me acordé de su nombre y él no me vio.

El que sí me vio fue Luis Antonio, quien estaba parado a la entrada del Señor Malinche, el burdel más caro de Ciudad Moctezuma, donde actrices y modelos sin éxito eran regenteadas por una *madame*.

—El camino al exceso no es la calle, sino uno mismo —me dijo.

—Esta persecución debe terminar, nos encontramos contigo en todas partes —le reclamó Arira—. Si vamos por Paseo de la Malinche, allí estás como una sombra; si entramos a una farmacia o a un supermercado, allí estás entre los Alka-Seltzers y los antigripales, entre los helados y los refrescos, entre las galletas y los espaghettis, entre los tomates y el perejil.

—¿Qué tienes entre los dedos? —le preguntó María, pues apretaba un papel negro en su mano derecha.

—Es una carta a Rosalba.

—Rosalba está muerta.

—Se la dirijo al más allá.

—La muerte es cierta, no te hagas el tonto.

—Es el día de lo negro. Desayuné sopa negra de huitlacoche, me puse traje negro, zapatos negros, calcetines negros, corbata negra. Necesito un cuadro de Manet para dilucidar el misterio del negro.

—El día de su muerte te has ido de putas —le reprochó Arira.

—Fui a buscar a tu hermana... en otra.

—A un burdel.

—Adentro de una mujer llamada Rebeca Villa, que se parece a Rosalba. No pude resistir la tentación de venir a visitarla la noche de su muerte.

—¿En vida de la difunta ya frecuentabas este burdel?

—Ya.

—¿Numerosas veces?

—Para acostumbrarme a la ausencia de Rosalba, pensé en ella en brazos de Rebeca. Poseyendo a la puta, la amé a ella.

—¿Esta noche, también?

—Esta noche Rebeca Villa no pudo ser Rosalba. Rebeca fue ella misma y forniqué a una puerca.

—Ella se ayuntó con un puerco.

—Sólo quise tener a Rosalba.

—Jodiendo con otra —exclamó María.

—Hazme un favor, vete a Gladiolas veintisiete y deja de dar lástima —le pidió Arira.

—Allá, con los ojos abiertos o cerrados, hallarás a Rosalba más próxima a ti que en esta calle de putas —arremetió María.

—Temo el retorno sin ella, la decepción en la cara de mis hijos esperando en la ventana vernos volver juntos.

—No debiste haberlos dejado solos, no debiste haberles prometido volver con ella o conmigo —le dijo María.

—Les prometí nada.

—Entonces, qué.

—En vida de Rosalba, hicimos ella y yo el pacto de vernos en caso de muerte de alguno de los dos en la estación Bernardo de Balbuena. A las siete de la tarde, la hora apocalíptica, la hora de la resurrección, en la estación de ferrocarriles abandonada, que no tiene puertas ni ventanas, hicimos la cita. En esa estación sin tejados, que cuando llueve, llueve sobre los mostradores, los bancos y los muebles viejos, quedamos de encontrarnos. Pero ella, por causas de fuerza mayor, no vino a la cita.

—Ella está tan fuera de tu alcance como lo están una momia egipcia o la reina Urraca —le dijo Arira.

—¿Cómo esperabas verla? —le preguntó María, curiosa.

—Es muy simple: primero sigues una sombra con los ojos. Luego, sigues a tus ojos siguiendo la sombra.

—Los vivos no tienen ojos para mirar la sombra de los muertos —lo interrumpió Arira—. Tú te inventas ese rollo.

—Si los ojos fueran ciertos, las sombras que ellos miran lo serían —dije, sin que me hicieran caso.

—Mi pregunta es. Ah, sí, mi pregunta era. Ah, sí, se me olvidó la pregunta —se impacientó Facunda.

—Entonces, cállate —le ordenó Arira.

—Aquí está un pasaje para que te vayas a tu casa en el Expresso del Alba. Tiene validez hasta las siete de la mañana —María le dio un boleto.

—Úsalo tú. El pasaje que tengo nunca caduca —lo rechazó Luis Antonio.

—Qué necio eres —Facunda movió la cabeza.

—Si llegara a tomar un tren, sería en la estación Bernardo de Balbuena. El problema es que la sala de espera de segunda clase es muy deprimente y el vagón de segunda clase es más deprimente aún, está lleno de prójimo andrajoso y deshabitado. Y otro problema más: el tren que espero ya salió, con una pasajera que no volveré a ver. Tomar ese tren es como dirigirse a un futuro pasado. ¿Cuántas horas se hacen al silencio?

—Piensa en el presente de tus hijos, ánclate —le dijo Arira.

—La muerte de Rosalba me ha arrojado afuera de mí mismo. Las puertas olvidadizas del presente se cerraron sobre mi existencia. Nuestro desconocimiento del pasado nos hace inventarlo todo el tiempo, hasta convertirlo en una obra de la imaginación. Muchas veces el que mejor explica la historia es el que mejor la imagina.

—Basta de palabras, vete a llorar su muerte a un rincón.

—En realidad, lloro dos muertes, porque ella estaba preñada de mi tercer hijo —reveló Luis Antonio—. Investigamos su sexo y el médico nos dijo que iba a ser niña. Inteligente y bella como María, según los retratos prenatales.

—Los secretos más hermosos son los que no se dicen —le puso el dedo sobre los labios ésta, temiendo que iba a hacer más revelaciones—. Deja las cosas como están, nada lleva a nada.

—Sobre la luz que enceguece mis ojos trato de ver a Rosalba, pero no puedo —dijo él.

Y afligido, me cogió del brazo.

Sentí nada.

Me miró, anhelante.

Bajé la cabeza.

Él trató de alcanzar mi boca con la suya. Me llegó al pecho.

Me dio asco. A pesar de la distancia su aliento era repugnante. Olía a tumba, a entraña, a imagen podrida.

Quiso abrazar mis piernas.

Me puse rígida, fría.

Él abarcó ausencia.

Esperé el momento para zafarme y situarme junto a Arira, para estar a salvo de los arrebatos de ese loco imprudente.

Lo dejamos atrás, esperando el regreso de los muertos, en particular la resurrección de Rosalba.

26

Nosotras leíamos los letreros de las tiendas, los restaurantes y los bares, ejemplos lucientes de la contaminación del idioma: Chicken Rápido, Century Veintiuno; Speak con Propiedad: Escuela de Spanglish; Latinoamerican Institute: Conserve la Tradition; Parking aquí; Pregnant? Nueve Meses Sin Intereses; Café Mejor Lazy que Crazy; Jóvenes Encueradas, Mujeres sin Panties, No Cover; Golden Music. Dancing Topless A Toda Madre; Come: Rumberas Brasileñas; Regálate Esta Noche: Go Out Con Niña Cubana; Suisida, Goce el Último Sigh del Milenio.

Arira caminaba. Hacía calor. El año pasado había llovido poco y la ciudad se moría de sed. La luz pública era tan tenue que parecía una neblina amarillenta. Tembló la tierra. Figuras pornográficas rodaron por el suelo. Los edificios, los antros, las gentes se cimbraron.

—¿Está temblando o estoy mareada? —preguntó Arira.

—El temblor duró un Ave María. Ya pasó, todo recobró su calma —dijo Facunda.

En eso, el azar quiso que nos encontráramos de nuevo con la niña de la calle, la que la camioneta de la Policía Sanitaria se había llevado horas atrás y había pasado hacía poco en el automóvil presidencial. Ella, vestida de rojo, con zapatos rojos y las mejillas manchadas de pintura, salió de detrás de un automóvil negro estacionado en la calle.

—¿Qué te ha pasado? ¿Quién te puso esa ropa? —Arira la cogió en sus brazos.

—Un hombre vestido de mujer.

—¿Adónde están los chamacos? —le preguntó María.

—Los miembros de la Mano Armada nos llevaron a las afueras de Ciudad Moctezuma. Allá, les ataron las manos y les hicieron púm, púm. "Voy a echármelos al plato para que en este mundo haya menos cabrones", les dijo el hombre vestido de negro.

—¿Los mataron, entonces?

—Los chamacos se abrazaron llorando. Cuando cayeron, el hombre de negro pateó sus cadáveres.

—¿Qué te hicieron a ti? —le pregunté.

—Jalándome del brazo, el hombre de negro me llevó a una estación abandonada, la Bernardo de Balbuena. En la puerta me dijo: "En este lugar y en cueros me demostrarás tu inocencia. Si no eres virgen, te va a llevar la chingada."

—¿Eso te dijo el maldito?

—Me desgarró la ropa, me jaló los cabellos, me dio de patadas en el culo, me echó agua caliente en los pies y me empezó a tocar.

—¿Estaba solo?

—No, otro cabrón, en uniforme de soldado, me obligó a chuparle el miembro y me metió el dedo adelante y atrás. Llamándome puta me forzó.

—¿Pudiste verle la cara al soldado? —le preguntó Arira.

—Era lampiño y lacio, tendría veinte años. Cuando le pregunté por qué me maltrataba tanto, contestó que porque hacía calor y el refrigerador estaba descompuesto. Lo que más me asustó de él, es que mientras me golpeaba y fornicaba no me miró a la cara.

—¿Qué más recuerdas?

—Sus manos y su boca olían a sardinas.

—¿Después, qué sucedió?

—Cuando estaba mi cuerpo pateado y sucio, llegó un hombre vestido de mujer. Ése me puso la ropa que traigo, me maquilló, me dio de besos y me violó.

—¿Cómo llegaste aquí?

—Ese mismo me subió en su coche, me paseó por aquí y por allá. Luego, en una calle oscura me bajó y me entregó a los de la Mano Armada. Estos cabrones desde un coche en marcha me arrojaron sobre la banqueta. Aquí estoy.

—¿Qué vas a hacer ahora? —le preguntó Arira.

—Huir, para que no me encuentren los policías. Juraron matarme si digo lo que me pasó o si me vuelven a ver por estos rumbos. Sueño con salirme de la calle. No quiero morir niña, no.

—¿Por qué escapaste de tu madre? —le pregunté.

—Ya no la aguantaba. Ella dormía con un hombre distinto cada vez. Me pegaba porque sus amantes no le pagaban, porque le rompían el vestido, porque el padrote no le hablaba. Yo era su pelota. Cualquier noche la iba a matar a puñaladas un putañero. Escapé.

—Tu padre, ¿dónde está?

—Nunca lo conocí, fui hija de un cliente.

—¿Cómo te llamas?

—No importa mi nombre, ¿cuál es el tuyo?

—Me llamo Yo.

—¿Yo?

—Yo.

—Eso es ridículo —sonrió la niña de la calle y se quedó atenta, como tratando de ver enemigos que se acercaban ocultos en la multitud.

—¡La Extra!, ¡La Extra! —aulló un vendedor de periódicos de *El Azteca*—. ¡El ejército de Estados Unidos ha invadido a México! ¡Las tropas del país vecino avanzan por tres frentes hacia la capital!

—¡Sin resistencia los estados fronterizos se han entregado al invasor. Las fuerzas enemigas evitan las oleadas humanas que quieren pasar al otro lado! ¡La frontera está militarizada! —gritó otro.

—¡Abrumado el campo por la sequía, las ciudades sin agua, los pozos petroleros agotados, las minas cerradas, la industria paralizada, el gobierno se ha declarado en moratoria de pagos! —añadió el primer vendedor.

—Ante la pérdida de su país, lo único que han hecho los mexicanos es pelearse entre ellos. Son más importantes sus rivalidades que la patria —siguió el segundo vendedor.

—Otro conflicto inventado por Huitzilopochtli Urbina para declarar un estado de emergencia y quedarse en el poder dos años más —exclamó un hombre de bigote blanco y gafas sin vidrios, un intelectual connotado de Ciudad Moctezuma.

—Por los congestionamientos de tránsito que sufrimos, ningún ejército extranjero será capaz de entrar al Centro Histérico de la ciudad, se quedará atorado en el periférico, ¿por qué afligirse? —replicó un señor de facciones grisáceas y lentes cenicientos, un intelectual prestigiado de Ciudad Netzahualcóyotl.

De pronto, en la muchedumbre surgió el policía judicial vestido de negro. Descubrió a la niña.

—Allí está el cabrón —dijo ella y se echó a correr.

El hombre la siguió tranquilamente, seguro de sí mismo, como araña que sabe que va a atrapar a la mosca.

Pasó una carroza negra con un difunto.

Coches de diferentes modelos y colores, arrastrando listones de luto, iban detrás. Se dirigían al cementerio de las afueras de las afueras de Ciudad Moctezuma.

Por esos días había tantos muertos para sepultar o incinerar que a muchas familias les tocaba un horario nocturno para disponer del cadáver del pariente fallecido. Otras tenían que esperar semanas con el cuerpo del occiso refrigerado en la *morgue* o embalsamado en la sala de su casa.

Un viejo, desde la ventana abierta de un vehículo blanco, hizo la V de la victoria con la mano.

—No es ningún triunfo morirse —dije.

—El occiso era de un partido de oposición. Venía de Chiapas y su coche fue embestido por un tráiler. El chofer era un nacoteca. La ejecución se consideró accidente carretero —informó Facunda.

En los otros automóviles del cortejo fúnebre las gentes dejaban escapar risas indiscretas, como si viniesen contándose chistes.

No me quedó bien claro si yo era el motivo de sus bromas o solamente al reírse volvían la cara hacia mí. El caso es que cuando mostré extrañeza el viejo cerró rápidamente la ventanilla.

El conductor de la carroza se bajó para quitar una llanta ponchada que obstruía el paso. El chamaco de la cicatriz sobre la frente, que había sido secuestrado por los miembros de la Mano Armada, apareció para ayudarle. Traía el brazo izquierdo lastimado. Recibió una propina.

En medio del tránsito del alba, sin más contratiempos la caravana luctuosa continuó su marcha hacia el cementerio.

—Desde esta esquina un día fueron visibles los volcanes. Monstruos mitológicos, camuflados por la infición, ahora no se ven —dijo Arira.

—En apariencia son prescindibles, han desaparecido del paisaje y de las conversaciones familiares, pero un día retornarán. Se hablará de ellos el día que despierten y arrojen fuego sobre el valle. Como en la antigüedad —dije yo—. Ahora están ocultos. Ahora no son más grandes que una desgarradura en la inmensidad del neblumo.

Arira observó el cielo.

—Me gustaría ver la salida del sol pero no estoy segura de qué lado del horizonte aparecerá, si aparecerá.

—El firmamento es un desierto aéreo bastante deprimente —dijo Facunda.

Amanecía. Rayos negros atravesaban la atmósfera. O anochecía. Manchas azulosas conformaban un crepúsculo turbio.

Como una boca negra, un charco bebía en el suelo los fulgores del sol plomizo. La luz, aquella luz fabulosa de la que habían hablado generaciones de viajeros, ahora sólo podía ser vista con los ojos cerrados, sólo podía ser imaginada.

—Es tiempo de irse de aquí —profirió María, sin que precisara si había que partir de la ciudad o del mundo.

—Eso lo vienes diciendo desde que te conozco y no te has ido —replicó Arira.

—¿No te sucede, como diría Luis Antonio, querer mirar los ríos y las montañas de tu infancia, no como son actualmente, sino como fueron antes? —le preguntó María.

—Sí, me sucede —respondió Arira.

Pasamos junto al cementerio. Sumamente congestionado, tenía lápidas al borde de la calle. Esa semana se anunciaba en oferta cajas bancarias para guardar las cenizas de los incinerados.

Los nombres de los muertos de fines del siglo xx se podían leer en el primer nivel, en tumbas individuales o familiares, acompañados de plegarias y ruegos inscritos sobre el mármol. Los nombres de los muertos recientes estaban apuntados en una lista tan larga que iban de arriba abajo por la pared. Los últimos estaban escritos sobre la banqueta.

Tocando las primeras tumbas, los autobuses tronantes y humeantes de Ciudad Moctezuma partían cargados de pasaje cada minuto hacia el Cerro La Blanca. Al alejarse por la Avenida del Partido Único de la Corrupción, las unidades daban la impresión de internarse en un túnel al aire libre.

En eso, en la plaza, volteando sobre su hombro derecho, al ver venir a Arira el músico indígena adolescente hizo una señal con su batuta a la orquesta de niños indígenas y la melodía del vals *Alejandra* llenó los aires. El director, al darse cuenta que Arira se detuvo para oírlos, se dio vuelo.

En eso, del cementerio salió el hombre alto.

Al principio pensé que era una alucinación mía provocada por el cansancio y la falta de sueño.

Él avanzó hacia mí.

Distraído por mi persona, o por la música de la orquesta del director indígena, no se fijó que venía un camión de carga a toda velocidad.

No pude soportar la vista del accidente y apreté los párpados, escuché el golpe y el chirriar de los frenos.

Cuando abrí los ojos, delante del vehículo yacía un hombre. El hombre que iba a compartir mi vida. El único hombre que había en el mundo para mí.

Yerto sobre el pavimento, había dejado de resollar y de quejarse. Un taxista trató de levantarlo, pero lo dejó caer porque era demasiado pesado o era un caso perdido.

Un zapato se le había salido y sus ropas estaban embarradas de sangre. Yacía bocarriba, con los ojos abiertos, un hilillo rojo le bajaba del labio derecho. Para que no diese lástima una señora lo tapó con una cobija.

Un círculo de curiosos impidió la vista. Los automovilistas que pasaban disminuyeron la velocidad o se detuvieron para curiosear. Un policía comenzó a preguntar a la gente si se sabía quién era y si alguien venía con él.

—Caminaba del brazo de una mujer vestida de amarillo —respondió el taxista.

—¿Y dónde está la mujer?

—No sé dónde quedó, seguramente escapó o fue aplastada también —contestó el taxista.

—¡Tonterías! —exclamó una vieja—. Venía solo.

—Estaba borracho —dijo la señora de la cobija—. Lo vi salir de la cantina de enfrente. En ese crucero siempre dejan el pellejo los ebrios.

—El hombre era ciego y no vio venir el tráiler —explicó el chofer que lo había atropellado.

—No era ciego, si vio el camión y de todas maneras cruzó la calle, quería morirse —aseguró un ciclista.

—No quería suicidarse, creyó que el vehículo se iba a detener al verlo cruzar la calle —opinó la vieja.

—El muerto era un niño que se dirigía a la escuela —intervino un automovilista desde su coche.

—No era niño y no está muerto —dijo la vieja.

—Estoy seguro que era un joven como de diecisiete años de edad —volvió a abrir la boca el automovilista.

—Tampoco era un joven —lo refutó la vieja.

—Entonces era un vejete de cien años —se enojó el automovilista.

—Tampoco, señor —le salió al paso la vieja.

—Denle agua, ha de tener mucha sed —levantó la cobija el taxista para mirarlo de cerca.

—Que nadie le dé agua —dijo la vieja.

—Llévenlo a la cantina, mientras llega la ambulancia —sugirió el taxista.

—No, no lo muevan —ordenó la vieja.

—Señora, cállese por favor, usted no sabe nada —replicó el taxista.

—El que no sabe es usted —lo calló la vieja.

Un policía extrajo del bolsillo interior del saco del atropellado una credencial de la Federación de Ciegos Anónimos expedida a nombre de Rodrigo

Rodríguez Fernández. La foto de la credencial no se parecía al hombre alto que yo conocía.

En el bolsillo derecho del pantalón el mismo policía halló una credencial procedente de la Asociación Nacional de Aviadores emitida a nombre de Fernando Fernández Rodríguez. El rostro en la foto tampoco se asemejaba al suyo.

Abrumada por el círculo de cabezas, Arira manifestó que no tenía humor para presenciar accidentes de otros ni para llorar difuntos ajenos. María se quejó del calor. Yo, cobarde, no les dije que el hombre atropellado tal vez era el amor de mi vida. Con indiferencia aparente seguí caminando. No esperé la llegada de la ambulancia de la Cruz Verde, también llamada la Junta Cadáveres.

Frente a la casona vieja, al fondo de la calle de Amsterdam, Arira buscó en su bolso las llaves del portón.

Pasó una señora gritando el nombre de su marido atropellado y me di cuenta que el atropellado no era Baltazar.

—La casa nos está esperando desde ayer —dijo Arira—. Detrás de su fachada ruinosa palpita un organismo consciente.

—A su alrededor generaciones humanas han pasado, edificios y monumentos han caído, pero ella, la vieja, todavía está aquí —añadió María.

De puro gusto, porque no había sido Baltazar el muerto, recogí una hoja del suelo y me la llevé a la boca, comiendo su color, su rojo amargo.

27

Arira abrió el portón.

Entraron María y Facunda. Yo, la última, me agaché para no golpearme la cabeza.

En el zaguán nos aguardaban los enanos Atlapetes y Pezopetes: desgarbados, espaldudos, greñudos.

Con la mirada buscaron bolsas de compras en nuestras manos para llevarlas a la cocina. Al vernos sin ellas arrojaron sobre nosotras un rictus de desprecio y arrastrando los pies nos siguieron hacia el interior de la casa. Preguntaron nada, no dieron el pésame a Arira y María por la muerte de su hermana. Tan patanes eran.

—Llegaron unos pájaros cagones —Atlapetes rompió el silencio en el jardín ruinoso.

Desde ese ombligo vegetal Arira había creído que la Naturaleza renacería un día en el valle de México y al pasear sus ojos por ese yermo vislumbraba en su centro el árbol futuro: su raíz, su tronco, su copa, su racimo, su vástago, su caducidad, su muerte.

Los prados estaban llenos de agujeros hechos por los enanos para plantar árboles, que nunca habían llegado de la Secretaría de Agricultura.

—En los momentos cruciales de la vida, el espíritu se aferra a algunas cosas banales como si fuesen los asideros de nuestra persona. Estas cosas pueden ser una chamarra vieja, una mesa coja, unos zapatos rotos o un automóvil destartalado. Las convertimos, sin que ellas lo sepan, en símbolos visibles de nuestro yo invisible, en símbolos palpables de nuestra inmaterialidad y en la memoria de nuestra persona —dijo Arira.

—¿Así te apegas tú a este jardín decrépito? —le preguntó Facunda, mirando el muro de ladrillos cubierto de plantas trepadoras ralas.

—Los pájaros son los animales más tontos que existen, no seremos las nanas de esos tontos —advirtió Pezopetes.

—Los hemos puesto en el pasillo, para lo que ustedes dispongan —agregó Atlapetes.

—Con gran dificultad los hemos alzado.

—Las jaulas venían cagadas.

—Nos ensuciaron las manos cuando las cogimos.

—Debimos levantarlas con ganchos y guantes.

—¿Cuánto tiempo se quedarán aquí esos cagones?

—¿Cuánto tiempo tendremos que alimentar a esos panzones?

—Este año, y el otro —respondió Arira.

—¿Cuántos aztecas extras nos pagarán por desatenderlos?

—La obligación de no atenderlos entra en nuestras funciones.

—Eso lo decidiré más tarde.

—Habría que sacarles los ojos a los canarios para que canten.

—Mi madre los enceguecía con los dedos y los vendía en el mercado de Sonora.

—Con las sartas de colibríes ensortijados que las señoras putas compraban para la brujería.

—Desprecio a la gente que deja morir a una planta por falta de agua y no da de comer a los animales —les dijo Facunda.

—Yo detesto a la señora gente que llega a una casa y deja la puerta abierta, permitiendo que detrás de ella entre el ladrón y el asesino —replicó Pezopetes.

—Yo a la mujer gente que va por la calle como gallina perdida, atrayendo por su manera de andar al asaltante y al robachicos —lo secundó Atlapetes.

—Lo que dicen esos vejetes no sólo se oye, también se huele, y hiede

Pezopetes se cayó con una jaula, golpeándose las rodillas y los codos.

Atlapetes lo ayudó a levantarse, mirando furioso a Facunda como si ella hubiese sido la responsable de su caída.

—Los enanos oyen lo que pensamos y sentimos —dije.

—Son los maestros de las cosas mal hechas: en la cocina instalan grifos que no se pueden cerrar; en la máquina de coser hacen sacos con un brazo más largo que otro; en la pared colocan ventanas que cuando las abres te quedas con el marco en las manos —afirmó Facunda.

—¿Has notado que tienen ojos de distintos colores, uno negro y otro azul, y que los zapatos que calzan son de números diferentes? —observé.

—Nosotras los tratamos con toda la consideración que podemos y ellos nos tratan con toda la desconsideración de que son capaces.

—¿Has visto su cuarto?

—Sí, duermen con la cama pegada a la puerta para que nadie los sorprenda acostados. Nunca se casaron y acostumbran usarse uno a otro como hombre y hembra.

—No soporto a esos vejetes.

—Si usted supiera nuestra edad se iría de espaldas. Pero no se la voy a decir, porque usted no merece saberla —Pezopetes mostró sus manazas.

—No me explico cómo ha escogido usted traer esas aves a esta casa, si las circunstancias le son adversas —reclamó Atlapetes a María.

—Eran de mi hermana Rosalba.

—Entonces, ¿por sus órdenes desconsideradas, un camionero nefando llegó a este lugar de fango para dejarnos a esos chaparros alados? —inquirió Pezopetes.

—Sin perderse en el camino impunemente arribó a esta casa.

—¿De quién dependerá su malestar?

—De nosotras, sólo de nosotras dependerá su bienestar —les gritó María.

—No es casual tanta casualidad —continuó Pezopetes.

—Entes responsables como nosotros no podemos permitir tanta irresponsabilidad —arremetió Atlapetes.

—Cállense y aprisa —los fustigó Facunda.

—Después de lustros de no apresurarnos no vamos a apresurarnos hoy, sólo porque una desapresurada nos quiere apresurar —Pezopetes blandió el puño izquierdo.

—A nuestra edad comienza el desapresuramiento y el desapresuramiento termina con la muerte —Atlapetes blandió el puño derecho.

—El aire huele a mujer jirafa, hermano —husmeó Pezopetes.

—El aire huele a maquilladora muerta, hermano —Atlapetes miró con cara de pocos amigos a Facunda.

—¿Llegó correo? —les pregunté.

—Solamente un mensaje de la señora Arira comunicando el envío terrestre de cien pájaros cagones, si a eso puede usted llamar correo —respondió Pezopetes.

—Nadie se acuerda de usted, señorita, ni sus enemigos.

—Como es usted una persona incorresponden-
ciable, no recibe correspondencia.

—La verdad mentirosa es que el cartero no se
ha presentado desde hace dos semanas. La mentira
verdadera es que él espera el Día del Cartero para
traerle la correspondencia acumulada y así recibir de
usted su gratificación anual —aclaró Pezopetes.

—Ah, señorita María, llegó una tarjeta de Navidad para don Ramón Sitges, diez años después de que
murió su señor padre. Sin duda, en un buzón de Ciudad Moctezuma dio la vuelta al mundo en ciento veinte meses —agitó Atlapetes un sobre roto—. Seguramente,
el destinatario ya sufrió ciento veinte descomposicio-
nes en la tumba.

—Perros y gatos han sido sepultados en el
jardín envueltos en sábanas y periódicos. Los pájaros
los hemos metido en cajas de zapatos y frascos de
miel, y hasta en vasos de vidrio. Yo les he puesto
cruces, círculos, estrellas de David y ojos de Dios
huicholes. Al enterrarlos, he llorado más por mi muerte
que por la de ellos —explicó María.

Atlapetes y Pezopetes habían respetado el desorden de la casa. Las sillas, las mesas, los sofás, los
espejos estaban fuera de lugar, como ayer. Las hojas
del jardín, no barridas, parecían soles inertes al borde
de los hoyos. Abejas borrachas de calor zumbaban en
el polvo. Un colibrí se paró en el aire, con un fruto
rojo en el pico.

Facunda ocupaba el cuarto de la entrada, yo,
el siguiente. Nos gustaba ser vecinas para poder criti-
car a los enanos y dar golpecitos a la pared en la noche para que durante un sismo no se nos cayera
encima.

Al principio, Arira me dio la pieza más larga
de la casa, en forma de dedo, por creer que era la más
conveniente a mi tamaño. La cambié por una menos
espaciosa, más acogedora. Me perturbaba despertar

en la noche sintiendo el vacío de las otras piezas alrededor.

Por joder, Atlapetes y Pezopetes solían colocar patas de gallina frente a mi puerta. Los sorprendí una vez haciéndolo. En mi umbral esa mañana había cabezas de pollo.

La cortina estaba abierta. Una luz silenciosa inundó el cuarto. Un clavo en la pared mostró su sombra cabeza abajo.

El techo negreaba de mosquitos, de mosquitos que tendría que matar luego con la mano, sin necesidad de pararme sobre la silla. Mi sangre les gustaba demasiado y no me dejarían dormir.

—Dejaremos entre nosotras cuartos desocupados para los muertos —precisó Arira.

La recámara azul era la suya, con paredes, cama y sillones azules. En su techo tenía ángeles pintados en forma de aves.

En ese momento María pasó al baño. La oí orinar.

Atlapetes y Pezopetes vinieron a consultar a Arira sobre la comida. Ella les dijo que les diría después. Salieron refunfuñando. Atlapetes abrió la puerta, Pezopetes la cerró.

María tenía la habitación del primer piso llena de espejos, que coleccionaba desde adolescente. Esa mañana lo primero que hizo fue cubrirlos con toallas, trapos y sábanas. No quería encontrarse en ellos.

Las ventanas daban hacia dentro, la casa estaba inmersa en una introspección profunda. Sólo un ventanajo en el jardín daba a la calle. Por ese agujero, al que le quité una tabla con clavos oxidados, vi al hermano de Guadalupe, la joven otomí.

Él me miro a mí. Nos había seguido. No podíamos cuidarlo. Vagando por la calle seguramente se lo llevaría algún miembro de la Mano Armada.

Pasé al wc. En la pared había frases escritas con tinta roja, azul y verde. Obra de calígrafos maniáticos, las letras habían sido trazadas bellas, grandes y claras.

EN EL ADENTRO DEL AFUERA. DECIRES DE ATLAPETES Y PEZOPETES, *hermanos gemelos nacidos por la gracia de Dios el 21 de marzo del año 2000 en la muy noble, muy insigne y muy leal Ciudad Moctezuma.*

Andar cojo y creer que el pie que nos falta es invisible.

Ser tuerto y pensar que un ojo es para el día y otro para la noche.

Da pena la felicidad ajena.

Condenado a ser, preferí caer.

El mundo no se para. El mundo nos separa.

El nacionalismo es el ego magnificado.

Mensaje del Siglo XXI: El miedo es el medio.

Problema de ángel: Cómo pasar rápidamente de un mundo a otro, de un siglo a otro.

Es de locos querer irse. Es de locos querer quedarse. Es de locos no querer irse ni querer quedarse.

No sabemos qué es peor, si morir afuera del adentro o morir adentro del afuera.

En la realidad, la salida es por la puerta. En la fantasía, la salida es por la pared.

No es fácil la verdad, la mentira es sencilla.

Cuando hayamos dejado de ser, cuando hayamos vuelto a la nada uniforme, lo mismo dará que hayamos sido hombre, mujer, perro o cucaracha.

Los primeros pasos deben darse en la realidad, los últimos en la imaginación.

Cansados de oír preguntas sin respuestas, ahora oímos respuestas sin preguntas.

De regreso a mi cuarto, recordé que ese día cumplía veinticinco años. Nadie lo sabía. Mis compañeras de teatro nunca me habían preguntado por la fecha de mi nacimiento, ni siquiera conocían mi edad, aunque la suya la encirculaban en los calendarios de la oficina y la mencionaban cada vez que podían. Estando a su lado todo el tiempo, todo el tiempo yo era para ellas una desconocida, alguien que carece de orgullo. Eso les agradaba.

Había un centro de dolor en mi existencia que se llamaba cuerpo. Allí sucedía lo bueno y lo malo de mi vida y a mí no me interesaba celebrarlo. A mi cuerpo le importaban cosas más concretas: caber en una tina de baño, tener ropa a la medida, mantenerse derecho en la calle, no encorvarse ni ladearse en las reuniones, en los lugares públicos no llamar la atención.

Mi figura no era lamentable, solamente no me apetecía verme desnuda, ni vestida, ni en pijamas. En el anonimato acogedor que me daban las paredes sin espejos me sentía cómoda y hasta bella, a mi antojo me imaginaba a mí misma.

—Mi cabeza es un globo soñador —me decía—. El cuerpo que soy me convierte en víctima, puesto que me exhibe. Mi estatura es mi fuerza, y mi fuerza reside en las piernas. Con ellas puedo patear a los agresivos y a los impertinentes. Sin duda, mis brazos me crecen de noche, cuando no los miro. Como los gordos se ponen a dieta para quitarse unos kilos, yo podría reducirme unos centímetros. Pondré fecha a esa dieta de estatura.

En eso, Arira se dirigió al jardín para regar unas rosas sedientas. Se acordó de algo, vino a la cocina, le dijo a María:

—Come, te ves cansada.

—Tengo tanta hambre que me devoro a mí misma —manifestó Facunda.

—Aquí hay hígados de pollo para ti —saqué del refrigerador una bolsa escurriendo sangre por adentro—. No puedo tocarlos, soy vegetariana.

—Renuncio a los hígados.

—No tengo hambre ni sueño, lo que quiero es colgar los pájaros en las paredes del jardín —contestó María.

—Hallé restos de comida del miércoles. Calentaré la sopa de fideos —dijo Facunda.

—¿Tienen consomé de pollo? —preguntó María.

—No sé.

—Pondré los cubiertos y los platos sobre la mesa —dije—. Aquí hay unos frijoles Flor de Mayo como para chuparse los dedos.

—Estos filetes, ¿quién los quiere? —Facunda sacó un recipiente de plástico.

—No me alimento de cadáveres —respondió María—. Comeré espinacas, coliflores y rábanos.

—Ah —Arira descubrió a Atlapetes y Pezopetes atentos en la puerta de la cocina.

—Ah —mascullaron ellos y desaparecieron.

—Sacaré los pájaros —expresó María y se fue al jardín con una jaula abrazada. Un loro castañeteó en su interior.

—Te ayudo —le dije, admirando su semblante fatigado pero tranquilo.

—Rosalba podía oír el gorjeo de los pájaros a través de los muros y del sueño. Si ella estuviese viva, ahora desde su cuarto podría oír los pájaros a través de las conversaciones y los ruidos —dijo María.

—Si las paredes hablaran, esta pared diría cosas que sería mejor no oír —replicó Arira.

—Recuerdo haber visto a Rosalba dando de comer en su mano a unos gorriones —dije.

—Una noche de octubre, cuando Rosalba fue al supermercado a comprar verduras para la cena, en su recámara me quité el *brassiere* y apagué la luz. La Luna llena entraba por la puerta del balcón. De pronto, Luis Antonio se presentó en la pieza, creyendo que era Rosalba, y empezó a besarme los panes blancos del cuerpo. Pretendió saber que yo no era yo —reveló María.

—Y tú, qué hiciste.

—Permití la confusión.

28

—La casa es un aviario —gruñó Atlapetes. Por el corredor llevaba sobre los hombros una jaula con un canario.

—Podríamos irnos de aquí, pero antes tendríamos que tener un lugar al que podemos irnos —señaló Pezopetes, jaula en mano.

—Me huelo, hermano, que tan pronto el personaje que imaginamos comience a considerarse insustituible, debemos sustituirlo. Si no, él nos sustituirá a nosotros —Atlapetes observó el canario en la jaula.

—Es preciso librarnos del delirio que hemos inventado desdeliriándonos a nosotros mismos —pegó Pezopetes su carota en los alambres de la jaula para ver de cerca al jilguero.

—Entonces, destruiremos al delirio, no a la criatura de nuestra condición delirante —vio Atlapetes si el clavo en la pared estaba bastante firme como para soportar el peso de la jaula.

—La criatura deliriada creerá que nosotros queremos clavarle puñales en el cuerpo y enterrarle frases en los ojos. Acudirá, si así lo desea, a la policía, la que sirve para nada.

—Desde luego, la policía que sirve para nada se hallará en un lugar de nuestra imaginación.

—Lugar imaginario al que la criatura no tendrá acceso.

—Y la criatura morirá por falta de palabras.

—Y de golpes de realidad.

––Pues adondequiera que vaya se hallará sin palabras; adondequiera que se quede estará sin palabras.

Yo, la más alta, podía mirar los pájaros en sus jaulas en la parte superior del muro sin escalera alguna y sin subirme a una silla como ellos.

—Vamos a hacer una interexperiencia, vamos a hacer una interpersona, vamos a procrear un vástago —me dijo Atlapetes, espiándome las piernas desde abajo.

—En un lugar de nuestra fantasía podríamos colocar a Yo en una posición horizontal y dejarla allí hasta saciarnos —sugirió Pezopetes.

—Órale haraganes —les gritó Facunda, como si les dijera "háganse a la hora", "entren en el ahora", "ahórense".

Los enanos salieron de la cocina con jaulas colgadas de sus manos.

Al pegar la oreja a la pared los oí rezongar. No pude distinguir quién decía qué, tan semejantes eran sus graznidos.

—Bien sabes que me disgusta andar en el adentro del afuera —masculló uno.

—Lo comprendo, hermano, el afuera es frío, inhóspito, insípido, incipiente —masculló otro.

—En el afuera yaceremos.

—Salgamos, hermano, por el afuera del adentro.

—Hermano, ¿es razonable ser loco?

—No es irrazonable.

Tembló. Los enanos se alelaron escuchando el movimiento telúrico, el parloteo de las aves.

Facunda, indiferente al sismo, en la cocina se quedó viendo a un tucán en una jaula de barrotes torcidos que estaba sobre la mesa.

—Es la primera vez que veo uno vivo —explicó.

Los ojos del pajarraco de tres meses de nacido comenzaban a abrirse; tenía el cuerpo casi desnudo y su mandíbula inferior más larga y ancha que la superior. Rosalba le había puesto insectos para que se alimentara. Aún estaban allí, unos muertos, otros en su pico.

—Los tucanes son cantantes más lamentables que las ranas. ¿Has oído sus serenatas? Es para llorar. Saludan la caída de la noche con un "dios te dé, te dé, te dé" —dijo María.

—En la noche, con los ojos cerrados, Rosalba podía percibir en la distancia a los pájaros por el tamaño de su cuerpo y por la grandeza de su silencio —recordó Arira.

Sobre la mesa, junto a la jaula del tucán, había platos, vasos y cubiertos sucios.

—Los enanos lavaron nada —Facunda enjabonó los trastos, arrojando en la basura un ala de pollo y papas rancias que había en un plato.

—No te enojes, te ayudaré a lavarlos cuando acabe de sacar las jaulas al jardín —le dije.

En el lavadero ella abrió la llave y salió un agua pintada de blanco. La dejó correr, pero el agua no se aclaró.

Desde la cocina, recargada en una pared, yo mordisqueé un pedazo de pan mirando a la bugambilia en flor que se trepaba sobre un níspero agonizante.

Arira se sirvió agua del garrafón. Al beber observé su rostro a través del vaso transparente. Claros y cercanos, lejanos y oscuros, sus ojos me escrutaron.

María se miró en el espejo de la cocina. Su cara encontró a su cara buscando la respuesta a una interrogante que sólo ella sabía.

Hubo un movimiento telúrico y cambió de posición.

Un pedazo de pared surgió penumbroso entre las dos ventanas y el jardín de la casa se definió enmarcado por la puerta abierta. Sombras sobre el rostro de Arira me hicieron percibir a Celestina, no a la de la tragicomedia de Fernando de Rojas, sino al personaje en el que ella se había convertido y que existía fuera del escenario.

Un nuevo movimiento sacudió a la casa y conmovió a los presentes. Ella salió de su ensimismamiento.

—Será bueno que te prepares para hacer de Melibea —le dijo a María, y por el brillo de sus ojos advertí que ya veía el nombre de su hermana escrito en las carteleras teatrales de la ciudad.

Pero por su silencio, Arira coligió que ella no tenía ambiciones de ese tipo.

—Planeo otra producción de *La Celestina* y creo que tú serías la actriz adecuada para Melibea —insistió.

—Quisiera hacer *La vida no es un sueño*, un Segismundo mujer. En este periodo de mi vida me siento con ganas de invertir los papeles —expresó María.

—Hallaremos fondos en la Compañía Nacional de Teatro para montar las dos obras.

—Quisiera hacer de Juana Rana.

—Te vendrá bien la comedia después de la muerte de Rosalba.

—Yo podría representar a Carlos Cuarto, con su cara de palo —dije, sintiéndome ya rey.

—Con la condición de que te rías —dijo María.

Recordé que hacía tiempo ella había querido formar con Rosalba el Teatro Nacional de Ciegos y me había invitado a ser la técnica de luces.

—Aunque los actores sean ciegos y se muevan en la oscuridad, el público no será invidente —explicó Rosalba.

—En la pieza *Jorge Luis Borges, falso mesías*, quiero que viertas una luz radiante sobre los doce ciegos que hacen de Jorge Luis Borges en diferentes partes del mundo —dijo María.

—Cuando los actores digan: "Es el alba", los espectadores verán que las palabras son reales —precisó María, muy excitada por la posibilidad de dirigir a doce individuos privados de la vista.

Entonces Rosalba imaginó:

—Una luz llovida seguirá al escritor por una calle verde de Oaxaca; en el Central Park de Nueva York una ráfaga de calor le cubrirá la frente de sudor y de mugre; a la hora del crepúsculo, en la sala de una casita burdelera de la pampa, no sabrá que un compadrito canta tangos inaudibles y parejas invisibles bailan; en el desierto más grande del mundo, la Amazonia, se le verá buscar a tientas plumas de guacamaya roja; la aurora de rosados dedos lo alumbrará acostado sobre una roca en Patmos; una mano amoratada tocará su mano en la zona roja de Amsterdam; en el Cementerio Père-Lachaise de París una luz gris lo sorprenderá frente a una tumba errónea, pues delante de la de Balzac creerá estar frente a la de Nerval; destellos luciferinos lo encontrarán andando junto a John Milton por una calle de Londres, sin que uno ni otro sepan de su proximidad; el alba lo iluminará en una torre de Praga palpando las facciones del Golem; en una tumba egipcia se topará con una momia recién descubierta, cuyos rasgos físicos se parecen misteriosamente a los suyos; en el Panteón romano sentirá en una mejilla los rayos blancos que entran por la cúpula, pero ignorará que se halla en el edificio consagrado a las siete divinidades planetarias; un resplandor en forma de Buda se figurará en una cueva de Ellora mostrando la irrealidad de su cuerpo vano.

—Con luces establecerás el drama de la luz y la oscuridad peleando en la mente de este hombre —me dijo María.

—¿Qué piensas del proyecto? —le preguntó Arira a Facunda.

—Me parece perfecto —respondió ésta.

Siempre le daba la razón, no importa si estaba en desacuerdo con ella. Se la daba para no discutir,

para no reñir, para no contrariarla, para no desani-
marla. Se la daba en contra de su propia razón.

—Facunda tiene un secreto que contarnos
—declaré yo.

—¿Me prometen que no se van a enojar conmigo? —preguntó la maquilladora.

—No —respondió secamente Arira.

—Un hombre me empreñó.

—¿Conozco al individuo? —preguntó Arira.

—Sí.

—¿Se puede saber el nombre?

—¿Te lo digo?

—¿Es importante el personaje?

—¿Sebastián del Prado es importante?

—¿El actor viejo que hizo de Calisto en mi
debut y siempre quería estar besando a Melibea, aun
en los camerinos? —exclamó Arira.

—El mismo.

—Estaría borracho —comentó María.

—¿Tan indeseable soy?

—Volviendo al tema, si invertimos los papeles
podríamos tener a del Prado en la obra actuando de
Bernarda Ramírez —dijo Arira.

—De vieja verde y de madre de mi hijo —apro-
bó Facunda.

—A esa mujer preñada deberíamos construir-
le un infierno de palabras y meterla allí —graznó
Atlapetes, aparte, en un rincón de la cocina.

—O podríamos meterla en una caja de cerillos, de la cual querrá escapar cuando sepa que le
vamos a prender fuego.

—Para salirse necesitará palabras. Para saber
que está encerrada en una caja de cerillos necesitará
palabras.

—Mejor que se quede apagada en la caja.

—La caja es el mundo. Salir de la caja equival-
drá a que se vaya de sí misma.

—Para no fallecer de irrealidad, preferirá quedarse en la caja.

—Hay otra solución —le brillaron los ojos a Pezopetes—, sacarla de la caja con garfios verbales y sin que se dé cuenta, ponerla en el afuera del adentro.

29

En eso, alguien tocó a una puerta interior de la casa.

—¿Quién puede ser? —se preguntó Arira.

—Es nadie —dijo Facunda.

—Es él —dijo Luis Antonio, refiriéndose a sí mismo.

María, que se dirigía al baño, se miró en el espejo, cerciorándose de que su pelo estaba en orden. Por su expresión, supe que ella lo estaba esperando, que había percibido su presencia antes de que nosotras lo vislumbráramos.

—Buenos días —saludó Luis Antonio con aliento alcohólico. Se le había caído un botón del saco. Un hilo le colgaba.

Nadie contestó.

Los enanos lo midieron de arriba abajo con desprecio. Molestos por su intrusión lo separaron físicamente de María parándose entre los dos.

—He andado toda la noche como alma en pena —le declaró, evadiéndolos.

Sus lentes estaban sucios. Se los quitó. Con ojos desnudos la observó.

—Qué castigador —exclamó Pezopetes.

—Vengo a ocuparme de ti —Luis Antonio se acercó a ella.

—Fuera de aquí —lo amenazó con el puño Atlapetes.

—Salgan —ordenó Arira a los hermanos.

—Si usted lo dice por favor —rezongó Pezopetes, manifestando con un puño la fuerte hostilidad
que sentía por Luis Antonio.

—Te pido perdón por mis infidelidades, por mis
cóleras, por mi mortalidad —dijo Luis Antonio a María.

Atlapetes y Pezopetes salieron arrastrando los
pies. Se veían más corajudos, más espaldudos, más
enanos que nunca. Dieron un portazo.

—Está bien —murmuró María, su rostro ilumi-
nado por el sol que entraba por la puerta.

Luis Antonio la contempló con gesto de adoración.

Arira abrió la boca para estorbar lo que él iba
a decir. Se quedó callada.

—¿Quieres un café? —le preguntó María.

—Prefiero acostarme —respondió él. Su cara
iluminada, cuando se volvió hacia ella. Su cara oscura, cuando se volvió hacia Arira.

—Yo también me siento fatigada —replicó
María.

Cogidos de la mano subieron a la recámara de
ella en el primer piso.

Arira, con una señal del dedo índice izquierdo, me pidió que los siguiera.

Esperé a que acabaran de subir la escalera de
piedra y fui tras ellos.

María atrancó por adentro la puerta de la recámara. Me puse a fisgonear.

Luis Antonio se quitó los zapatos, el pantalón.
Su persona quedó en calzoncillos, su pelo camuflado
por la penumbra. De pronto, con la mano izquierda le
desgarró el vestido.

Ella se dejó hacer, con las mejillas calientes,
las manos sobre las caderas; quieta, casi indiferente,
como si desnudasen a otra.

El vestido azul resbaló sobre sus piernas, cayó
sobre sus pies. Ella dio unos pasos, dejándolo atrás.

—Cinco minutos para el ayer —dijo ella.

—Cinco horas. Cinco años. Cinco siglos—rogó él.

Ella se despojó de la ropa interior y aparecieron sus senos pequeños, sus nalgas blancas y redondas.

Ella, en el espejo oscuro, se descubrió desnuda y sintió frío en el calor, un frío que le venía de adentro, del pasado, de la tumba.

Luis Antonio la recorrió con la mirada igual que si asistiera a la develación de una diosa, como si se hallase delante de un deseo que rápidamente se convertía en recuerdo. De frente, le clavó la vista en los pechos, en el sexo, en la cara. Expresó su lascivia y empezó a besarla, a meterle la lengua en la boca.

Ella, abrazada, se estremeció al advertir en el espejo otra desnudez ajena a la suya, la de su hermana.

—¿Alguien tocó a la ventana? —preguntó con voz quebrada.

—Nadie.

—Tuve la sensación de que alguien semejante a mí trataba de irrumpir en el cuarto a través de los vidrios.

Yo, de rodillas y encorvada, pude ver por la cerradura de la puerta atrancada por adentro cómo su cuerpo iba perdiendo ese aspecto de adolescente retraída que la caracterizaba y se volvía una figura enhiesta, flamígera, incendiada.

—Estás imaginando dobles —cerró él las cortinas.

El jardín se desvaneció en la ventana.

—Sólo necesito uno para fallecer —sus ojos fulguraron en la oscuridad.

—No tengas miedo, ella está muerta.

—Yo sé bien que no existe, pero cuánto me gustaría que se fuera de la ventana.

—Me place verte desnuda —él se mostró en cueros.

Sus pies descalzos no hicieron ruido cuando se desplazó por el cuarto.

—Y yo a ti, desnudo —dijo ella.

—Tu cuerpo no es el mismo de aquella tarde, pero tus ojos son los mismos —él la besó en todas partes contra la pared ensombrecida.

—El amor en la mañana tiene algo de ilícito, de deprimente, parece una felicidad robada a la obligación —ella se soltó el pelo.

La semejanza física con su hermana era perfecta. Al verla allí parada era difícil saber que habían sido, que eran dos personas distintas.

—Ésta es la criatura que amé en los viejos días —él se abalanzó sobre su cuerpo antes de que ella pudiese defenderse, antes de que se tendiera sobre la sábana.

Abrazados cayeron sobre la cama y él sintió el corazón de ella latir bajo su pecho, la mejilla cálida junto a la suya. Ella creyó escuchar un grito mudo que le salía del cuerpo todo. Percibió en sus entrañas un silencio ardiente, la carne indagadora de él.

Entrepiernados, furibundos, empezaron a amarse, como si quisiesen satisfacer en unos minutos un deseo guardado en una caja moral todo una vida.

Luego ya no supe si era María gozando a Luis Antonio en el cuerpo de Rosalba o era Rosalba gozando a Luis Antonio en el cuerpo de María; no supe si era Luis Antonio gozando a las dos en el cuerpo de una.

En la planta baja alguien puso en un aparato de sonido *¿En quién piensas cuando haces el amor?* A través de las paredes llegó la voz de una letra distinta a la que había oído antes:

¿En quién piensas cuando entregas la boca,
pero tienes los párpados cerrados?

¿A quién encierras en tu cabeza sin proferir
el nombre?
¿En quién piensas cuando tu oscuridad
es penetrada
y estás mirando al hombre que respira sobre ti
como si fuese otro?
¿En qué mundo de la carne sucede esa boda
secreta?
¿Quién eres tú cuando te hallas bajo un amante
que está pensando que penetra a una mujer que
eres tú y no eres tú?
¿Qué le dices a él, que besa tu boca,
que encierra las sílabas prohibidas
detrás de los labios apretados?
¿Quiénes son esas dos creaturas que se aman
como si fuesen cuatro extraños en la cama?
Llámame con otro nombre en la noche copulada,
engáñame con ese nombre en mi presencia.
Nadie puede saberlo más que tú,
nadie puede imaginarlo más que yo,
cuando te tengo y no te tengo abrazada,
cuando estás amando a otro hombre
diferente a mí,
amándome intensamente a mí.
Dime que soy otro y soy el mismo,
el que imaginas y el que estás amando.
Yo te diré que eres tú misma y que eres otra
la que estoy amando con doble desesperación.
Te diré que en el acto amoroso participan cuatro
el hombre, la mujer y los amantes invisibles.
Te diré que en el abismo de la cama somos dos
y cuatro, y solamente uno,
uno en el momento de ese cuerpo
que mientras más se sacia más se escapa,
que mientras más se aprieta más ajeno es.
Yo te diré que somos solamente uno,
uno en esa muchedumbre de cuerpos nuestros

que nos son infieles, mientras nos están amando,
como nunca en la vida nos han amado antes.

Al oír esa canción tan mía, quise entrar en la recámara y sorprenderlos copulando. Quise estar en el teatro y con mis proyectores iluminar el animal de dos espaldas que se movía en la cama. Quise mostrar al mundo mi talento de iluminadora y crear alrededor de ellos, y sobre ellos, un ambiente apropiado para el amor: una raya amarilla debajo de la puerta, una cama con patas de arácnido, una sábana arrugada por el movimiento amoroso, una ventana formando un cuadro de oscuridad, un cuarto rembrandtiano con paredes de oro viejo.

El instante supremo del orgasmo lo hubiese marcado con una descarga violenta de luces, borrando la raya amarilla debajo de la puerta y las sombras en torno de la cama. El rostro de él lo hubiese atravesado con un rayo gris representando la impermanencia de la carne, y el de ella, con un dejo de satisfacción culpable. De pronto, con luz salvaje hubiese abierto la ventana, mostrando a un tercer personaje: Rosalba.

Desde el lecho Luis Antonio y María hubiesen visto fulgurar a la intrusa. O Luis Antonio hubiese hallado en María el rostro de Rosalba. O Rosalba se hubiese metido en el cuerpo de María, o... —María —susurró alguien.

30

Comenzó a temblar.

Aprisa descendí la escalera. Los escalones me faltaron debajo de los pies.

Ya en la cocina, la hoja de la puerta se me fue de la mano, pedazos del plafón empezaron a caer.

Desde su jaula el tucán vozneó.

Facunda colocó un frasco de miel en la alacena. La pared se le acercó, se le alejó. Las puertecillas crujieron, se abrieron, unos platos cayeron sobre su cara. Pedazos de yeso golpearon la jaula del tucán, tumbaron un florero.

La mesa se pandeó por el peso de los escombros. El mantel, al resbalarse, arrastró consigo la jaula, el salero, la azucarera, las tazas, los cubiertos.

El suministro de luz eléctrica se cortó, el piso de arriba crujió, los vidrios de las ventanas se rompieron.

El terremoto, como un viento subterráneo, avanzaba a la velocidad de la imaginación, haciendo trepidar la calle por abajo, mientras por adentro atacaba a la casa.

La casa se movió mucho en la parte alta, poco en medio, menos abajo.

Facunda, tambaleándose, intentó cerrar las llaves del gas. En su rostro vi el temor por vez primera.

El techo de una recámara cayó. A mi alrededor surgieron vestidos desgarrados, clósets y roperos desventrados, astillas de muebles rajados, añicos de vajillas, cachos de pan. Entre los cristales y el cemento aparecieron los hilachos, los cacharros, los fragmentos, las orejas de la vida cotidiana deshecha.

—Se cumplió la profecía del Quinto Sol, es el fin —profirió Facunda, atravesando el umbral de la puerta, buscando ponerse a salvo en la calle.

Para no ser aplastada yo también salí de la cocina.

—Este temblor sería un espectáculo hermoso, si no fuese por el terror que causa. Este vaivén profundo sería erótico, si no ocasionase tantos daños y muertes —me dije, en el jardín.

Las plantas habían sido prensadas por los derribos, las flores yacían decapitadas sobre la tierra. Yo, la más alta, envuelta en una nube de polvo, comencé a comer una manzana. Sólo tenía miedo de que el tiempo se me fuera a acabar sin habérmela comido.

No sentí lástima por aquello que se desmoronaba en torno mío. No sentí lástima por ningún conocido ni desconocido. Tampoco por mí. Más bien me extrañó mi falta de sensibilidad, mi indiferencia hacia el mundo.

Fríamente observé los edificios en fuga, las puertas que se abrían hacia el cielo, las ventanas sin vidrios que comunicaban interior y exterior, y las tinas de baño al borde de un piso cortado.

La última vez que vi a Arira fue cuando se asomó a la ventana de su cuarto y se puso a mirar el horizonte, como tratando de localizar la procedencia del ruido que se hacía cada vez más intenso debajo de la casa, debajo de su cuerpo.

Recuerdo que se pasó la mano por las mejillas para limpiarse lágrimas polvorientas. Recuerdo que bajo la luz electrificada su cara era dramáticamente bella, sus ojos fulguraban de terror.

No supe más. No sé si salió a la calle y se perdió en la multitud en estampida o serenamente entró a su cuarto y se acostó en la cama. No sé. En ese momento, una piedra me dio en el brazo izquierdo y tratando de mantener el equilibrio sobre la tierra suelta alcancé a sentarme en una silla.

—No tengo suerte, ahora que ocupo una buena posición en la Compañía Nacional de Teatro, soy parte de un grupo famoso y estoy llena de ideas y de entusiasmo, se acaba la ciudad —me dije—. No tengo suerte, porque aun suponiendo que no se acabe la ciudad, los espectadores van a escasear muchísimo.

Atlapetes y Pezopetes, con sendas maletas negras, salieron de su habitación, situada al fondo de la casa. Cruzaron el jardín.

—Ya no hay trabajo aquí para nosotros y nos sentimos muy estremulosos —se quejó uno, no sé cuál de ellos, vestidos de la misma manera.

—Antes de volver a Comitán de las Flores, de donde somos oriundos, vamos al Centro Histérico a visionar un desfile de elefantes y payasos que está anunciado para el día de hoy a esta hora —afirmó el otro.

—Desde el momento de su nacimiento, esta era empezó a andar hacia atrás, a moverse hacia su muerte. Apenas se movió en la cuna, este cuerpo ya estaba muriendo. Apenas estaban muriendo, esta era y este cuerpo ya estaban renaciendo.

—Apenas deseamos algo ya pasó. Mañana es ayer grotescamente. Todo aquello con lo que nos engañamos parece que nunca fue.

—No hay pausa entre anticipación y olvido.

—De nuestro paso sobre la tierra sólo quedará silencio.

—Salúdenme a la muerte en el camino —les pedí.

Nubes de polvo los cubrieron. La puerta se desvenció, se meció, pendiente de sus goznes. Luego se desprendió el quicial.

Del otro lado de un muro caído vi a Baltazar, el hombre alto. No creí a mis ojos. Se alejaba lentamente por la calle derrumbada. Con un trapo blanco sobre la nariz y la boca parecía un enfermero de desastres o una criatura fabulosa en el fin de los tiempos. Al andar los pies se le hundían en el fango.

Deseé alcanzarlo, pero no me moví. Me le quedé viendo con fijeza. Llevaba él sobre el hombro derecho un estandarte azul. Las letras, bordadas con hilo dorado, decían: LA MUERTE DEL QUINTO SOL.

El jardín se oscureció momentáneamente. Un charco negro en el suelo pareció beber la luz de la mañana. Bajo el cielo irreal, miré la calle de Amsterdam, donde estaba Baltazar. Las ventanas dislocadas, tendidas sobre los escombros, reverberaban bajo los rayos del sol.

Entonces imaginé oír, arrastradas por el tumulto de la tierra, miles de voces (entre ellas, la de Arira y la mía) dialogando entre sí, hablando en el suelo nombres de personas y lugares, cada vez más rápido, más rápido, más fuerte, más fuerte, como si quisiesen decirse la historia humana, la individual y la colectiva, en unos cuantos segundos fugitivos; tratasen de explicarse nuestro pasado entero antes de que las ondas sísmicas, que viajaban a la velocidad de la muerte, lo borrasen para siempre.

Andando en el mismo lugar, Baltazar no se iba del sitio que pisaba, suspendido en un momento sin tiempo. El resplandor del sol le dio en los ojos.

—He regresado por ti —me dijo.

—Yo te he estado esperando —le dije.

—¿De veras? A ver dime, ¿en quién piensas cuando haces el amor? —me preguntó, sonriente.

—En ti —respondí.

—¿En quién? —me preguntó otra vez, como si no pudiera oírme, como si se encontrase en un sueño.

Al ver que se alejaba, me levanté de la silla, separé las piernas, eché la cabeza hacia delante y grité. Grité con todas mis fuerzas, con una voz que me salió de la raíz del cuerpo:

—¡Baltazar!

Él se detuvo, volvió la cara hàcia mí. Empezó a venir hacia donde yo estaba.

Lo más curioso de todo es que en ese momento de destrucción masiva, de confusión general, de estremecimientos y estruendos, animados por las luces confundidas, todos los pájaros se pusieron a cantar, creyendo que era el alba.

FIN

¿En quién piensas cuando haces el amor? terminó de imprimirse en febrero de 1996, en los talleres de Litográfica Ingramex, S. A. de C. V. Centeno 162, Col. Granjas Esmeralda, C. P. 09810, México, D. F. Se tiraron 3 000 ejemplares más sobrantes para reposición. El cuidado de la edición estuvo a cargo de Guadalupe Tolosa, Enrique Mercado y Marisol Schulz.